L'amour du dragon

Tome 5
Aloha Shifters : Les Joyaux du cœur

Anna Lowe

Contents

Chapitre 1

— Une fois. Deux fois... Adjugé vendu.

Le commissaire-priseur fit claquer son marteau et un murmure parcourut la foule.

Silas demeura immobile. C'était pour l'article suivant qu'il était venu à New York depuis Maui durant cet événement mondain. Il en avait *besoin*. Terriblement besoin.

— Nous sommes les prochains, souffla Kai d'une voix basse et grondante, à sa gauche.

Silas ne regarda même pas son cousin. Au lieu de ça, il avait les yeux rivés de l'autre côté de la salle des ventes, ignorant les lustres en cristal et les parures dorées qui témoignaient de la richesse des trésors mis en vente. Il avait beau essayer de garder le regard droit devant lui, il ne cessait de revenir vers l'homme aux cheveux gris assis au troisième rang. Un homme qui se fondait parfaitement dans la foule : costume sur mesure, boutons de manchettes en diamants, cravate en soie. L'un des nantis de la haute société new-yorkaise. Mais il se démarquait des autres sur un point tout particulier.

Il s'agissait de Drax. Le plus puissant de tous les seigneurs dragons. Et son ennemi juré.

Il croisa les mains sur ses genoux et jeta à Silas un regard agacé.

C'est moi le roi, ici, disait son air dédaigneux. *Je possède tout et je vais tout garder.*

Et par « tout », il voulait vraiment dire « tout » : des propriétés dans le monde entier, un trésor incomparable, les richesses qu'il avait saisies à la famille de Silas une génération plus tôt, et par-dessus tout, la femme qu'il avait courtisée, l'arrachant à son adversaire moins de dix ans auparavant.

Moira.

Rien qu'en l'imaginant avec Drax, des milliers d'émotions se bousculaient en Silas.

Soudain, une robe de soie éclatant de rouge attira son attention et ces émotions se transformèrent en une tempête tourbillonnante.

Moira, murmura son dragon intérieur entre ses dents serrées.

Le public au troisième rang s'agita lorsqu'elle fit sa grande entrée. Elle les salua en passant, comme une reine le ferait avec ses sujets. Au milieu de la rangée, elle s'arrêta et leva le talon droit pour inspecter une imperfection invisible.

Silas fit la grimace. C'était le show de Moira. Cette femme avait besoin d'attirer l'attention. Elle en était dépendante, tout comme elle était dépendante de la richesse et du pouvoir.

Elle prit le siège libre à côté de Drax et s'assit, les mains jointes, visiblement décontractée. Extérieurement, une femme parfaite. Intérieurement, un impitoyable bourreau des cœurs, briseuse de fortunes et d'âmes.

Elle était plus jeune que Drax, beaucoup plus jeune même, mais la main qu'elle avait posée en haut de sa cuisse exprimait une grande intimité.

Silas serra les poings en s'efforçant de rester calme. Moira lui avait brisé le cœur en le quittant pour Drax, huit ans plus tôt. Après tout, de l'eau avait coulé sous les ponts, non ?

Son dragon s'éveilla.

C'est vrai. C'est pour ça que ton pouls est plus fort.

Bon, d'accord, il avait peut-être aimé Moira, à une époque. Mais c'était fini maintenant.

Ce n'est pas fini, parce que ça n'a jamais commencé, insista son dragon. *Nous ne l'avons jamais vraiment aimée. Nous le pensions, c'est tout.*

Silas se renfrogna. L'amour, de toute façon, c'était dans la tête.

Non, l'amour est dans le cœur, et le sien est en pierre. Son dragon agita vivement la queue.

Silas jeta un coup d'œil alentour. Que feraient les personnes présentes si elles découvraient qu'il y avait des dragons métamorphes parmi elles ? Il se demandait presque si les clients s'en soucieraient, étant donné l'attention qu'ils portaient au prochain objet mis en vente.

Un agent aux gants blancs s'avança avec un écrin en velours noir et le commissaire-priseur donna un coup de marteau. Tout le monde se pencha, y compris Silas et ses compagnons. Même Drax, il le sentait, tendait le cou en retenant son souffle.

Alors, c'est ça ? C'est une Pierre d'Esprit ? murmura Tessa, la compagne de Kai, dans les pensées de Silas.

Il pinça les lèvres. À cette distance, difficile à dire.

Le commissaire-priseur s'éclaircit la voix et prit la parole :

— Lot numéro 457. Un somptueux diamant de trente-six carats provenant d'une collection anonyme.

Au mot « anonyme », un grognement sourd se fit entendre au fond de la foule. Silas tourna la tête pour apercevoir une femme, les bras croisés sur sa poitrine. En découvrant sa chevelure châtain reflétant la lumière des lustres, son cœur marqua un temps d'arrêt, voire deux. Mais la salle était tellement bondée qu'elle disparut de son champ de vision un instant plus tard.

— On rapporte que lady Montgomery DeWitt a porté ce diamant avant qu'on en perde la trace, et avant elle...

Le commissaire-priseur énuméra une longue liste de bourgeoises des XVIIIe et XIXe siècles qui avaient possédé successivement le fameux diamant. Aucun de ces faits n'était nouveau pour Silas. Il avait effectué des recherches approfondies sur la Pierre de Vent depuis que la première Pierre d'Esprit était apparue à Maui, moins d'un an auparavant. La Pierre de Vent était bien plus ancienne que cette histoire récente ne le laissait entendre. Bien plus importante que n'importe quel autre bijou... si tant est qu'il s'agisse vraiment de ce diamant.

Il ferma les yeux, essayant de capter les subtiles émanations de puissance que dégageaient toutes les Pierres d'Esprit. Lorsque l'une d'elles était en sommeil toutefois, il était impossible de la distinguer d'un simple caillou.

Un simple caillou ? souffla son cousin Kai, lisant ses pensées comme tous les métamorphes étroitement liés en étaient capables.

— Est-ce que tu captes quelque chose ? chuchota Tessa.

Kai secoua la tête.

— Je ne peux pas encore le dire.

Les yeux de Silas glissèrent vers Drax. Ce dernier était assis, raide comme un piquet, une légère lueur de dragon dans son regard.

Ça doit être une Pierre d'Esprit, murmura le dragon de Silas. *C'est obligé.*

Il prit une profonde inspiration. Même sans autres preuves, il le savait. Lentement, inexorablement, tout arrivait à une conclusion. Drax et lui se dirigeaient vers un conflit inévitable depuis des années. D'abord à cause de Moira, puis des pierres. Leur lutte indirecte pour le pouvoir s'était faite de plus en plus intense, comme si le destin voulait déclencher une nouvelle guerre entre les métamorphes.

Était-ce une coïncidence que la Pierre de Vent refasse surface maintenant ? Pas vraiment. Comme les autres Pierres d'Esprit, elle faisait partie d'une collection de pierres précieuses dotées de pouvoirs magiques. Mais le dragon qui avait veillé sur elles était mort depuis des générations et les joyaux avaient été dispersés et perdus.

Jusqu'à tout récemment. Une par une, elles réapparaissaient. Et une par une, elles poussaient le conflit entre Silas et Drax à des niveaux toujours plus élevés. Drax avait refusé de reconnaître l'existence de Silas pendant des années, mais plus maintenant ; ce dernier disposait à présent de son propre pouvoir, d'une expérience et de soutiens.

Silas ignora le regard appuyé qu'il lui lançait.

Regarde autant que tu veux, gronda son dragon intérieur. *Je n'ai rien à craindre de toi.*

En revanche, Silas avait des raisons d'avoir peur, et il le savait. Il avait renforcé sa position, avec le temps, cependant il était également devenu plus vulnérable. Les hommes et les femmes qui lui conféraient sa force, les métamorphes de Koa Point, étaient aussi son talon d'Achille. Certains couples étaient sur le point de fonder une famille et Drax voulait mettre tous les avantages de son côté.

Il sourit et Silas faillit montrer les crocs.

Nous avons besoin de ce diamant, grogna Kai.

— Les enchères sont ouvertes à cinq cent mille dollars, annonça le commissaire-priseur.

Kai croisa son regard, mais Silas secoua la tête. Inutile d'enchérir dès le début. Il attirerait bien assez l'attention lorsque les enchères en arriveraient aux étapes sérieuses.

Silas s'agrippa au bord de son siège, les sourcils froncés. Le problème, c'était de savoir s'il pouvait s'aligner sur les autres offres. Drax avait beaucoup plus d'argent, de ressources et de pouvoir aux quatre coins les plus obscurs du globe, plus que Silas ne pourrait jamais en amasser. Tout ce dont son clan et lui disposaient vraiment, c'était d'un généreux bienfaiteur et les quatre autres Pierres d'Esprit : la Pierre de Feu, la Pierre de Vie, la Pierre de Terre et la Pierre d'Eau.

Dans tous les cas, la puissance de ces quatre-là réunies dépasse celle de la Pierre de Vent, lui assura son dragon.

Silas avait envie de le croire, toutefois avec les Pierres d'Esprit, difficile de le savoir. Selon la légende, si les cinq gemmes étaient réunies, elles créeraient un pouvoir unique. Elles pouvaient être employées pour accumuler des richesses et des pouvoirs inouïs ; Silas ne doutait pas que Drax en ferait usage s'il en avait l'occasion. Mais les autres métamorphes avaient compris qu'il valait mieux ne pas toucher à un tel pouvoir. Silas et ses amis protégeraient les Pierres d'Esprit, qui les protégeraient à leur tour, leur permettant de vivre dans la paix et la prospérité.

Il soupira. La prospérité, ça allait et venait, il ne s'en inquiétait pas vraiment. Mais la paix, la paix véritable, mentale et physique... Seigneur, comme ce serait bien ! Non seulement pour lui, mais pour tous les métamorphes de Koa Point et les générations à venir. Nina et Boone attendaient déjà des jumeaux, comme l'avait prédit le père loup avec fierté. Et ce n'était qu'une question de temps avant que Kai et Tessa ne fondent aussi leur propre famille.

Les enjeux étaient élevés. Tant de choses dépendaient de la Pierre de Vent.

Silas observa attentivement l'assistant du commissaire-priseur qui inclinait la vitrine afin que la foule puisse l'admirer. Des rayons de lumière étincelèrent sur les facettes du diamant, se réverbérant jusqu'au plafond. Alors que cet éclat illuminait le visage avide de Drax, Silas comprit. C'était bel et bien la Pierre de Vent.

Moira s'humecta les lèvres et murmura à l'oreille du seigneur dragon quelque chose comme : « C'est la bonne, sans aucun doute. Elle est magnifique. Puissante. Je la veux. Maintenant. »

Silas prit une profonde inspiration. Au moins, c'était déjà ça. La seule émotion que Moira suscitait en lui ces derniers temps était la colère. Mais là, son cœur battait la chamade. Tant de choses dépendaient de ce qui allait se passer maintenant.

— Cinq cent mille, dit le commissaire-priseur en désignant un enchérisseur au cinquième rang.

Une autre main se leva et l'homme sur l'estrade se tourna.

— Six cent mille.

Kai décocha un coup de coude à Silas, mais ce dernier gardait les mains résolument croisées sur ses genoux.

Encore trop tôt.

Lorsque les enchères atteignirent le million, Drax leva un doigt impeccablement manucuré.

Le commissaire-priseur le désigna :

— Un million de dollars pour M. Drax.

Un murmure se propagea dans la foule et Kai fit la grimace.

Quel genre de métamorphe aime attirer l'attention sur lui en menant la grande vie parmi la haute société ?

Le genre qui croit pouvoir s'en tirer quoi qu'il arrive, répondit sèchement Silas.

Le rictus de Drax s'accentua alors que les enchérisseurs renonçaient les uns après les autres.

— Un million cinq… Un million six…

Le commissaire-priseur pointait du doigt chaque offre successive.

— Un million neuf, Mme Lee ?

Il haussa les sourcils en direction d'une Asiatique, le téléphone collé à l'oreille. Elle leva la main comme pour lui faire signe d'attendre.

— Qui est-ce ? chuchota Tessa.

— La représentante d'un acheteur absent, répondit Kai à mi-voix alors que la femme parlait au téléphone.

— Quelqu'un que vous connaissez ?

Silas secoua la tête.

— Ça pourrait être n'importe qui.

Mme Lee baissa le pouce. Elle renonçait.

— J'ai un million neuf cent mille dollars avec l'offre de M. Drax, annonça le commissaire-priseur en balayant la foule.

— Une fois...

Kai regarda Silas alors que la tension augmentait dans la salle.

— Deux fois...

— Silas..., commença Kai, mais son cousin avait déjà levé la main.

— Deux millions de dollars ! cria le commissaire-priseur.

Toutes les têtes se tournèrent vers Silas et il prit une profonde inspiration. Comme tout dragon qui se respectait, il détestait être sous les feux de la rampe. Il s'était habitué à attirer un peu l'attention sur Maui, cependant il avait toujours horrcur des regards inquisiteurs trop insistants. Si seulement ces gens savaient combien il lui restait, depuis que Drax avait volé la plupart de son héritage des décennies plus tôt.

Au bout d'une longue minute, tout le monde regarda ce dernier, qui finit par acquiescer. Les lèvres de Moira se retroussèrent dans l'un de ses sourires soigneusement calculés et qui semblaient signifier : « Je suis si riche que tout me lasse, mais pourquoi ne pas me faire plaisir un peu ? »

— Deux millions cent, déclara le commissaire-priseur.

Deux millions deux cent mille dollars furent proposés par un magnat du pétrole que Silas reconnaissait d'après les journaux. Bien. Que Drax et cet homme s'affrontent pendant un moment.

Bien... à l'exception d'une chose, lui rappela son dragon.

Plus les enchères montaient, moins il avait de chances de pouvoir les suivre. Drax et le magnat du pétrole disposaient peut-être de ressources illimitées, mais lui non.

Combien l'oncle Filimore t'a-t-il laissé ? demanda Kai.

Un flot d'images émouvantes afflua dans son esprit : son grand-oncle, qui lui faisait signe de se diriger vers une chaise dans la bibliothèque de la propriété familiale, dans le sud de la France, où Silas avait passé ses étés lorsqu'il était enfant. Son oncle qui s'agenouillait pour lui dire au revoir la première fois qu'il était parti en pension après la mort de ses parents.

Une pointe de regret le transperça. Filimore était devenu un père pour lui et Silas ne lui avait pas suffisamment rendu visite, ces dernières années. Sa mort récente, de causes mystérieuses, avait laissé un grand vide dans son cœur… ainsi que dans le monde des dragons. En tant que dernier des anciens, Filimore avait maintenu un certain degré d'ordre et de respect de la loi parmi leur espèce, pourtant peu encline à l'obéissance. Depuis, le monde des dragons retenait son souffle en attendant qu'un nouveau chef émerge… ou que le chaos éclate.

Silas cligna des paupières plusieurs fois, réprimant une sensation de brûlure. Ses yeux commençaient à briller. Il ne pouvait pas se le permettre en public, malgré le puissant mépris qu'il ressentait à l'idée que Drax puisse accéder au pouvoir.

Silas ? lança Tessa doucement, le ramenant à la question de Kai sur l'héritage de Filimore.

Il serra les dents.

Trois millions.

Les deux autres firent grise mine.

C'est tout ? protesta Kai.

La fortune de Filimore était immense, encore plus étendue que celle de Drax. Mais il n'avait légué que trois millions en liquide à Silas. Le reste était retenu, le temps que les avocats examinent le testament. Et honnêtement, Silas n'était pas intéressé par les propriétés de luxe, les comptes à dix chiffres ou les trésors clinquants cachés aux quatre coins du monde. Tout ce qu'il voulait vraiment, c'était la paix pour le monde des métamorphes. Tout ce qu'il chérissait, c'est-à-dire sa maison et l'avenir de son clan, était en danger.

Le diamant scintillait sur le podium.

— Deux millions cinq cent mille dollars, dit le commissaire-priseur en pointant Drax du doigt.

Silas réprima une grimace. Drax enchérissait avec l'argent qu'il avait volé au décès de ses parents, des années auparavant. En fait, il le soupçonnait d'avoir orchestré la mort de son père, même s'il n'avait pas directement participé à ce combat.

À cet instant, le seigneur dragon sourit comme pour enfoncer le clou.

Deux millions et demi. Qu'est-ce que tu en dis ?

Silas gardait ses lèvres scellées alors qu'une centaine de paires d'yeux curieux le scrutaient. Ceux de Drax le transperçaient, hautains et noirs, tandis que les profondeurs grises de Moira les narguaient. Pourtant, le regard qui capta l'attention de Silas venait du fond de la salle, si intense qu'il dut se retenir de se retourner.

Je dois découvrir qui c'est ! s'écria son dragon, plus agité que jamais.

Il avait beau se dire que cela n'avait pas d'importance, la démangeaison demeura.

C'est important, insista son dragon.

Il garda résolument les yeux fixés droit devant. Rien n'était plus important que la Pierre d'Esprit. Il leva la main.

— Deux millions six cent, annonça le commissaire-priseur.

Silas prit une lente inspiration. Enchérir contre un milliardaire risquait bien d'être une bataille perdue d'avance, malgré tout il pousserait Drax aussi haut qu'il le pouvait. Et pendant ce temps, il réfléchirait à un plan B.

Non, il ne pouvait pas penser. Pas avec cette force magnétique qui l'attirait vers le fond de la salle. Il tourna lentement la tête, se demandant qui ou ce que c'était.

Derrière lui, il y avait une dizaine de rangées de chaises, toutes occupées, et au-delà, une section de spectateurs debout pleine à craquer, sur au moins cinq autres rangées. Parmi tous les visages, parmi les hommes d'affaires qui observaient les débats avec des yeux acérés, les beautés maquillées qui cherchaient à établir un contact visuel avec lui et les journalistes fouineurs, ses yeux se posèrent sur la femme aux cheveux châtains.

Ses bras étaient toujours croisés, sa mine renfrognée. Elle tapait du pied tandis qu'elle fusillait du regard un homme en costume marron qui se dirigeait lentement vers l'estrade. Pourquoi lui paraissait-elle si importante ? Elle était une inconnue à ses yeux.

Nous ne nous sommes jamais rencontrés, mais ce n'est pas une inconnue, lui dit son dragon d'une voix étranglée.

Elle parcourut la foule des yeux et s'arrêta sur lui. Le souffle de Silas resta bloqué dans sa gorge et son sang s'accéléra.

— Deux millions sept cent, annonça le commissaire-priseur.

Drax avait encore enchéri. Kai lui donna un coup de coude et Tessa murmura quelque chose. Mais tout ce que Silas pouvait voir, entendre ou sentir, c'était l'inconnue au fond de la salle. Tout devint flou et étouffé sauf elle, et le temps ralentit jusqu'à ce qu'il puisse sentir chaque battement de son cœur, chaque tour de sang dans ses veines. Ils se regardaient fixement à travers ce qui semblait être un étroit tunnel de lumière, dans un monde autrement sombre et terne. Chaque fois qu'elle inclinait la tête, ses cheveux ondulaient lentement et elle le fascinait. Il faillit tendre la main comme si elle était juste derrière lui, et non à plusieurs mètres.

— Silas, siffla Kai en lui donnant un coup de coude.

— Deux fois, lança le commissaire-priseur.

Silas cligna des paupières lorsque son cousin leva sa propre main pour enchérir. *Waouh.* Qu'est-ce qui venait de se passer, là ?

— Deux millions huit.

— Putain, mec. Reste concentré, grommela Kai.

Une perle de sueur coula sur le front de Silas.

Peu importe qui elle est, souffla-t-il à son dragon, agacé.

C'est important, persista son être intérieur. *Tu ne le vois pas ?*

Il garda les yeux droit devant lui, essayant de se concentrer sur le diamant. À présent que sa vision était redevenue claire et normale, il voyait de nouveau Drax et Moira. Cette dernière agitait la tête, faisant miroiter la lumière sur sa chevelure dans un mouvement affecté qui lui donna envie de se retourner vers la femme au fond de la salle.

C'est ça, la vraie beauté, avait-il envie de dire à Moira. *La beauté naturelle, parce qu'elle vient de l'intérieur. De la confiance et de l'instinct, un besoin impérieux de se battre pour ce qui est juste.*

Une seconde plus tard, il secoua la tête, essayant de chasser ces pensées insensées. Il ne connaissait pas cette femme mystérieuse ni ce qui motivait sa présence ici. Est-ce qu'il perdait la tête ?

Il n'est pas question de perdre, murmura son dragon. *Mais de trouver.*

Il n'eut pas le temps de demander « trouver quoi ? » qu'un mouvement attira son attention. L'homme en costume marron avançait toujours, celui que la femme énigmatique avait observé avec tant d'intérêt. Il circula devant une longue table de flûtes de champagne, puis s'adressa à voix basse à un agent de sécurité.

— Que se passe-t-il ? murmura Kai en regardant le même homme.

Moira arqua un sourcil vers Silas, comme si elle se demandait pourquoi il pouvait prêter attention à quelqu'un d'autre qu'elle.

Je ne t'aime pas, voulait-il lui dire. *Je ne m'intéresse plus à toi.*

— Deux millions neuf, annonça le commissaire-priseur en tendant le doigt vers Drax.

Merde, fit Kai.

C'était le bon mot. Trois millions, c'était la limite de Silas, et il n'avait toujours pas de plan B, à part coincer Drax à la sortie de la salle des ventes pour lui arracher la pierre.

À cet instant, l'un des deux vigiles près des portes fit craquer ses articulations charnues, la mine sombre comme s'il lisait dans les pensées de Silas. Ces deux-là n'étaient que les membres les plus évidents de la force de sécurité de Drax. Un loup et un sanglier, si son flair était juste. Il avait forcément d'autres gardes du corps à l'extérieur.

Je peux les affronter, souffla son dragon.

Silas demeura parfaitement immobile. Oui, il pouvait s'attaquer à n'importe lequel d'entre eux. D'ailleurs, il pouvait même les affronter par deux ou par trois, mais pas tout un gang en même temps. Il avait des soutiens avec Kai et Tessa, néanmoins la violence ne devait pas être la seule option.

Tôt ou tard, il faudra affronter Drax. Il faudra le tuer, rugit son dragon.

Silas le savait. Il avait presque hâte d'y être. Mais s'il voulait réussir, il devrait utiliser son cerveau. New York était le territoire de Drax. Ce n'était ni le lieu ni le moment pour ce combat.

Quand, alors ? demanda son dragon.

Il aurait aimé le savoir. Mais le destin ne révélait jamais ses plans et aimait réserver des surprises.

Les yeux de Moira étincelèrent en le regardant, comme pour suggérer quelque chose.

Il fronça les sourcils. Mais que se passait-il ? L'esprit de Moira s'immisça dans le sien, exigeant qu'il la laisse entrer. Cette femme pouvait s'infiltrer dans l'âme d'un homme s'il ne prenait pas garde, une leçon qu'il avait apprise à ses dépens.

Il la bloqua et leva la main.

— Trois millions de dollars, nota le commissaire-priseur sur l'estrade.

L'estomac de Silas se noua. Cette fois, la femme au fond de la salle le regardait fixement. Et il en éprouvait une certaine douleur. Il ne voulait pas qu'elle le déteste. Il voulait…

Il se gratta le menton. Que voulait-il, au juste ?

Elle, murmura son dragon. *C'est elle que je veux.*

Il aurait aussi bien pu recevoir un coup de poing dans le ventre, pris au dépourvu. Il n'en revenait pas que son dragon montre un quelconque intérêt pour quelqu'un. Un véritable intérêt, pas un simple élan de désir passager.

Le désir aussi. Son dragon sourit. *Je la veux dans tous les sens du terme. Je veux qu'elle me désire à son tour.*

Il y avait peu de chances que cela arrive, si elle l'avait déjà catalogué comme un ennemi.

— M. Drax ? demanda le commissaire-priseur.

Tessa saisit la main de Kai. Toute la foule se tut alors que Drax hésitait, torturant Silas en faisant durer le processus aussi longtemps que possible. Finalement, le dragon aux cheveux gris leva un seul doigt avec un regard qui semblait lui dire qu'il n'avait besoin que de ça pour l'écraser.

Le commissaire-priseur sourit.

— Trois millions cent mille dollars pour M. Drax.

Il se tourna vers Silas.

— Et vous, monsieur ?

L'assistant inclina l'écrin de velours dans sa direction, laissant le diamant lui lancer un dernier rayon de lumière. Une lumière pleine d'espoir, presque plaintive, comme si la pierre savait exactement ce qui était en jeu.

Ne me laisse pas appartenir à cette ordure. Ne le laisse pas gagner.

Kai lui donna un coup de coude.

Rappelle-toi ce qu'a dit Nina.

Nina, l'un des loups métamorphes de Koa Point, avait récemment hérité de cinquante millions de dollars. Elle en avait donné la moitié à la recherche contre le cancer et avait gardé les vingt-cinq millions restants pour que Silas les utilise pour le bien de tous.

Les doigts de ce dernier le démangeaient, le suppliant de les lever pour faire une offre supérieure. Au lieu de quoi, il secoua sèchement la tête. Peu importait la hauteur de sa proposition, Drax surenchérirait toujours. Il était temps de passer au plan B ou C. Il était temps de passer en revue chaque lettre de l'alphabet s'il le fallait et de trouver une solution.

— Non ? insista le commissaire-priseur. Pas plus ? Trois millions deux ?

Silas secoua la tête, refusant de laisser transparaître la moindre émotion.

— J'ai donc trois millions cent mille dollars de M. Drax. Une fois..., commença l'homme.

Drax afficha un sourire triomphant, laissant apparaître la pointe de ses crocs.

La Pierre de Vent est à moi, et bientôt, je trouverai un moyen de te dérober les autres.

Les yeux de Moira luisirent, eux aussi, lui disant qu'il avait laissé passer sa chance. Il y avait quelque chose de sournois et de méprisant dans ce regard. Quelque chose que Silas n'arrivait pas à cerner.

— Deux fois...

Kai se hérissa.

Laisse ce connard la prendre. Nous avons les quatre autres et elles nous rendront forts.

En effet, cependant cinq Pierres d'Esprit les auraient rendus presque invincibles, et Silas aurait apprécié cette assurance inébranlable pour l'avenir. Jusqu'à présent, Drax avait laissé les métamorphes de Koa Point dans une paix relative. Mais qui savait ce qu'il pourrait tenter dans sa quête du pouvoir suprême ?

Le commissaire-priseur leva son marteau, prêt à conclure la vente. Silas pouvait déjà lire les mots qui se formaient sur ses lèvres. « Adjugé vendu ». Le diamant lui échappait.

Mais l'homme en costume marron reçut un signe de la part de l'agent de sécurité et se précipita vers le podium, arrêtant le commissaire-priseur avant qu'il ne puisse mettre fin aux enchères.

La foule éclata dans un brouhaha interrogateur tandis que le commissaire-priseur, les sourcils froncés, se penchait pour écouter ses chuchotements pressants.

— Que se passe-t-il ? demanda Tessa.

Silas n'en avait aucune idée. Même Drax fronçait les sourcils alors que les deux hommes à l'avant échangeaient à voix basse. Celui en costume marron fit un geste vers le fond, juste une fois, brièvement, mais Silas se retourna.

La beauté aux cheveux châtains était là, son attention rivée sur l'avant de la salle, les mains jointes comme en prière.

Silas pinça les lèvres. Que cela signifiait-il ?

Vite, tourne-toi ! hurla son dragon.

Mais il était trop tard. Drax avait suivi son regard et repéré la femme. Il fronça les sourcils d'un air menaçant qui laissait entendre que cette femme avait intérêt à ne pas s'en prendre à lui, sous peine de représailles.

Ses genoux flageolèrent pendant une fraction de seconde, mais elle finit par se redresser et lui lancer un regard noir.

Non! voulait crier Silas. *Tu ne sais pas à qui tu as affaire!*

C'était une simple humaine, et Drax, un dragon impitoyable.

— Mesdames et messieurs, pardonnez cette interruption, déclara le commissaire-priseur, nerveux. Mais nous avons constaté une irrégularité. J'ai le regret de vous annoncer que le lot 457 vient d'être retiré de la vente.

— Retiré? fit Drax en se levant d'un bond. Comment ça?

L'assistant des ventes s'éclipsa, quittant précipitamment l'estrade avec l'écrin en velours. L'homme au costume marron jeta un regard peiné à la femme en fond de salle.

Silas se retourna et fut surpris de la voir afficher sourire triomphant avant de se faufiler vers la porte.

— Putain, mais qu'est-ce qui se passe? murmura Kai.

Silas se leva prestement et se dirigea vers la sortie en se posant la même question.

Chapitre 2

Cassandra passa les mains sur sa robe pour les empêcher de trembler et regarda la salle des ventes. Tout le monde bavardait et faisait de grands gestes, certains dans sa direction. L'homme en costume marron et le commissaire-priseur avaient chuchoté juste assez fort pour être entendus par les clients du premier rang et la nouvelle se propageait déjà.

— Les autorités viennent d'identifier le véritable propriétaire du diamant ? Mais qu'est-ce que ça veut dire ? demanda quelqu'un.

— C'est possible, ça ? s'exclama une femme quand la nouvelle lui parvint. Arrêter une vente comme ça ?

Un peu, que c'est possible, avait envie de répondre Cassandra.

Mais elle se retint, évidemment. La dernière chose dont elle avait besoin, c'était d'être identifiée. La plupart des invités étaient inoffensifs, toutefois deux hommes la fixaient d'un regard assassin. L'un était celui aux cheveux argentés, au premier rang, qui avait failli acquérir le diamant.

Son air semblait lui dire qu'elle allait regretter de se l'être mis à dos.

En vérité, elle le savait, et c'était justement ce qui la faisait trembler. C'était Drax, un dragon métamorphe. L'ennemi juré contre lequel sa tante l'avait mise en garde.

Elle recula d'un pas, une main contre le mur pour se soutenir. Elle n'allait pas s'enfuir, pas encore, même si elle était tentée. Elle avait trop besoin de ce soutien. C'était tout ce qu'elle avait.

« Tu es la dernière de notre lignée », lui avait dit sa tante Éloïse d'une voix faible et pressante, trois semaines plus tôt. « Tu es notre dernier espoir. Il ne faut pas laisser le mal commander les pouvoirs contenus dans la Pierre de Vent, la plus puissante des Pierres d'Esprit. »

Et selon Éloïse, les dragons étaient le pire de tous les maux.

Cassandra détourna son regard de Drax pour le poser sur le deuxième homme qui l'observait attentivement. Pendant un moment, elle en eut le souffle coupé, comme lorsqu'elle l'avait vu pour la première fois. Elle s'était précipitée dans la salle des ventes en retard, avec le diamant en ligne de mire, mais la seconde suivante, elle était tombée sous le charme de cet inconnu au regard sombre et étincelant, aux sourcils froncés et aux larges épaules. Qui pourrait lui reprocher ce deuxième coup d'œil ?

Encore maintenant, elle avait du mal à le quitter des yeux, et elle ne comprenait pas pourquoi. Quelque chose, au-delà de la beauté et de la force qui émanaient de son costume finement coupé, faisait battre son cœur. Quelque chose qui la poussait à rester debout, dans un silence subjugué, oubliant jusqu'à la raison de sa présence.

Elle finit par frissonner en repérant la lueur rouge dans ses yeux.

Un autre dragon ? Elle jeta un regard circulaire en frémissant. Combien d'autres métamorphes se cachaient ici ?

Soudain, tout le monde lui parut louche. Oh, merde. Elle était là, toute seule, alors qu'il y avait trois semaines encore, elle n'avait rien su du monde surnaturel.

« Tu n'es pas n'importe quelle femme », avait insisté Éloïse. « Tu es en partie sorcière, comme moi. C'est dans ton sang. »

Cassandra s'efforça de réguler sa respiration, concentrée sur une seule chose à la fois. La bonne nouvelle, c'était qu'elle avait réussi à garder la Pierre d'Esprit hors de portée de l'ennemi.

Elle déglutit et jeta un regard alentour. La mauvaise nouvelle, c'était que ces dragons voulaient toujours le joyau. Pire encore, elle s'était trahie. Peut-être était-il temps de battre en retraite, tout compte fait.

Elle franchit la porte en feignant la nonchalance alors que son esprit tournait à plein régime. Comment pourrait-elle protéger le joyau ?

« Cache-le. Dissimule-le. Si tu n'as pas d'autre choix, détruis-le. Tout, pourvu qu'on les empêche d'abuser de ses pouvoirs », lui avait recommandé Éloïse. « Il y a des générations, nous autres, les sorcières, avons créé les Pierres d'Esprit. Eh bien, nous pouvons aussi les détruire. »

Le problème, c'était qu'il s'agissait à l'époque de sorcières entières, au sang pur. Cassandra n'avait qu'un huitième de sorcière en elle, et même après quelques leçons précipitées, elle ne pouvait toujours pas lancer un seul sort.

Le couloir vide offrait un contraste sinistre avec le vacarme de la salle des ventes. Faisant claquer ses talons, elle se dirigea vers les toilettes pour dames. C'était de la lâcheté, cependant elle avait absolument besoin de se ressaisir et de trouver un plan. Avant toute chose, elle devait aller réclamer le diamant. Merde, et ensuite ? Elle n'était qu'une novice, absolument pas prête pour la tâche qui lui avait été confiée.

« Toi », lui avait dit Éloïse en révélant à Cassandra le secret longtemps gardé sur sa lignée. « C'est toi, notre dernier espoir. »

Au début, elle ne l'avait pas prise au sérieux. Mais après avoir été témoin de plusieurs sorts, comme une chaise en lévitation et une bougie qui s'allumait spontanément, Cassandra en avait perdu son latin. Si un membre de sa famille était une sorcière, c'était sûrement Rita, sa garce de cousine. Mais celle-ci était du côté humain de leur lignée, selon Éloïse, pas du côté où coulait une infime goutte de sang de sorcière.

« Il n'y a personne d'autre. Si tu ne sauves pas la pierre, personne ne le pourra. Il n'y a que toi, Cassandra. Tout repose entre tes mains. »

« Pourquoi pas toi ? » avait-elle rétorqué.

« Crois-moi, je fais ma part », lui avait répliqué la vieille femme avec une lueur malicieuse dans le regard.

Et maintenant, Cassandra était vraiment la dernière, car Éloïse avait été assassinée quelques jours seulement après ces retrouvailles impromptues.

Elle déglutit en regardant son reflet hagard dans le miroir. Elle avait les yeux écarquillés et exorbités. C'était bien normal, après tout, au vu des circonstances ! Elle se lava les mains et prit plusieurs inspirations profondes pour se calmer. Elle devait absolument trouver un moyen de faire sortir le joyau d'ici, et déguerpir elle aussi, par la même occasion. Et vite.

Son esprit n'était pas aussi vif qu'elle l'aurait voulu et elle n'arrivait pas à trouver le moindre plan d'évasion. Penchée sur le lavabo, elle s'aspergea le visage. Elle clignait encore des paupières quand la porte des toilettes s'ouvrit, puis se referma avec un déclic sinistre. L'espace autour d'elle était chargé, comme si une tempête venait de s'infiltrer dans la pièce.

Elle leva la tête juste à temps pour voir une femme en robe rouge lui adresser un regard noir dans le miroir. Elle fit volte-face vers la nouvelle venue. Après tout, elle était barmaid à New York, et donc capable d'affronter n'importe qui.

Oh, merde. C'était celle qui avait été assise à côté de Drax. Ses yeux brillaient d'une lueur rouge. Une lueur de dragon ?

— Alors, lança l'inconnue en rouge tout en la regardant d'un œil dédaigneux. C'est toi qui as arrêté la vente. Mauvaise idée. Très mauvaise idée.

Oh, oh. Les pointes de ses canines s'allongèrent. Cette fois, nul doute, c'était bien une dragonne.

Cassandra maudit silencieusement Éloïse. Sa tante n'aurait-elle pas pu lui donner quelques conseils pour appréhender les dragons en colère avant de l'envoyer en mission suicide ?

— Que vas-tu faire, maintenant ? siffla l'autre femme. Tu crois vraiment pouvoir t'en aller avec mon diamant ?

Le subconscient de Cassandra aurait pu lui demander exactement la même chose. Bonne question : qu'allait-elle donc faire ?

La dragonne était magnifique, quoique trop mince et trop maquillée, avec des cheveux noirs éclatants et un rouge à lèvres aussi écarlate que sa robe. Elle était plus petite qu'elle d'au moins cinq centimètres, néanmoins les talons compensaient ce manque. Son regard inquisiteur était d'une couleur argentée obsédante et ses lèvres étaient retroussées en une grimace permanente.

— Je fais ce que je veux de *mon* diamant, rétorqua Cassandra.

Sans doute avait-elle affaire à une cliente mécontente, non à une métamorphe capable de cracher du feu.

— *Ton* diamant ?

La femme aux cheveux noirs s'approcha, aussi sinistre qu'un nuage orageux.

— Il sera bientôt à moi.

L'instant d'après, elle éclata de rire. C'était étrange, la façon dont elle passait d'une humeur à l'autre.

— Stupide humaine, tu ne sais pas dans quoi tu t'es fourrée, n'est-ce pas ?

Non, elle ne le savait pas. Une formule magique aurait été terriblement pratique, mais c'était impossible. Les quelques leçons qu'Éloïse lui avait fait suivre à la hâte s'étaient toutes soldées de la même manière : par un échec cuisant.

Ainsi, tout ce que Cassandra pouvait faire, c'était de recourir à son attitude de dure à cuire de Brooklyn.

— C'est peut-être vous qui ne savez pas où vous mettez les pieds, lâcha-t-elle.

La brunette secoua la tête en gloussant, faisant onduler sa crinière soyeuse.

— Ah, mais tu bluffes, je le sais. Je veux la Pierre d'Esprit, et tu vas me la donner bien gentiment.

— C'est ça. Pour que vous la lui remettiez, n'est-ce pas ?

« Lui », c'était Drax, bien sûr. Cassandra vit les yeux de la femme étinceler avec malveillance, trahissant ses intentions secrètes.

Merde, alors. Les intrigues dans le monde du paranormal étaient-elles encore plus tortueuses qu'elle ne l'avait imaginé ?

— Aucun dragon n'aura jamais la Pierre de Vent. Pas si je peux l'empêcher, reprit Cassandra, plus courageuse dans ses mots qu'en réalité.

La femme à la robe rouge se renfrogna en approchant.

— C'est bien tout le problème, ma chère amie. Tu ne peux *pas*.

Je ne suis pas ta chère amie, avait-elle envie de rétorquer, cependant la dragonne commença à tourner autour d'elle avec la grâce d'un félin. Elle décrivait des cercles lents, se rapprochant un peu plus chaque fois, tissant une toile de peur par son regard et ses paroles.

— Tu peux essayer, bien sûr. Et mourir, continua-t-elle en haussant les épaules. Dans tous les cas, la Pierre d'Esprit me reviendra.

Cassandra croisa les bras et redressa le menton, sur le point de répliquer, quand la porte des toilettes s'ouvrit à la volée. Une deuxième femme fit irruption ; aussi grande que Cassandra et aussi belle que la dragonne, et en même temps tout son contraire. Ses cheveux roux flamboyant et ses yeux verts étincelants emplirent la pièce d'énergie et de lumière. Sa présence mit aussitôt Cassandra plus à l'aise, avant que soudain, ses yeux verts ne commencent à irradier, trahissant sa nature de dragon.

Les espoirs de Cassandra s'effondrèrent. Maintenant, elle allait devoir s'occuper de deux dragonnes, et qui savait combien d'autres l'attendaient à l'extérieur ?

— Moira, fit la rousse, appuyant un pied contre la porte et croisant les bras. Je ne peux pas dire que ce soit un plaisir de te voir.

— Tu dois être la nouvelle recrue. Tessa, c'est ça ?

La femme à la robe rouge la regardait de haut, la toisant de la tête aux pieds, guère impressionnée par son attitude.

Cassandra, elle, était admirative. Si elle parvenait à défier la femme en rouge comme cette Tessa, elle pourrait être fière d'elle.

— Cette Pierre d'Esprit n'est pas à toi, Moira, déclara Tessa.

— Oh, si. Très bientôt.

— Jamais, intervint Cassandra.

— Exactement, renchérit la rousse en faisant un pas de côté pour se placer à côté d'elle.

Cassandra en fut étonnée. Alors, Tessa était de son côté ? Cela devait forcément être une sorte de piège, un numéro de gentil flic et de méchant flic que les deux dragonnes avaient mis au point à l'avance.

Pourtant, Tessa lui adressa un regard bienveillant qui la rassura, comme pour lui demander de jouer le jeu pour l'instant.

Cassandra lui renvoya son regard. Oserait-elle faire confiance à cette inconnue ?

— Qu'est-ce que tu fais ici, Moira ? reprit Tessa. Tu prévois de voler le diamant à sa propriétaire légitime ?

Cassandra en resta bouche bée. Elle reconnaissait que le joyau était le sien ? Voilà qui ne correspondait pas à la description des dragons avides contre lesquels Éloïse l'avait mise en garde.

Tessa poursuivit avec amertume :

— Et ensuite, Drax et toi, vous vous envolerez vers le soleil couchant et vous créerez plus de problèmes à tout le monde. Je me trompe ?

— C'est à peu près ça, murmura Moira.

Une fois de plus, il y avait un soupçon de malice dans sa voix ; une intonation qui n'augurait rien de bon.

— Et tu ne peux pas m'en empêcher. Ni toi ni Silas. Personne ne le peut.

Son ton était presque hystérique, comme si la seule évocation du pouvoir la mettait dans tous ses états.

Cassandra jeta un œil vers la porte, songeant à s'échapper. La situation commençait à devenir incontrôlable.

— Écoute-toi parler, dit Tessa, ses yeux brillants de rage. Je ne sais pas ce que Silas a bien pu te trouver. À moins que tu ne l'aies ensorcelé ?

Cassandra déglutit discrètement. Tessa semblait être une alliée potentielle, mais que se passerait-il si elle découvrait qu'elle défendait quelqu'un qui était en partie sorcière ?

La dénommée Moira ricana.

— Je n'ai pas besoin d'envoûter les hommes. Silas m'aime toujours. Tu verras.

Cassandra se demandait qui était ce pauvre idiot dont il était question.

La femme en rouge se dirigea vers la porte, apparemment prête à se retirer. Du moins, pour le moment. Elle lança à Cassandra un sourire mielleux.

— Profite du diamant tant que tu le peux. Tiens-le entre tes mains et rêve d'exploiter son pouvoir.

Sa voix devint mélancolique et son regard se voila.

— Admire la lumière scintiller sur ses facettes...

Après quoi, elle releva le menton et se secoua comme si elle sortait d'une transe.

— Enfin, bref, profite du diamant tant que tu le peux. Il ne sera pas éternellement à toi.

Sur ce, elle rejeta ses cheveux en arrière et sortit avec le port altier d'une reine.

Dès que la porte eut claqué derrière elle, Cassandra se recroquevilla contre le lavabo et expira.

— Ouf, dit Tessa. Au revoir et bon débarras. Waouh, dis donc, bien joué !

Elle lui adressa un grand sourire et ses yeux verts s'embrasèrent.

— Désolée, j'en oublie les bonnes manières. Je m'appelle Tessa Byrne. Ravie de te rencontrer.

Cassandra tendit la main, s'efforçant de se rappeler que la rousse était une dragonne, et donc louche par nature. Dommage, parce qu'elle l'appréciait déjà, contrairement à Moira. Mais si ces deux-là étaient des dragonnes métamorphes, elle ferait mieux de rester sur ses gardes.

— Cassandra Nichols.

Les yeux verts de la femme brillaient autant que le pendentif autour de son cou et Cassandra y fixa son regard. Était-ce aussi une Pierre d'Esprit ?

— Écoute, nous devons sortir d'ici, lui dit Tessa.

Nous ?

Cassandra avait envie de protester.

— Tu as besoin d'aide, poursuivit la rousse. Drax est sûrement prêt à tout pour mettre ses griffes sur le diamant.

Ses griffes. Cassandra tressaillit. Quelques jours seulement après l'avoir informée de l'existence des dragons, sa tante était morte, victime d'une attaque macabre.

« Nous essayons toujours d'identifier le tueur et l'arme », lui avait dit l'inspecteur de police, déconcerté.

Sans doute des dragons armés de griffes énormes, avait-elle pensé dès qu'elle avait vu les blessures atroces.

Le meurtre, tout comme la nouvelle de son héritage, avait chamboulé sa vie. Tous les effets personnels d'Éloïse avaient été mis sous clé par la police, y compris le contenu de son coffre-fort à la banque, à savoir le diamant. Son fils, avec qui elle s'était brouillée, vivait sur la côte ouest et n'était manifestement pas au courant, car il avait décidé que toutes les modestes possessions de sa mère seraient vendues aux enchères. Jusqu'à ce que le testament d'Éloïse soit découvert et authentifié, désignant Cassandra comme héritière de la pierre précieuse.

— Tu n'es pas avec Drax ? demanda-t-elle.

Elle devait vraiment trouver le directeur de la vente aux enchères avant le dragon. Mais elle voulait aussi découvrir le rôle que jouait Tessa dans cette histoire.

Cette dernière fit la grimace.

— Seigneur, non. Je suis avec Silas. Enfin, avec Kai.

Elle rayonnait, clairement amoureuse.

Cassandra faillit soupirer en se rappelant tout ce qui manquait à sa vie. Pas de petit ami. Pas de relation, de près ou de loin. Pas d'épaule sur laquelle s'appuyer, et certainement pas de héros pour la sauver quand elle en avait le plus besoin.

Elle redressa les épaules. Après tout, elle pouvait très bien se débrouiller seule. Et elle ferait mieux de commencer maintenant, surtout s'il y avait d'autres dragons là dehors. Silas ? Kai ? L'un d'entre eux était-il l'homme aux yeux sombres ?

— Bref, c'est une longue histoire, reprit Tessa. Pour l'instant, nous devons te faire sortir d'ici. Tu es en danger.

Sans blague. La question était de savoir si elle pouvait faire confiance à cette femme.

« Ne fais confiance à personne », lui avait dit Éloïse. « Surtout pas à un dragon. »

— Nous pouvons t'aider, renchérit Tessa.

Cassandra se mordit la lèvre. Un peu d'aide ne serait pas de refus. Elle ne s'était jamais sentie aussi douloureusement seule de toute sa vie.

Elle se retourna pour s'asperger le visage, histoire de gagner du temps. Son plan de rester anonyme et d'éviter les problèmes venait de tomber à l'eau. Elle n'avait pas eu le choix, le testament d'Éloïse n'ayant été authentifié qu'à la dernière minute. Elle avait déjà eu de la chance de réussir à stopper la vente à temps.

Malheureusement, sa chance s'arrêtait là. Et maintenant ?

— Moira fera tout pour récupérer le diamant, l'avertit Tessa.

Réprimant un tremblement, Cassandra s'essuya le visage avant de chercher une issue du regard. Au même moment, la porte des toilettes s'ouvrit et deux nouvelles femmes entrèrent.

— Tu te rends compte ? disait l'une.

— Je n'ai jamais rien vu de tel, répondit l'autre. Une vente aux enchères de trois millions de dollars annulée à la dernière seconde ?

Le couloir extérieur vibrait du bruit de la foule et un nouveau plan se forma dans l'esprit de Cassandra. Elle s'écarta, laissant les femmes s'interposer entre Tessa et elle.

— L'acheteur avait l'air vraiment fâché. Tu as vu comme il était rouge ?

Cassandra fronça les sourcils. Comme si elle avait besoin d'un rappel de la fureur de Drax.

— Attends, fit Tessa en se penchant à gauche et à droite pour chercher le contact visuel. Attends !

Cassandra se glissa dans le couloir. Elle était tentée, vraiment *très* tentée, de confier ses problèmes à quelqu'un d'autre. Malheureusement, elle avait une mission à remplir, et pour cela, elle ne pouvait faire confiance à personne.

— Laisse-nous t'aider ! insista Tessa d'un ton grave et urgent.

Mais Cassandra continua sans se retourner, disparaissant dans la foule.

Chapitre 3

Moins d'une heure plus tard, Cassandra poussa les portes de la salle des ventes et pressa le pas sur le trottoir. Elle n'avait jamais rien vécu comme les événements de ces quarante dernières minutes ; des minutes à la fois rapides et d'une lenteur insoutenable.

L'important, c'était qu'elle avait semé tout le monde et s'était occupée du diamant. Maintenant, il lui suffisait de s'éloigner en vitesse. Elle réfléchirait après à la marche à suivre.

Elle se faufila dans une ruelle à pas feutrés. Elle était encore sous le choc après sa sortie rapide des toilettes, suivie de sa visite dans le bureau du directeur de la vente aux enchères, où elle avait joué à la perfection le rôle de la New-Yorkaise indignée.

— Je suis contente de ne pas avoir à porter plainte contre les commissaires-priseurs de Westmore ! lui avait-elle dit. Surtout maintenant que j'ai récupéré mon bien. Bien sûr, je tiens à ce qu'aucune indiscrétion ne filtre quant à mon identité.

Seigneur, quelle garce quand elle s'y mettait ! Quoi qu'il en soit, son jeu de comédienne avait fonctionné, jusqu'à son claquement de doigts. Le directeur avait vérifié sa carte d'identité et l'ordonnance du tribunal avant de lui confier le diamant.

— Nous prenons la vie privée de nos clients très au sérieux, lui avait-il assuré.

Eh bien, elle l'espérait. Quelqu'un comme Drax avait certainement le pouvoir de soudoyer tout le personnel de cet établissement, mais s'ils craignaient pour leur emploi, ils garderaient peut-être la bouche fermée.

— Bien, avait-elle répondu avec dédain. Je suis sûre que Westmore Brothers ne veut pas de mauvaise publicité.

Elle avait repéré Tessa en compagnie de deux hommes, au bout du couloir privé conduisant au bureau du directeur. Elle avait même *senti* leur présence, surtout celle de celui aux cheveux noirs et aux yeux sombres. Elle était si puissante qu'elle l'attirait de manière indéfinissable. Elle avait presque été tentée de céder et de l'approcher, qui qu'il soit. Tessa avait mentionné Kai et un certain Silas. Si elle était avec le premier, ce devait être l'homme qui lui tenait la main. Ainsi, l'inconnu aux cheveux noirs ne pouvait être que Silas.

Silas, murmura-t-elle dans son esprit.

« Attends. Tu as besoin d'aide », lui avait dit Tessa.

Les yeux de Silas lui avaient dit la même chose et elle savait qu'il avait raison. Mais à la seconde où elle s'était rappelé qui il était, elle s'était figée. Elle ne pouvait pas faire confiance à un dragon.

Silas, Tessa et Kai avaient été retenus par des agents de sécurité, des hommes qui n'avaient probablement aucune idée de leur identité. Soudain, un serveur était passé avec un plateau de flûtes à champagne vides et s'était pris le pied dans un pli du tapis avant de trébucher. Dans un fracas assourdissant, les verres s'étaient brisés en mille morceaux, chaque éclat reflétant la lumière. Pile la diversion dont elle avait eu besoin.

Rapide et furtive comme un chat noir, elle avait dévalé les escaliers et était sortie, débouchant dans les rues de New York par cette nuit d'automne aux températures fraîches. Il était vingt-deux heures, un mardi soir, et la circulation était fluide. Sa gorge était si sèche qu'elle avait du mal à ravaler sa peur et à continuer. Elle éprouvait néanmoins une certaine fierté. Elle l'avait fait, elle leur avait échappé à tous.

Ses semelles claquant sur le trottoir, elle traversa plusieurs rues et s'arrêta enfin devant une boîte aux lettres. Elle l'ouvrit dans un grincement et fit la grimace, regardant par-dessus son épaule. Pas de dragons à sa poursuite. Ou du moins, pas encore.

La main tremblante, elle sortit un petit paquet de son sac. Le directeur de la vente aux enchères lui avait offert un écrin pour transporter le diamant, mais elle avait préféré du papier bulle et une simple enveloppe prépayée. Ainsi, elle détenait un paquet si ordinaire qu'il aurait pu contenir n'importe quoi. Si elle se concentrait, pourtant, elle pouvait sentir une légère vibration à l'intérieur. La Pierre d'Esprit.

— Chut, murmura-t-elle. Arrête.

Éloïse avait mentionné quelque chose à propos des pierres en sommeil, mais si on lui demandait son avis, ce n'était pas le moment de roupiller !

— Tais-toi, ordonna-t-elle comme s'il s'agissait d'une personne et non d'un bijou.

L'énergie qui se dégageait de la pierre était troublante, elle semblait se tendre vers elle et s'y raccrocher en la suppliant.

J'ai attendu si longtemps.

— Oui, eh bien, tu vas devoir attendre encore un peu, grommela-t-elle tout en griffonnant, de mémoire, une adresse sur l'enveloppe.

L'adresse la plus simple à laquelle elle puisse penser, à des milliers de kilomètres de là.

Les dragons ne trouveraient jamais le diamant là-bas.

— Je viendrai te chercher bientôt, promit-elle en espérant que ce ne serait pas un mensonge.

Un couple passa devant elle, lui jetant un coup d'œil intrigué.

Cassandra leur décocha un regard dissuasif avant de déposer le paquet dans la boîte aux lettres. Elle souleva le rabat grinçant à deux reprises pour s'assurer qu'il était bien à l'intérieur. Ensuite, avec un dernier regard par-dessus son épaule, elle s'éloigna. Le métro se trouvait au bout du pâté de maisons, mais elle emprunta une rue transversale plutôt que l'avenue, où elle serait trop visible. Une seconde plus tard, elle se glissait entre deux bâtiments et détalait sans cesse de jeter des coups d'œil furtifs par-dessus son épaule.

Des papiers froissés bruissèrent dans l'ombre. Un taxi klaxonna dans la rue d'à côté, qui semblait à des kilomètres en arrière. L'homme étendu dans l'embrasure d'une porte, un ivrogne ou un sans-abri, ne bougea pas lorsqu'elle sauta par-dessus ses jambes tendues. Deux pigeons s'envolèrent, manquant lui faire avoir une crise cardiaque.

— J'adore New York. J'adore New York, murmura-t-elle, les dents serrées, comme pour s'en persuader.

Elle était aux deux tiers du chemin, se dirigeant vers une grande artère au bout de la ruelle, quand une voix retentit.

— Attendez ! S'il vous plaît, attendez !

Elle s'arrêta dans son élan. Elle aurait dû s'enfuir, mais quelque chose dans cette voix la touchait au plus profond de son âme.

— S'il vous plaît, reprit l'homme, plus suppliant qu'exigeant.

On aurait dit qu'il l'implorait.

Elle se retourna en retenant son souffle. C'était lui, celui qui l'avait captivée lors de la vente aux enchères.

Il va te captiver autrement, si tu ne fais pas attention, l'avertit une voix intérieure. *C'est un dragon, tu te souviens ?*

— Qui êtes-vous ? Qu'est-ce que vous me voulez ? demanda-t-elle, les mains sur ses hanches.

— Je m'appelle Silas Llewellyn. Et je veux juste vous dire un mot. Juste un. S'il vous plaît.

Elle se renfrogna. Pourquoi Éloïse ne l'avait-elle pas prévenue au sujet les dragons métamorphes bien élevés et beaux à tomber ? Drax et Moira étaient faciles à détester. En revanche, cet homme l'attirait irrésistiblement.

Elle reprit sa course, tournant dans une autre ruelle. Il fut à côté d'elle en un éclair, ses mouvements lents et gracieux. Serrant le poing, elle passa en revue la liste des points faibles de l'anatomie masculine qu'elle pouvait frapper avec son genou, son poing ou son coude pour se défendre. Les doigts de sa main gauche se contractèrent en même temps, comme si elle essayait de lancer un sort contre les dragons.

C'est ça, essaie toujours, songea-t-elle, dépitée par ses propres tentatives.

— Écoutez, dit-il d'une voix vibrante de sincérité. Le diamant est à vous. Je respecte cela. Mais je ne suis pas certain que vous compreniez ce dont il s'agit vraiment.

Son intonation devint plus insistante, presque angoissée.

Elle s'arrêta pour le dévisager. Cet homme était si parfaitement proportionné qu'elle n'avait pas pris conscience de sa grande taille. Son costume sur mesure gonflait au niveau de son torse et de ses épaules pour se rétrécir à sa taille.

Danger, lui annonça son radar intérieur. Un tout autre type de danger que celui qu'elle avait prévu. Le danger de laisser son cœur, ou ses hormones, prendre le dessus sur son esprit.

Elle recommença à marcher dans la ruelle et il lui emboîta le pas, une longue enjambée couvrant deux des siennes. Il était grand, rapide et silencieux… silencieux du genre à vous sauter dessus dans un coin sombre sans que vous l'ayez remarqué.

Elle réprima un frisson, qu'elle attribua à la fraîcheur de la nuit.

— Croyez-moi, je sais ce qu'est ce diamant, lui dit-elle.

En réalité, elle ne connaissait que les bases qu'Éloïse lui avait enseignées lors de leur dernière rencontre précipitée.

« Une pierre puissante, créée il y a des générations par nos ancêtres. Un joyau aux pouvoirs incommensurables. »

Le seul point sur lequel sa tante avait été très claire était : « Il ne doit pas tomber entre les mains des dragons cupides. »

— Alors, vous êtes consciente des dangers qui vous guettent, murmura Silas.

Elle pressa le pas. Oh oui, elle en était consciente. Ses cheveux se dressaient sur sa tête et elle en avait la chair de poule.

— Oui, des dangers. Et si vous me laissiez tranquille, maintenant ?

— Ce n'est pas moi que vous devez craindre. Je ne vous ferai jamais de mal.

Elle aurait dû se concentrer sur le mot « craindre », mais tout ce qui résonnait dans son esprit, c'était « Je ne vous ferai jamais de mal ».

Il avait prononcé ces mots d'une voix grave, rocailleuse et sincère, comme s'il formulait un souhait.

Elle remonta le revers de son manteau, espérant se protéger un tant soit peu.

— Eh bien, je ne l'ai plus, alors c'est réglé.

Il la regarda fixement.

— Vous… quoi ?

Elle haussa les épaules.

— Je ne l'ai plus, répéta-t-elle.

Pendant un moment, elle redouta qu'il la prenne dans ses bras et la secoue en exigeant de savoir ce qu'elle avait fait de la Pierre d'Esprit. Mais son regard se radoucit et il observa vers la ruelle, se passant une main dans les cheveux.

— C'est bien, mais ça ne change rien. Drax va quand même s'en prendre à vous.

Elle l'observa attentivement. Cela voulait-il dire que lui la laisserait tranquille ? Pour une raison quelconque, cette pensée la déstabilisait plus qu'elle ne la soulageait.

Ses pas redoublèrent de vitesse.

— C'est pour ça que je m'en vais. Alors, si vous voulez bien m'excuser…

— Écoutez, dit-il en lui touchant le bras.

Il ne la tirait pas, ne la forçait pas. Son geste ne traduisait que de l'inquiétude. Dès la seconde où ils entrèrent en contact, un éclair lui traversa le corps, ou plutôt, une vague d'émotions viscérales, instinctives. Une forte envie de se rapprocher de lui et de laisser toute la place à ces sensations euphoriques.

Pendant un moment, ses paupières frémirent et elle fut sur le point de céder. Mais quand ses alarmes intérieures se déclenchèrent à nouveau, elle se dégagea en reculant.

— Fichez-moi la paix !

Elle s'élança dans la pénombre, prête à lui échapper pour de bon. Mais un pas plus loin, elle s'arrêta dans sa course en découvrant une silhouette imposante.

— Toi ! siffla un homme aux cheveux gris en s'avançant dans la lumière au bout de la ruelle.

Sa carrure était large et carrée, sa voix sèche.

— J'aurais dû me douter que je te trouverais ici, Silas.

— Drax, grogna ce dernier.

Cassandra tournait dans tous les sens, en proie à la panique. Elle était coincée entre deux dragons métamorphes rivaux. Qu'allait-elle faire, maintenant ?

— Donne-moi la pierre, grogna Drax à Cassandra.

Il empestait le vieux cigare, à moins que ce soit l'odeur de la fumée de dragon ?

— N'y comptez pas ! s'écria-t-elle.

Merde, sa voix chevrotait.

Silas s'avança à côté d'elle, les yeux rivés sur son adversaire. Elle regarda dans la ruelle, prête à s'enfuir, pourtant, pour une raison inconnue, son corps refusait de quitter Silas.

— Laisse-la tranquille, Drax, s'énerva-t-il.

— Oh, je vais le faire, dès qu'elle m'aura donné le diamant. Si tu fais vite, ma belle, je pourrais même te laisser la vie sauve. Sinon...

Ses mots restèrent en suspens, ravivant l'image du corps sans vie d'Éloïse : le sang, les entailles, la terreur sur son visage.

Mais Cassandra n'avait jamais été du genre à se laisser intimider et elle n'allait pas commencer maintenant.

— Je ne l'ai plus, lança-t-elle comme pour lui en boucher un coin.

— Qu'en as-tu fait ?! rugit Drax en se rapprochant.

— Il est dans un endroit sûr.

Ou du moins, il le serait très bientôt.

— Un endroit que vous ne trouverez jamais.

Elle brandit le poing. Cette fois, elle ne bluffait pas. Dès que le contenu de cette boîte aux lettres serait prélevé, la Pierre d'Esprit serait en route vers l'autre bout du monde. Le temps lui apprendrait si c'était une bonne idée. Elle ne le découvrirait peut-être jamais elle-même si sa vie devait être écourtée, malgré tout elle éprouvait une certaine satisfaction à savoir qu'elle avait déjoué Drax, ne serait-ce que momentanément.

— Il y a quelque chose que tu ne sembles pas comprendre, ma belle, reprit-il. Je prends ce que je veux. J'obtiens tout ce que je veux. Maintenant, dis-moi ce que tu as fait de la Pierre de Vent.

Une rame de métro passa en trombe quelque part dans les profondeurs, projetant un souffle d'air par une bouche d'aération. De la poussière s'envola et une feuille de journal froissée s'agita dans la ruelle. Drax s'avança en levant les bras. Ses yeux irradiaient d'un rouge flamboyant et maléfique.

— Tu vas me le donner, ordonna-t-il en se redressant de toute sa hauteur.

Cassandra resta bouche bée alors que le corps de Drax s'étirait. Rapidement, il ne mesura plus un mètre quatre-vingt, mais deux mètres, deux mètres cinquante, trois mètres...

Elle recula, atterrée, tandis que les vêtements de Drax se détachaient de son corps, révélant un ensemble d'écailles grises intriquées. Lorsque ses bras s'allongèrent, sa veste retomba derrière lui comme une cape.

— Putain, souffla-t-elle.

Non, ce n'était pas la veste de Drax. C'étaient des ailes ! Des ailes larges et solides, avec des serres terminées par des griffes longues et pointues.

— Je ne vous le donnerai jamais ! cria-t-elle en dépit de ses tremblements intérieurs.

— Alors, tu vas mourir, siffla Drax.

Ses lèvres s'écartèrent et sa bouche s'étira vers l'avant pour former un long museau. Elle hurla lorsque le dragon puissant inspira en ouvrant la gueule. Une longue flamme jaillit vers elle, des étincelles se détachant du feu pour aller embraser des ordures à proximité.

— Donne-le-moi ! tonna-t-il.

Cassandra vit avec horreur le feu s'approcher au ralenti, éclairant la ruelle d'une lueur rouge orangé surréaliste. Elle recula en titubant et atterrit sur les fesses.

— Non ! cria-t-elle, protégeant son visage de son bras.

Cette piètre tentative ne l'empêcherait pas de brûler vive, mais au moins, elle n'aurait pas à voir les flammes fondre sur elle. Elle entendit le crépitement sinistre et sentit le changement de pression dans l'air alors que le feu se propageait. Elle grimaça, s'attendant à éprouver une vive sensation de brûlure.

Ce fut à ce moment qu'un second rugissement retentit dans l'atmosphère. Un rugissement furieux et dominant, accompagné d'un crépitement de flammes. Elle ouvrit les yeux, puis se baissa à nouveau. C'était Silas, qui combattait le feu par le feu.

L'incendie se rapprochait, pourtant elle ne sentait que de la chaleur. Pas de douleur insoutenable, aucune cloque sur la peau. Ouvrant à nouveau les paupières, elle aperçut une étrange lueur orange.

— Qu'est-ce que… ? murmura-t-elle en jetant un coup d'œil entre ses doigts.

Le brasier faisait toujours rage, mais elle était accroupie derrière un mur protecteur.

Ce n'est pas un mur, comprit son esprit engourdi. *C'est une aile.*

Silas l'abritait avec son aile.

Elle eut le souffle coupé. *Waouh.* Alors, il la protégeait ?

Des flammes grondaient et rugissaient tout autour. Elle ne pouvait que rester au sol, impuissante, alors qu'un combat de titans se déroulait devant elle. Des gerbes de feu fusaient, les unes après les autres, chacune accompagnée d'un puissant souffle d'air.

Soudain, un rugissement assourdissant se fit entendre, exprimant une intense douleur, et elle eut envie de pleurer. Silas souffrait, rien que pour la protéger.

Elle plaqua les mains sur ses oreilles. Elle aurait voulu lui demander d'arrêter, lui dire qu'il ne la connaissait pas et qu'elle n'en valait pas la peine, qu'elle n'était pas certaine d'avoir le courage, ni même la conviction, de faire pour lui ce qu'il faisait pour elle.

Mais il refusait de reculer. Il se dressait devant elle pour la protéger. Une larme roula sur la joue de Cassandra. Cet homme risquait sa vie pour elle.

Soudain, dans un répit entre deux jets de flammes, une voix de femme retentit :

— Bande d'abrutis ! Mais qu'est-ce que vous faites ? Arrêtez ! Arrêtez !

Il y avait de la puissance dans cette voix, de l'assurance. Cassandra leva la tête et jeta un coup d'œil dans la ruelle.

— Tessa ? voulut-elle dire, sa voix trop éraillée pour produire le moindre son.

— Silas, Drax, reprit elle sur un ton empressé. Pas ici, espèces d'idiots. Pas maintenant. On est en pleine ville, pour l'amour du ciel !

Drax cracha une nouvelle flamme, que Cassandra esquiva avant de reculer.

— D'accord, peut-être pas maintenant, rugit ce dernier. Peut-être pas ici. Mais bientôt. Je retrouverai la Pierre d'Esprit et je vous tuerai tous.

Cassandra leva les yeux, stupéfaite de le voir reprendre sa forme humaine. À présent, il n'était plus qu'une silhouette, toujours aussi imposante et furieuse.

Soudain, Moira apparut derrière lui et jeta un manteau sur ses épaules. Cassandra faillit s'étrangler sous le choc. Alors comme ça, cette femme avait assisté à toute la scène à distance ? Était-elle restée délibérément en retrait, attendant le bon moment pour intervenir ? Drax avait peut-être la puissance du feu, mais en un sens, Moira était plus effrayante. Comme un cobra qui attendait son heure, choisissant précisément le bon moment pour cracher son venin.

Leurs pas résonnèrent sur les murs et ils finirent par disparaître.

— Silas ! cria Tessa en accourant.

Cassandra se redressa, les membres faibles. Il était replié sur lui-même, devant elle, les mains soutenant sa cage thoracique. Il avait retrouvé sa forme humaine et haletait, les dents serrées.

— Ce connard de Drax !

Ce juron ne collait pas avec sa personne, comme s'il était trop raffiné pour prononcer une telle grossièreté. La haine et la douleur irradiaient de lui et Cassandra se rapprocha.

— Oh ! s'écria-t-elle soudain, plaquant une main sur sa bouche.

Silas était nu. Entièrement nu.

Un autre homme se précipita vers eux, déboutonnant sa veste. À la minute où il la jeta sur les épaules de Silas, ce dernier gémit.

— Aide-le à se relever, Kai, lança Tessa. Il faut partir d'ici. Allez, vite.

Cassandra commença à les suivre avant de s'arrêter. Une seconde. Son but était d'éviter les dragons, non ?

— Tu es plus en sécurité avec nous que sans nous, lui dit Kai en la voyant hésiter. Alors, fais ton choix, et vite. Viens avec nous et survis, ou pars de ton côté et meurs. Parce que Drax reviendra. Je te le garantis, il reviendra.

— Dépêche-toi, s'exclama Tessa en lui faisant signe.

Les yeux de Cassandra rencontrèrent ceux de Silas. Il n'avait pas dit un mot, mais son visage exprimait la même urgence.

Viens avec moi. Viens avec moi et survis. S'il te plaît.

— Fais ton choix, répéta Kai, qui s'éloignait déjà vers la rue principale.

Tessa ouvrit la voie pour sortir de la ruelle tandis que Kai s'attardait à l'entrée. Silas suivit après un coup d'œil perçant vers le chemin qu'avait emprunté Drax, comme s'il regrettait qu'il ne soit pas resté pour terminer le combat.

Pourrait-il encore se battre pour elle ? Cassandra déglutit. Ce n'était pas le diamant que Silas cherchait à protéger.

Elle tourna la tête à gauche et à droite, évaluant ses options. Elle pouvait se replier sur elle-même et les regarder s'en aller ou...

Saisissant le bras indemne de Silas, elle l'aida à avancer.

— Venez. Partons d'ici.

Il l'observa sans cacher son étonnement, mais un instant plus tard, il hocha la tête malgré une grimace de douleur.

— D'accord, murmura-t-il. Allons-nous-en.

Chapitre 4

Silas enfonça les doigts dans l'accoudoir de son siège alors que le jet privé exécutait un décollage mouvementé. Il allait tuer Drax. Lentement.

Nous aurions dû le tuer dans la ruelle, grommela son dragon intérieur en regardant l'horizon de Manhattan alors que l'avion s'élevait dans le ciel. *Mieux encore, nous aurions pu le combattre dans les airs, comme au bon vieux temps.*

Silas grimaça. L'époque où les dragons se promenaient encore ouvertement était révolue et remontait à des siècles avant sa naissance. Aujourd'hui, les métamorphes étaient tenus au secret. Ce qui leur interdisait les duels aériens, surtout là où les humains risquaient de les voir.

D'une manière ou d'une autre, nous nous vengerons, insista son dragon.

Il s'y engageait. Mais pour l'heure, il était temps de faire le point et de réfléchir aux prochaines étapes. Heureusement, le jet était prêt pour décoller rapidement. Toutes leurs affaires étaient déjà à bord, ainsi que quelques objets qu'il avait récupérés dans le loft de son oncle. Il avait également pu quitter le manteau de Kai pour enfiler ses propres vêtements, cependant il regrettait de ne pas rentrer à Maui avec le diamant.

Nous avons Cassandra, susurra son dragon malgré la douleur qui irradiait dans son bras. *C'est le plus important.*

Il prit une profonde inspiration. Foutu dragon qui le bombardait d'idées indésirables.

Elle n'est pas blessée, j'espère ? reprit la créature d'une voix plus douce.

Silas soupira. Son dragon intérieur avait des idées fixes, et c'était une lutte constante pour garder en laisse ce côté de son âme et l'empêcher de brailler dans sa tête toute la journée.

Il ne l'avait pas lâché une seconde au sujet de cette femme depuis qu'il avait posé les yeux sur elle dans la salle des ventes. Même maintenant, il le taraudait pour qu'il se dévisse le cou et essaie de la voir. Elle était assise dans la rangée derrière lui, si proche et pourtant si loin.

Plus près. Je veux qu'elle soit plus près, ronchonna son dragon.

Soutenant son bras blessé, Silas fronça les sourcils. Dans la ruelle, il avait agi par instinct au lieu de se montrer raisonnable. Son dragon s'était déchaîné, prenant des risques inconsidérés pour protéger une femme qu'il connaissait à peine.

Il grimaça en dépit de la douleur lancinante dans son bras gauche, celui qui avait subi le plus fort du feu de Drax. Sa peau de dragon offrait un certain degré de protection contre les flammes, mais personne n'était totalement immunisé.

— Tu vas bien ? demanda Kai depuis le siège voisin.

Silas réprima une grimace, son menton sur sa main, les yeux tournés vers le paysage. Il faisait semblant, du moins. La douleur lui arrivait en rafales, comme les vagues d'une tempête sur les rivages de Koa Point, ce qui en disait long sur la gravité de sa blessure. Tôt ou tard, il devrait se transformer en dragon et soigner ses brûlures. Mais pour l'instant, il resterait dans son corps humain et cacherait le plus gros des dégâts.

Il s'efforça de se concentrer sur la scène en contrebas : le quadrillage des rues, les lignes sombres des fleuves qui entouraient Manhattan de toutes parts, les lumières des bateaux dans le port. À moins que ce soient des taches qui dansaient devant ses yeux ?

Il cligna des paupières pour mieux se concentrer. Quelque part en bas, Drax préparait son prochain coup. Que ferait-il ?

Quel serait son prochain mouvement ? se demanda-t-il en fermant les yeux.

Chez nous. Ramène la femme chez nous, répondit promptement son dragon. *Conquiers-la. Fais d'elle notre compagne.*

Preuve, une fois de plus, que la pensée d'un dragon pouvait être limitée. Il s'agissait de bien plus que d'une femme ou d'un simple joyau. Il était question de l'avenir de tous les dragons et des métamorphes de Koa Point.

Kai s'appuya sur le dossier de son siège et marmonna dans sa barbe :

— Foutu Drax.

Silas pinça les lèvres. Drax était la racine de tant de maux dans le monde. Moira aussi, d'ailleurs. Il n'avait pas revu son ex-fiancée depuis des années, pourtant elle avait eu le culot de l'appeler récemment pour lui demander comment il allait. Et si, en passant, il savait quelque chose à propos d'une Pierre d'Esprit disparue.

Elle le lui avait demandé gentiment, avec innocence, mais il avait vu clair dans son jeu.

Moira n'avait absolument rien d'innocent. Elle cherchait la Pierre d'Eau, la gemme pour laquelle Cruz et Jody avaient mis leurs vies en danger. Le saphir était en sécurité à Koa Point désormais, néanmoins c'était la Pierre de Vent qui était sur la sellette à présent.

— Je m'attendais un peu à ce que Drax et Moira assistent à la vente aux enchères, grommela Kai. Mais en pleine ville, comme ça...

Silas se réjouissait d'être venu en compagnie de Kai et Tessa. Cela ne faisait jamais de mal d'avoir deux dragons en renfort, surtout quand on se frottait à des gens comme Drax.

Ses partisans sont des mercenaires. Les nôtres sont une famille, commenta son dragon.

Il fit la grimace. Techniquement, Drax aussi était de la famille, un cousin au troisième degré, pour être précis. Mais les métamorphes de Koa Point formaient un véritable lien. Les cinq hommes étaient devenus aussi proches que des frères depuis leur temps dans les forces spéciales, et les femmes qui les avaient rejoints au fil du temps avaient toutes prouvé leur détermination et leur courage. Il se battrait jusqu'à la mort pour chacun d'entre eux, et ils en feraient de même pour lui.

C'était le cœur du problème. Il voulait bien donner sa vie pour sa famille, mais il refusait que l'un d'eux meure pour lui.

Maintenant plus que jamais, il devait garder la tête froide.

— Que Drax s'aventure en ville, c'est peut-être une bonne chose, observa Kai. Ça prouve qu'il est plus désespéré que nous l'imaginions. Nous avons quatre Pierres d'Esprit. Lui n'en a aucune.

Silas secoua la tête. Voilà qui n'apaisait pas du tout ses inquiétudes. Drax avait été à deux doigts de remporter la vente aux enchères. Si Cassandra n'était pas arrivée pour l'interrompre...

Pour la centième fois ce soir-là, son esprit revint au pourquoi et au comment de son implication. Pourquoi le destin avait-il conduit cette femme innocente dans un combat entre dragons ?

C'est le destin. Elle est notre compagne prédestinée.

Fébrile, son dragon donnait des coups de queue.

Silas était sur le point de secouer la tête lorsqu'une autre douleur lui traversa le bras.

La pierre, s'intima-t-il. *Concentre-toi pour obtenir la pierre avant Drax.*

On s'en fiche, de ce caillou ! protesta son dragon.

En effet, il avait du mal à se concentrer en cet instant. Le monde était de plus en plus flou, même s'il produisait un monstrueux effort pour ne pas ressentir la douleur.

— Et maintenant ? demanda Kai.

Silas ne répondit pas tout de suite. Le combat avec Drax serait comme une longue partie d'échecs, pas un poker expéditif, et chaque décision risquait d'affecter une dizaine d'autres mouvements ultérieurs. Putain, il avait du mal à y voir clair, sans parler de réfléchir correctement.

— On rentre à la maison. On se regroupe. On réfléchit, souffla-t-il alors qu'une autre vague de douleur lui rongeait les nerfs.

— Et elle ? chuchota Kai en désignant discrètement leur invitée. Elle doit bien cacher le joyau quelque part.

Silas tenait fermement son coude blessé. C'était tout le problème. Ils étaient venus à New York pour la Pierre de Vent, mais ils rentraient bredouilles. La seule bonne nouvelle, c'était que Drax ne la détenait pas non plus.

Non, la vraie bonne nouvelle, c'est qu'elle n'est pas blessée, rectifia son dragon.

C'était un miracle, étant donné qu'elle avait bien failli brûler vive, pourtant cela ne signifiait pas que Cassandra était en sécurité. À vrai dire, elle n'allait pas bien. Il l'avait vue se replier sur elle-même à l'aéroport, les bras croisés autour de son buste tout en essayant de paraître courageuse. Elle était la seule sans bagage, la seule à ne pas rentrer chez elle. Elle le cachait admirablement, néanmoins il avait entrevu de la peur dans ses beaux yeux bruns.

Tu peux me faire confiance, avait-il voulu lui dire.

Un rang derrière lui, Tessa discutait avec elle. Silas tendit l'oreille.

— Tu as faim ? demandait-elle.

Cette bonne vieille Tessa, toujours à prendre les choses en main. Elle savait faire son chemin dans le cœur de n'importe qui à travers la nourriture.

— Non merci, répondit simplement Cassandra.

— Tu en es sûre ? Je pourrais te préparer quelque chose.

— Non, vraiment, ça va.

Silas était prêt à parier que Cassandra allait aussi mal que lui, même si elle ne l'admettait pas.

— Alors, dis-moi, tu travailles dans quelle branche ? l'interrogea Tessa.

Cassandra hésita et il se demanda si elle n'était pas en train de préparer un mensonge.

— Je suis barmaid.

Il aurait voulu qu'elle continue à parler. Il y avait quelque chose de doux et d'envoûtant dans sa voix, un timbre d'alto mélodieux qu'il aurait pu écouter toute la journée.

— Pas mal, cet avion, hein ? reprit Tessa.

Heureusement qu'ils avaient le jet. Ils étaient venus à New York à bord d'un avion de ligne, mais le retour aurait été un véritable enfer pour son bras blessé.

— Il est à vous ? demanda Cassandra.

Tessa éclata de rire.

— J'aimerais bien. Kai a des amis haut placés. Sans jeu de mots.

Ce dernier sourit et tapota son accoudoir.

— G550. Super bolide. Un copain pilote me devait un service, alors je l'ai appelé.

Tessa étira ses jambes et soupira.

— Je dois dire que ce sera difficile de retourner en classe éco après ça.

Silas remua sur son siège, essayant de trouver une position plus confortable. Tessa avait raison. Ils s'étaient tous mis d'accord pour ne pas jeter l'argent par les fenêtres, surtout quand une compagnie aérienne faisait tout aussi bien l'affaire, mais merde. Il y réfléchirait la prochaine fois.

La prochaine fois ? protesta son dragon. *La prochaine fois, nous volerons de nos propres ailes.*

Un tintement retentit et la lumière de la ceinture de sécurité s'éteignit alors que le pilote annonçait l'altitude de croisière et le plan de vol.

— Maui ? s'écria tout à coup Cassandra

Silas se retourna pour la regarder. Elle n'était pas seulement surprise de leur destination. Elle était inquiète. Pourquoi donc ?

— Quelque chose ne va pas ? demanda Tessa.

— Non, souffla Cassandra. Seulement, je ne suis encore jamais allée aussi loin. Dix heures de vol, c'est ça ?

Elle mentait, et il le savait. La question était de savoir pourquoi.

— Oui, avec un arrêt pour faire le plein, précisa Tessa.

Silas serra les dents. Le vol serait long, mais il ne pouvait pas se laisser aller, pas encore.

Il fit signe à Kai et tous deux firent pivoter leurs sièges vers les deux femmes. Encore un autre avantage du jet privé. Il s'efforça d'ignorer la douleur dans son bras et joignit les mains, exactement comme son grand-oncle avait coutume de le faire, un geste qui signifiait à la fois « Parlons des choses sérieuses » et « C'est moi le patron ».

— Mademoiselle..., commença-t-il avant d'attendre qu'elle leur donne son nom de famille.

Elle aussi attendait. À l'évidence, elle ne voulait pas accéder à sa demande, mais elle finit par répondre :

— Nichols. Cassandra Nichols.

Elle avait parlé sur la même intonation que « Bond, James Bond », et il admira son courage.

— Cassandra. Qu'avez-vous fait de ce diamant, exactement ?

Elle sourit en ouvrant les paumes.

— Quel diamant ?

Tessa esquissa un sourire.

Je l'aime déjà.

Je l'aime bien, moi aussi, murmura son dragon en hochant vigoureusement la tête.

Il les ignora tous les deux, regardant fixement la femme.

— Le diamant avec lequel vous avez quitté la salle des ventes. Celui que Drax désire si éperdument.

Cassandra arqua un sourcil.

— Vous voulez dire, celui que *vous* désirez si éperdument ?

Pas du tout, il ne désirait rien éperdument. Il était plutôt du genre froid et détaché.

Sauf avec elle, fit remarquer son dragon.

Kai et Tessa le regardaient. Il ne s'était jamais senti autant observé.

— Je ne le désire pas éperdument.

— Vraiment ? Ce n'était pas très clair.

Eh bien, il ne s'attendait pas à cela. Il s'attendait à une jeune femme éplorée, en larmes. La plupart des humains réagissaient ainsi à leur première rencontre avec des métamorphes. Et à en juger par la réaction de Cassandra dans la ruelle, c'était la toute première fois qu'elle en voyait. Il en était convaincu.

— Que savez-vous au sujet du diamant ? demanda-t-il pour retrouver un terrain plus sûr.

— Je sais qu'il m'appartient. Éloïse me l'a légué.

— Qui ça ? fit Kai en griffonnant sur un bloc-notes.

— Ma tante. Elle m'a demandé de le protéger au prix de ma vie. Et je vous jure que je le ferai.

Silas écarquilla les yeux. Décidément, rien ne l'effrayait !

Oh, si, elle est effrayée, murmura son dragon. *Mais franchement, elle le gère plutôt bien.*

— Le protéger contre qui ? s'enquit-il en retrouvant le sujet qui le taraudait.

Ses lèvres frémirent lorsqu'elle répondit :

— Contre les dragons, bien sûr.

Il s'enfonça un peu plus dans son siège.

— Écoutez, je veux seulement vous aider.

— Je n'ai pas besoin d'aide.

Heureusement, Tessa vola à son secours :

— C'est plus qu'un simple diamant, tu sais.

Cassandra fronça les sourcils.

— Oui. Il semble avoir un effet magnétique sur les dragons.

Silas tenta une autre approche.

— On vous paierait avec plaisir, vous savez. Pas besoin de verser une commission au service de vente aux enchères. Ça fait plus d'argent dans votre poche.

Elle croisa les bras.

— Peut-être que l'argent ne m'intéresse pas.

Tout le monde est intéressé par l'argent, murmura Kai dans sa tête. *À d'autres !*

Silas l'ignora.

— Alors, qu'est-ce qui vous intéresse ?

— Éviter qu'il tombe entre les mains des dragons, répondit-elle comme si c'était évident.

Il grommela.

— Croyez-moi, j'en serais ravi. Mais maintenant qu'il a attiré l'attention de Drax...

— La vôtre aussi, rétorqua-t-elle.

Décidément, elle avait le don de le déstabiliser... et d'éveiller tous ses sens. Son dragon était agité. Ses narines palpitaient comme pour mieux la flairer. Il n'y avait aucune odeur de ville dans son parfum clair et frais, mais des senteurs de lavande et de pissenlits. S'il fermait les yeux, il imaginait de petites touffes blanches flottant sur des champs infinis, quelque part dans une campagne que les problèmes ne semblaient pas pouvoir atteindre.

Malgré tout, il ne devait pas fermer les yeux, même s'il en mourait d'envie. Il devait rester vigilant, aux aguets.

— Mon but est d'empêcher les autres d'abuser de son pouvoir, lui assura-t-il.

— Et qui vous en empêchera, vous ?

Il pinça les lèvres. Il s'était déjà posé cette question. Les Pierres d'Esprit avaient la réputation d'être difficiles à contrôler, un peu comme son dragon intérieur. Si les cinq joyaux étaient réunis, qui savait quelle influence ils pourraient essayer d'exercer sur lui ?

Il aimerait pouvoir lui dire la vérité : qu'il aurait préféré que la Pierre de Vent reste perdue quelque part dans le monde des métamorphes, qu'il ne voulait pas y toucher. Mais il était trop tard pour cela. Le devoir l'appelait et il devait y répondre.

— Vous pouvez me faire confiance.

— Vraiment ? répliqua-t-elle en croisant les bras.

Tessa leva un sourcil en le regardant.

Elle a raison, tu sais.

Il faillit répondre qu'elle n'avait pas d'autre choix que de lui faire confiance, cependant quelque chose lui disait que cela ne passerait pas bien.

— Silas t'a sauvée du feu de Drax, tu sais, observa Kai.

Les yeux de Cassandra restèrent résolument rivés à ceux de Silas.

— Et je peux savoir pourquoi ?

— Je commence à me le demander, marmonna-t-il alors qu'une nouvelle douleur lui transperçait le bras.

— Attends, laisse-moi jeter un coup d'œil à cette blessure, lui dit Tessa, changeant de sujet avec autorité.

Elle se leva et lui fit signe de se pencher. Il recula encore plus dans son siège.

— Ça va.

— Génial, alors montre-moi, insista-t-elle.

Il fit la grimace. Il était l'alpha d'un puissant clan de métamorphes et il ne laissait personne le commander.

Mais Tessa fronçait les sourcils, les mains sur ses hanches comme sa mère le faisait quand il était enfant.

Avec un soupir, il finit par céder. C'était le problème, avec les femmes au caractère bien trempé qui n'hésitaient pas à repousser les limites de la hiérarchie du clan, de temps en temps.

Au bon vieux temps..., commença son dragon avant qu'il ne lui impose le silence.

Le bon vieux temps était un mythe, et même s'il le pouvait, il ne voudrait pas d'une vie différente.

Tessa retira la veste de ses épaules et il déboutonna lentement sa chemise, non sans éprouver de vives douleurs. Il devait être sous l'effet de l'adrénaline quand il l'avait enfilée, parce que l'enlever lui faisait un mal de chien maintenant, surtout aux endroits où le coton éraflait sa peau brûlée.

— Après réflexion..., commença-t-il, prêt à renoncer.

— Allez, viens, dit Tessa.

Il prit une profonde inspiration. « Un bon alpha ne montre jamais ses faiblesses », lui avait toujours dit son père. Ce ne serait pas raisonnable de révéler sa blessure à Kai, Tessa, et pire encore, à Cassandra.

On peut lui faire confiance, insista son dragon.

Comment sa bête pouvait-elle en être aussi sûre ?

Elle nous fait suffisamment confiance pour être montée dans cet avion.

Il réfléchit un moment, puis se tourna lentement et ôta enfin sa chemise.

— Aïe ! s'écria-t-il lorsque Tessa tendit la main pour l'aider.

— Ne sois pas si... Oh ! murmura-t-elle en découvrant l'étendue de sa brûlure.

Son avant-bras était boursouflé, couvert de sang. La peau autour de son coude, là où il avait encaissé les flammes de Drax, était noire, carbonisée. Son biceps était mal en point, quant à son épaule...

Kai resta bouche bée et Cassandra écarquilla les yeux.

— Oh, mon Dieu...

— Ça va, je vous dis ! grogna-t-il.

Tessa tendit la main et il recula vivement.

— Il doit y avoir une trousse de premiers secours à bord, dit-elle en s'éloignant.

— Merde, chuchota Cassandra en regardant son bras.

Oui, ce mot résumait assez bien la situation. Mais comme il ne voulait pas s'épancher sur ses sentiments, il garda le silence.

Le regard de Cassandra s'assombrit et sa voix cristalline prit une intonation plus basse, presque lugubre.

— Je suis vraiment désolée. C'est ma faute.

— Ce n'est pas votre faute. C'est celle de Drax, corrigea-t-il.

Et je le referais pour toi s'il le fallait, ajouta son dragon.

Un éclat dans ses yeux lui apprit qu'elle revivait le combat fumant dans la ruelle. Ses doigts agrippèrent l'ourlet de son chemisier et ses lèvres frémirent, mais aucun son n'en sortit.

— La guérison rapide des métamorphes s'en chargera, lui expliqua-t-il en essayant de ne pas grimacer quand la douleur le saisit à nouveau.

— Métamorphe..., murmura Cassandra en reculant.

Malgré tout, une seconde plus tard, elle se penchait à nouveau vers lui avec une expression déterminée.

— Laissez-moi regarder.

Il voulait se détourner, pourtant il en était incapable. Il resta assis là, impuissant, tandis qu'elle lui soulevait le bras. Avec douceur, comme une foutue infirmière privée au contact magique, elle y parvint sans lui faire mal. Enfin, un peu, mais rien de méchant.

Elle est si gentille, ronronna intérieurement son dragon. *C'est un tel plaisir d'avoir son aide.*

L'ennui, c'était qu'il n'avait pas besoin d'aide. Enfin, quoi, il était un dragon alpha sans peur et sans reproche !

Tessa revint avec une pochette qu'elle ouvrit, cependant Cassandra refusa la pommade qu'elle lui proposait.

— Non, ça n'ira pas pour une brûlure.

— Tu en es sûre ?

Cassandra hocha fermement la tête.

— Quoi donc, alors ? demanda Kai.

— Laissez tomber, grommela Silas.

En réalité, il voulait uniquement rejeter Kai et Tessa. Mais l'attention de Cassandra ne le dérangeait pas. Sa présence était... réconfortante. Agréable.

Je lui fais confiance. Je l'aime bien, disait son dragon.

Kai secoua la tête.

— La guérison des métamorphes fonctionnera, mais combien de temps durera ta convalescence, surtout si Drax débarque ?

Pour le coup, il marquait un point.

— Accordez-moi une seconde, dit Cassandra en se dirigeant vers la kitchenette.

Tessa la suivit pendant que Kai allait au bar se servir une boisson forte.

— Un antidouleur à l'ancienne, murmura son cousin en se versant un deuxième whisky.

Silas commença à porter son verre à ses lèvres, mais lorsque Cassandra revint, il se laissa distraire par la jeune femme.

— Vous pouvez vérifier dans la trousse s'il y a de la lavande ? demanda-t-elle à Tessa. Et de l'aloès. J'aurais besoin d'un peu d'aloès.

Elle était comme une infirmière des urgences qui savait exactement ce dont elle avait besoin et attendait qu'on le lui apporte séance tenante.

Silas fronça les sourcils en voyant ce qu'elle lui apportait. Quelques sachets de thé trempés dans... du lait ?

— Je croyais que vous étiez barmaid.

Un petit sourire se dessina au coin de sa bouche.

— Dans ma famille de dingues, on a des remèdes maison pour à peu près tout.

— Dingues à quel point ? murmura Kai.

Tessa revint avec deux petits pots.

— J'ai trouvé ça...

Après avoir examiné les étiquettes, Cassandra en écarta un. Lorsqu'elle vaporisa les sachets de thé avec le deuxième flacon, une odeur de lavande envahit la cabine.

Kai avait l'air soucieux, mais Silas laissa ses paupières se fermer et le parfum le transporter dans un autre lieu et une autre époque. Le sud de la France prenait vie avec ce parfum printanier. Il avait adoré cela quand il était petit. Les yeux fermés, il revoyait les champs ondoyants de fleurs violettes ; une myriade de fleurs entourées de murets de pierre et d'anciens monastères. Il imaginait des papillons, des abeilles qui bourdonnaient et la chaleur du soleil méditerranéen...

— Comment ça va ?

Il baissa la tête pour découvrir Cassandra accroupie devant lui, appliquant les sachets de thé contre son bras. Lorsqu'il leva les yeux, il croisa les siens et faillit s'y perdre. Son sang gronda à ses oreilles tandis que son cœur battait la chamade.

— Ça va, chuchota-t-il. C'est très bien.

Le temps resta suspendu, le vrombissement des moteurs assourdi. La douleur, aussi. Les yeux de Cassandra s'éclairèrent. Son dragon ronronnait, et pendant un moment, le monde entier sembla en paix. Il n'y avait que lui, elle, et un sentiment de satisfaction qu'il n'avait pas connu depuis... des années ?

Jamais, fit son dragon dans un souffle. *Je ne me suis jamais senti comme ça, jamais.*

Il retint sa respiration et ses joues s'empourprèrent. Elle le sentait, elle aussi ? Le tourbillon d'énergie, la puissante pulsation qui le poussait à se rapprocher ?

Le destin, murmura son dragon. *Oui, elle le ressent aussi.*

Peut-être, en effet. Si ses lèvres s'entrouvrirent sous l'effet de la surprise, elle demeura parfaitement immobile.

Kai finit par prendre la parole. On aurait dit qu'il criait, et la bulle magique dans laquelle Silas avait dérivé éclata.

— Alors, comment te sens-tu ?

Il cligna des paupières à plusieurs reprises, essayant de trouver une réponse pertinente. « Bien » ne convenait pas. Pas plus que « super », car la douleur était toujours présente, quoiqu'atténuée. La vraie réponse était « À ma place ». Il se sentait à sa place aux soins de Cassandra, en lui faisant confiance.

— Pas trop mal, répondit-il évasivement, s'efforçant de garder un visage dénué d'expression.

Ses amis métamorphes étaient tellement à l'écoute qu'ils risquaient de percevoir les émotions qui parcouraient ses veines. Il devait se concentrer sur autre chose que Cassandra, remettre le diamant au premier plan, même devant sa possible compagne.

Pas « possible ». Il n'y a aucun doute, protesta son dragon.

— Peut-être que tu devrais te reposer un peu, suggéra Tessa.

Il hocha la tête. Oui, du repos lui ferait le plus grand bien. Il était fatigué. À tel point que ses sens semblaient lui faire défaut.

Pas fatigué, maugréa son dragon alors que Cassandra l'aidait à s'installer sur le canapé. *Pas de cette humaine, en tout cas. Peut-être de certaines choses, c'est tout.*

Il étendit ses jambes et essaya de laisser son esprit dériver, mais il revenait toujours au même sujet.

Fatigué d'être fatigué, répétait son dragon de plus en plus lentement.

Il n'était pas lassé des responsabilités, car il était né pour diriger les autres dans les pires moments. Seulement, la solitude que cela impliquait lui pesait, ce sentiment de vide qui le frappait à la fin de la plupart de ses journées. Kai, son jeune cousin, avait été un confident fidèle à leur arrivée à Koa Point. Mais dernièrement, il passait beaucoup de temps avec Tessa. Un par un, les autres membres de leur clan de métamorphes avaient aussi trouvé l'amour. Cela avait renforcé le lien du groupe, mais en matière de compagnie, c'était soit tout le monde ensemble, soit Silas tout seul, sans intermédiaire.

Enfin, Keiki, leur chatte, lui donnait toujours le sourire, mais ce n'était pas la même chose.

Une texture légère se posa sur sa poitrine. Une couverture ? Le cuir d'un siège voisin crissa lorsque Cassandra s'assit, repliant ses jambes sous ses fesses comme si elle s'installait sur une pelouse. Elle se mettait à l'aise pour le long trajet.

Elle ne dit rien pendant un moment. Et puis, elle jeta un coup d'œil vers Kai et Tessa, qui s'étaient blottis l'un contre l'autre dans les deux sièges à l'avant, avant de le regarder de nouveau.

— Vous êtes sûr que ça va ?

Il prit une profonde inspiration. Pas vraiment, et en même temps si formidablement.

— Oui, ça va.

Elle hésita avant de continuer :

— Je suis désolée. Je pensais que les dragons étaient immunisés contre le feu.

Il se permit un petit rire amer.

— J'aurais bien aimé.

— Vous vous êtes mis en danger pour moi, chuchota-t-elle. Pourquoi ?

Il tourna les yeux vers le plafond, évitant son regard.

— Je voulais peut-être sauver le diamant.

Un mensonge, mais qu'importe.

— Vous saviez que je ne l'avais pas, reprit-elle d'un ton calme.

— Mais vous savez où il est, répondit-il en observant sa réaction.

— Oui, en effet. Mais de toute façon, je ne vous le donnerai pas. Je ne le donnerai à personne.

Il vit son propre torse se soulever et s'affaisser avant de répondre.

— Peut-être que je prévois de vous suivre pour vous le voler.

Elle leva les sourcils.

— C'est ça, votre plan génial ?

Il ne pouvait s'empêcher de sourire. Presque rien ne s'était passé comme prévu jusqu'à présent.

— J'improvise.

— Je ne suis pas assez bête pour vous mener au diamant, vous savez, dit-elle en pouffant.

— Ça, je le sais.

— Alors, peut-être que vous devriez laisser tomber.

Tout en parlant, elle entortillait les pointes de ses longs cheveux châtains.

Il haussa les épaules, enfin, du mieux qu'il pouvait avec une seule, tout en étant allongé.

— Les dragons ne laissent jamais tomber.

— Alors, vous attendrez longtemps.

Était-ce une plaisanterie ou une mise en garde ? Ou les deux ?

Je peux attendre longtemps si c'est avec elle, dit son dragon. *Lui parler le temps qu'elle réalise qu'elle est ma compagne.*

— Je suis un homme patient.

Sa voix plus grave d'une octave donnait à ses mots un subtil sous-entendu qu'il n'avait pas prévu.

— Pff, nous verrons bien.

Elle lui tendait la perche, il le sentait. C'était un défi. À moins qu'il se fasse seulement des idées ?

Quoi qu'il en soit, elle n'avait pas l'air de vouloir fuir à la première occasion ou d'empoisonner son prochain verre.

Bien sûr que non, voyons !

Son dragon affichait un sourire dément, jubilant à la perspective de passer plus de temps avec elle au lieu de réfléchir rationnellement à ce qu'il convenait de faire ensuite.

Silas soupira. Il était trop fatigué pour se lancer dans la planification. Il ferma les yeux, renversa la tête en arrière, et pour la première fois depuis longtemps, abandonna ses soucis, au moins pour les quelques heures à venir.

— Oui, nous verrons bien, murmura-t-il alors qu'un voile de sommeil s'étendait sur son corps. Nous verrons bien.

Chapitre 5

— Bienvenue à Maui, annonça Tessa en conduisant Cassandra hors de l'aéroport.

Cette dernière la suivit d'un pas raide. Le voyage avait été interminable, mais maintenant qu'elle était bien réveillée, elle n'en revenait pas. De tous les endroits où ils auraient pu se rendre… Maui ?

Oui. Maui. Aloha, lui disaient toutes les étoiles scintillantes dans le ciel nocturne d'un indigo intense. L'air était chargé des senteurs de verdure luxuriante et d'iode marine. La température douce était parfaite, à tel point que Cassandra devait faire un effort pour se rappeler la gravité de la situation. Elle n'avait pas eu d'autre choix que de quitter New York avec Silas et ses amis dragons métamorphes. Heureusement, ils n'avaient rien essayé de sournois, ou du moins, pas encore.

En un sens, elle était tentée de jouer le jeu. Comme Éloïse l'avait dit un jour : « Pour vaincre son ennemi, il faut le connaître intimement. »

Ce qui donnait à sa libido toutes sortes d'idées inappropriées, maintenant que le beau M. Llewellyn s'était joint à l'équation. Et en même temps, elle mourait d'envie de prendre ses jambes à son cou et de fuir pour avoir la vie sauve.

— Super. Eh bien, merci pour le trajet, dit-elle en faisant deux pas vers la droite. Je vais y aller maintenant…

Kai l'interrompit, campant devant elle avec un regard furieux par-dessus la boîte en carton qu'il ramenait de New York.

— Pour aller où ?

— Vous voulez dire que je n'ai pas le choix ?

Silas avait l'air si épuisé qu'elle était presque désolée pour lui. Mais cela pourrait être sa dernière chance de tester les limites, alors...

Il agita mollement la main vers la sortie.

— Bien sûr, vous avez le choix. Mais vos chances sont bien meilleures avec nous, étant donné ce dont Drax est capable.

Son regard était si sincère qu'elle faillit céder. Mais par principe, elle passa devant Kai en direction de la sortie. Tout le long, elle resta attentive aux éventuels bruits de pas derrière elle. Elle alla jusqu'au trottoir, où elle jeta un coup d'œil dans le reflet d'une vitre de voiture. Silas et les autres avaient tourné à droite et se dirigeaient vers une voiture grise.

Oh, alors ils la laissaient vraiment partir.

Cassandra laissa s'écouler une minute entière pendant que Silas et Kai chargeaient la boîte et leurs sacs dans le coffre. Soudain, quelque chose passa en rase-mottes au-dessus de sa tête... Un oiseau ? Une chauve-souris ? Elle se surprit alors à accourir vers eux en essayant de conserver un peu de fierté.

— Je veux bien accepter, tout compte fait.

Quand Silas se retourna, elle s'attendait à l'entendre éclater de rire, cependant ses yeux exprimèrent plutôt un véritable soulagement et il lui fit signe d'avancer, sans un mot.

Tessa prit aussitôt le relais, lui présentant un homme barbu aux allures d'ours et au sourire avenant.

— Hunter, voici Cassandra.

Cassandra cligna des paupières. Une seconde. Avait-il seulement des allures d'ours ou était-elle en face d'un autre métamorphe ?

Il la salua d'une voix grave et ouvrit la portière de la Rolls-Royce. Bon Dieu, c'était une authentique Rolls-Royce ! Une fois de plus, elle resta bouche bée. Quand le moteur se mit à fredonner, un véritable fredonnement, comme un instrument de musique, elle passa les doigts sur toute la surface en cuir im-maculé. Pendant la majeure partie du trajet, elle resta comme un chien à la vitre, à humer le parfum de l'air. L'atmosphère de Brooklyn était salée aussi, néanmoins il y avait beaucoup de mauvaises odeurs. Ici, à Maui, tout était plus pur. Plus propre. Plein de promesses.

Elle s'émerveilla tout le long de l'île jusqu'à la propriété de Silas ; un domaine entier, à en croire Tessa. Il n'y avait pas l'ombre d'un indice lorsqu'ils quittèrent la route principale, tout juste une modeste boîte aux lettres et un petit coffret bleu sur un poteau tordu, sans doute destiné à recevoir le *Maui News* comme en témoignait le nom inscrit dessus. La Rolls s'engagea ensuite sur un chemin de gravier et arriva devant un énorme portail en bois sculpté et finement ouvragé.

— Bienvenue à Koa Point, annonça Silas lorsque les battants s'ouvrirent.

Cassandra frissonna à l'idée de pénétrer dans le repaire de l'ennemi. D'un côté, elle était effrayée, mais de l'autre, inexplicablement ravie.

Alors que le véhicule progressait sur l'allée sinueuse, elle tourna la tête à gauche et à droite. Il y avait un garage aussi vaste qu'une écurie avec plusieurs box, chacun abritant une voiture exotique différente. À gauche s'étendait une vaste pelouse parfaitement entretenue, avec suffisamment d'arbustes pour dissimuler ce qui se trouvait plus loin.

— Koa Point, murmura-t-elle en sortant de la voiture et en essayant de tout assimiler.

C'était la nuit ici, même si peut-être pas dans le fuseau horaire auquel elle était habitué. Un quart de lune brillait à travers les palmiers dont les feuilles se balançaient dans la brise. Des torches tiki illuminaient un chemin sinueux entre des buissons débordant de fleurs violettes et roses. Chaque inspiration apportait à ses poumons un délicieux parfum de gingembre.

Elle jeta un coup d'œil à Silas, qui se déplaçait sans aucun signe de blessure. Était-ce en raison de sa solidité naturelle, de son métabolisme de métamorphe ou de son remède à base de plantes ?

Une seconde plus tard, elle secoua la tête. C'était ridicule. Elle ne connaissait rien à la sorcellerie, c'était forcément son stoïcisme ou la guérison propre aux métamorphes. Quand il grimaça légèrement, rajustant son sac à bandoulière sur son épaule valide, elle obtint sa réponse. Il prenait sur lui, à l'évidence.

— Voici notre *akule hale*, dit-il en tendant le doigt devant lui. Notre lieu de rassemblement.

Au même moment, un couple sortit du bâtiment au toit de chaume, attendant de les accueillir. L'intérieur de la structure était éclairé et elle apercevait les meubles d'un salon et d'une cuisine. C'était un lieu impressionnant, un séjour sans murs, ouvert à la brise marine.

Elle regarda Silas.

— Qu'est-ce que ça veut dire, *koa* ?

— C'est un arbre originaire d'Hawaï.

— Le bois le plus dur, ajouta Tessa avec un clin d'œil. C'est aussi le nom d'une classe de guerriers d'élite.

Cassandra réfléchit. Du bois dur ? Des guerriers d'élite ? Les deux descriptions correspondaient parfaitement à ces types.

— Salut. Je m'appelle Boone.

Un homme aux cheveux d'un blond roux afficha un grand sourire en tendant la main. Son autre bras restait autour de la taille de la femme à ses côtés, une brune au sourire tout aussi avenant.

— Je m'appelle Nina, dit-elle en serrant la main de Cassandra comme s'il s'agissait d'une vieille amie.

Silas apparut à ses côtés et resta tout près d'elle, presque autant que Boone avec Nina, toutefois Cassandra ne se déroba pas. Au contraire, elle résista à l'envie de se blottir contre lui. Putain, mais qu'avait donc cet homme pour que son cerveau s'éteigne et que ses ovaires prennent le dessus ?

— Je vous présente Melle Nichols, dit-il.

Boone s'esclaffa.

— Tu viens de passer je ne sais pas combien d'heures de vol avec elle, et tu ne l'appelles toujours pas par son prénom ?

— Dix heures, précisa Cassandra en jetant un regard appuyé à Silas.

En dépit de tout ce qui était arrivé, soit l'affrontement dans la ruelle, la blessure, et tout ce temps passé à proximité l'un de l'autre, il restait formel et réservé. Elle se demandait s'il n'avait pas été élevé dans ce genre de pensionnats guindés où l'on inculquait les bonnes manières. Pourtant ses yeux pétillaient comme ceux d'un petit garçon et elle sentait en lui un homme qui attendait de se libérer de sa cage.

Tessa les frôla en se dirigeant vers la cuisine.

— C'est vrai. Allez, entre. Je t'offre un verre, Cassandra ?

— Avec joie, merci.

Elle ne pouvait pas résister. Tessa ne lui avait témoigné que de la gentillesse et de l'humour tout au long du voyage.

— Quelqu'un veut manger un morceau ? lança-t-elle ensuite.

— Moi, répondit Boone en levant la main.

— Ce n'est pas toi qui reviens d'un long voyage, protesta Nina.

— Je parle pour Silas, qui n'avouera jamais qu'il a faim, répliqua-t-il avec un clin d'œil. En plus, je suis toujours capable de manger, surtout si Tessa est aux fourneaux.

Cassandra suivit les autres dans l'*akule hale* et regarda autour d'elle. Chaque fois qu'elle pensait être trop épuisée pour digérer de nouvelles impressions, un détail supplémentaire attirait son attention. Le sol en béton recouvert de nattes tissées, par exemple, ou le plafond en pointe qui s'élevait au-dessus de sa tête. Un oiseau voltigeait entre les épais chevrons et deux ventilateurs de plafond tournaient lentement. Des canapés en cuir extralarges, disposés en carré, donnaient aux lieux une allure de garçonnière, même si elle repérait quelques touches féminines : un coussin en forme de cœur, un vase de fleurs, des cadres photo en coquillages au-dessus de la cheminée. Il y avait un coin cuisine, sur le côté, avec un réfrigérateur en inox couvert de photos et de coupures de presse. Elle aperçut un article évoquant un accident d'hélicoptère et un autre avec la photo d'une surfeuse tout sourire recevant un trophée.

On était loin de l'antre de dragons glacial et humide qu'elle avait imaginé.

Kai et Tessa s'installèrent confortablement sur les canapés. Cassandra n'avait pas l'intention de faire la même chose, mais elle finit par céder. Entre la vente aux enchères, le combat dans la ruelle et le vol... *Waouh !* Elle commençait à peine à reprendre ses esprits.

Nina lui tendit un verre de limonade et elle fit tournoyer la boisson, laissant tinter les glaçons. Comment s'était-elle fourrée dans un tel pétrin ? Et surtout, comment pourrait-elle s'en sortir ?

— À notre retour à la maison, déclara Tessa en levant son verre.

— À la maison, répondit tout le monde en écho.

Cassandra, quant à elle, regardait fixement ses pieds. La maison ? Elle n'était pas particulièrement attachée au petit appartement qu'elle louait à Brooklyn, néanmoins c'était le sien. Quand se sentirait-elle de nouveau chez elle quelque part ?

Les autres se prélassaient avec des soupirs de satisfaction, chaque couple dans un monde à part. Boone glissa un bras autour des épaules de Nina et l'autre sur son ventre proéminent, lui donnant une petite caresse. Cassandra essayait de ne pas trop les regarder, mais c'était évident, Nina devait être enceinte. Pendant ce temps, Tessa s'était rapprochée de Kai. Hunter, le colosse qui était venu les chercher à l'aéroport, avait disparu dès qu'ils avaient mis le pied sur le domaine, évoquant sa compagne, ce à quoi Kai avait répondu par un trait d'humour sur les ours et leurs heures de sommeil.

— C'est si bon d'être à la maison, commenta Tessa.

Cassandra regarda autour d'elle. À l'entendre, on aurait dit que c'était plus une personne qu'un lieu.

Elle jeta un coup d'œil à Silas, s'attendant presque à ce qu'une superbe mannequin apparaisse et s'écrie : « Chéri, tu es rentré ! » avant de se précipiter dans ses bras. Mais il resta assis comme une statue, seul et distant.

Quand il leva les yeux, Cassandra baissa les siens. Les couples se blottissaient sans se soucier des autres. L'amour et la camaraderie étaient évidents, malgré tout elle ne pouvait s'empêcher de penser que l'endroit devait être bien solitaire pour un célibataire.

Son regard dériva une nouvelle fois vers Silas. Merde, cette fois, il la regardait, lui aussi. Au lieu de détourner les yeux, ils continuèrent à se fixer un moment. Comme un aimant invisible ou un vent silencieux soufflant dans son dos, quelque chose la poussa à se pencher dans sa direction. Le bruit des vagues et des palmiers s'estompa jusqu'à ce qu'elle n'entende plus que le battement régulier du cœur de Silas.

Ses narines se dilatèrent et ses doigts s'enfoncèrent dans l'accoudoir. Un muscle de sa joue tressauta, mais il resta immobile.

Elle ne le connaissait que depuis quelques heures, pourtant son esprit parcourait déjà un diaporama de petits moments qu'ils avaient partagés : la courbe solide de son aile qui la protégeait de la tempête de feu de Drax, la fureur avec laquelle il avait rugi, et son angoisse lorsqu'il s'était tourné vers elle juste après, comme pour lui dire : « Je t'en prie, dis-moi que tu vas bien. »

Les images se succédaient. Elle se remémora sa peau brûlante sous sa main quand elle avait soigné sa blessure. La vulnérabilité avec laquelle il l'avait regardée, allongé dans le jet. Et enfin, l'éclat dans ses yeux quand il l'avait vue découvrir le domaine.

Un chaton tricolore sauta sur le dossier du siège de Silas et se mit à ronronner, interrompant brusquement le diaporama.

Silas secoua la tête comme pour se libérer d'un sort et se tourna vers l'animal.

— Keiki, murmura-t-il, radieux.

Waouh, si elle avait eu un appareil pour ajouter une photo de plus à sa collection, elle aurait conservé celle-ci, capturant cette première émotion ouverte que Silas s'autorisait depuis plusieurs heures... et sans doute la première démonstration d'affection qu'il se permettait depuis bien longtemps, à en juger par la rapidité avec laquelle il retrouva son masque maîtrisé.

— Keiki a surveillé ta maison en attendant que tu rentres, plaisanta Nina.

Cassandra croisa les doigts sur ses genoux en se demandant quels autres métamorphes se trouvaient dans la pièce. Des loups ? Des ours ? Des lions ?

Une chose était certaine. Aucune des histoires d'horreur avec lesquelles Éloïse l'avait épouvantée ne correspondait à cette scène. Même lorsque l'ambiance devint maussade pendant le récit que fit Silas des événements à New York, elle ne perçut qu'amour, joie et attachement. Cela se voyait parmi les couples chaque fois qu'ils se regardaient, et cela s'étendait à tout le groupe. À l'évidence, ils étaient tous soudés, une famille élargie, des proches qui restaient ensemble contre vents et marées.

L'amour et la dévotion. C'était un véritable océan et elle en éprouva une pointe de douleur. À New York, elle avait l'impression d'avoir beaucoup de chance : pas de relations trop complexes, pas de problèmes professionnels, pas d'enfants rebelles. Mais ici...

Elle frotta ses orteils contre le tapis sous ses pieds. Ici, elle ne pouvait pas ignorer ce qui manquait à sa vie. Un véritable ami. Un partenaire. Un amoureux.

Au même moment, ses yeux se dirigèrent vers Silas et elle le dévisagea attentivement.

— Heureusement que tu en as réchappé sain et sauf, dit Nina.

— Oui, heureusement, chuchota Silas sans cesser de regarder Cassandra droit dans les yeux.

Elle avala sa gorgée de limonade, regrettant qu'elle ne soit pas mélangée à un peu de vodka. Les dragons métamorphes exerçaient-ils une magie à part ou était-ce propre à Silas ?

— Bon, la journée a été longue. Et même la soirée.

Tessa bâilla et tendit la main à Kai.

— On rentre ?

Aussitôt, ce dernier se leva, se pressant à ses côtés comme s'il ne supportait pas la moindre distance entre eux. Il passa le bras autour de sa taille et tourna vers elle ses yeux verts, clignant des paupières avec un sous-entendu évident.

— Je vais montrer à Cassandra la dépendance, déclara Boone.

Il ne s'était pas éloigné de Nina pendant toute la discussion sur la vente aux enchères, le diamant et Drax.

— Prête ?

Avant que Cassandra puisse ouvrir la bouche, Silas se leva d'un bond et grommela :

— Je m'en occupe.

Le pouls de Cassandra s'emballa. Elle avait du mal à déterminer si c'était de l'excitation ou de la peur. Elle se contenta donc de hocher la tête et de secouer ses cheveux, comme si elle travaillait derrière son bar. Elle avait eu affaire à beaucoup d'hommes dans sa carrière. Certains y allaient franchement, d'autres flirtaient et d'autres encore étaient complètement saouls. Elle savait y faire avec eux.

Ou du moins, elle l'espérait.

— Par ici, dit Silas en lui montrant un sentier.

— Bonne nuit ! lança-t-elle aux autres en essayant de contenir les trémolos dans sa voix.

— Bonne nuit, répondit Tessa.

Nina agita la main.

— Dors bien.

— Ne laisse pas les punaises de lit te mordre, lança Boone.

Elle remplaça « punaises de lit » par « dragons » dans sa phrase et se sentit gênée.

Silas ouvrit la voie et elle lui emboîta le pas, s'efforçant de ne pas remarquer la forme bien dessinée de ses fesses ou de ses épaules. Il souleva une vigne de bougainvilliers couleur corail et elle passa en dessous, frôlant son corps d'un peu trop près. Elle n'avait jamais vu ni senti de koa, mais elle devinait que la description lui convenait : fort et solide comme un arbre. Ce devrait être illégal pour un homme de sentir aussi bon après tout ce qu'il avait vécu dans la journée.

— Merci.

Elle avança d'un pas vif en se rappelant la raison de sa présence. Elle était chargée de protéger un diamant spécial, un joyau qui risquait d'être utilisé par le type d'homme avec qui elle se trouvait en ce moment même.

— Ce n'est plus très loin, annonça Silas.

Le murmure des vagues sur les galets et le sable s'amplifia, et lorsqu'il la conduisit sur une plage, elle s'arrêta net. Des rochers blancs brillaient au clair de lune. Les silhouettes sombres des îles voisines sommeillaient à l'horizon comme des tortues dans le lointain, et un oiseau plana au-dessus de leurs têtes. La maison des invités faisait elle aussi partie du paysage. Elle en fut éblouie.

— Magnifique, souffla-t-elle.

Le « magnifique » commençait par le hamac arc-en-ciel tendu entre deux arbres, et se poursuivait jusqu'à la structure confortable située en dessous. Un toit incurvé partait du sol pour s'élever haut dans le ciel, comme si un amiral avait jeté son chapeau sur la plus belle plage qu'il avait trouvée au cours de ses voyages en déclarant : « Construisez-moi une cabane ici ! » Le porche bas commençait là où le sable se terminait, et deux chaises longues étaient orientées vers l'océan. Elle s'imaginait déjà là, assise sur une serviette bariolée, à siroter un cocktail à la noix de coco.

Une vague s'écrasa sur le rivage et elle se tourna vers la mer. Les étoiles scintillaient dans le ciel indigo, les grillons chantaient dans les dunes et un parfum de roses montait d'un buisson voisin.

Silas poussa une porte coulissante. Aucun grincement, cliquetis, ni craquement. Les rideaux jaunes flottaient paresseusement sous la brise marine et la literie bleue l'attirait comme les ailes d'une mère poule.

Entre, entre ! Tu dois être si fatiguée, mais maintenant, tu vas pouvoir te détendre. Reprends ton souffle.

Cela aurait été bien plus facile sans la présence de Silas, qui occupait tant de place dans l'entrée qu'elle n'osait pas passer. Il tapota une poutre de soutien avec sa paume.

— Nous venons juste de remplacer le toit et avons effectué quelques autres réparations.

Il y avait une pointe de fierté dans sa voix et Cassandra devina que le « nous » se résumait à lui seul.

Il craqua une allumette et s'approcha d'une énorme bougie blanche posée sur la table du porche. La flamme se mit à scintiller, dansant dans son cylindre de verre.

— C'est superbe, dit-elle en montant la dernière marche.

Ses pieds hésitèrent et elle resta à quelques centimètres de son torse. Pendant une seconde, elle demeura là, osant à peine respirer et encore moins réfléchir. Quel était ce sentiment insensé qui la prenait chaque fois qu'elle était près de lui ?

Elle leva la tête, mais ne croisa pas son regard, car il était focalisé sur ses lèvres. Sa bouche s'entrouvrit comme pour dire quelque chose... ou mieux encore, pour l'embrasser. Instinctivement, elle se pencha plus près en retenant son souffle. Rêvant de *ce* baiser.

Elle releva le menton, incapable de trouver la moindre raison s'opposant à ce moment magique. Ça lui semblait parfaitement naturel, surtout dans ce cadre enchanteur digne d'une lune de miel. Mais une fronde de palmier balaya le toit de chaume de la dépendance, presque moqueuse, et elle retrouva ses esprits.

— Bonne nuit, mademoiselle Nichols, chuchota Silas en s'éloignant.

« Mademoiselle Nichols ». Arriverait-elle à franchir ses défenses un jour ? Et... rah ! En avait-elle vraiment envie ?

Elle le regarda s'en aller, le cœur serré, et répondit d'une voix légèrement rauque :

— Bonne nuit, Silas.

Une seconde plus tard, il était parti, et elle se laissa tomber sur une chaise, contemplant la mer. Enfin, elle soupira et souffla sur la bougie. Elle resta ainsi dans l'obscurité, à regarder les fines volutes de fumée s'élever en tournoyant devant le clair de lune.

— Bonne nuit, Koa Point, chuchota-t-elle en refermant les bras autour de son buste.

Chapitre 6

Les jours passèrent. Même si Cassandra était sur ses gardes contre le mal qu'Éloïse avait décrit, il ne se passait rien. Rien de négatif, en tout cas.

Elle s'attendait à des baraquements spartiates, des champs de tir pour dragons, des mannequins de paille à brûler. Mais il n'y avait rien de tel. Pas de dragons cruels et dominateurs, pas d'explosions de feu ni de transformations soudaines en bêtes hargneuses, l'écume aux babines. Ce furent quatre jours paisibles dans un coin de paradis ensoleillé.

Le domaine était formidable. La dépendance donnait sur une plage de sable doré où l'eau turquoise allait et venait au gré des marées. Il y avait un jardin entier de fleurs exotiques, avec de l'hibiscus délicat, des roses de porcelaine et des oiseaux de paradis flamboyants, sans parler des roses ordinaires qu'elle ne pouvait s'empêcher de humer en passant. Tessa et Nina lui avaient fourni tous les vêtements dont elle avait besoin. Elle n'avait pas tardé à se sentir à l'aise dans la routine quotidienne des métamorphes de Koa Point.

Trop à l'aise, en vérité.

Elle se réveillait tôt, toujours à l'heure de New York, et s'attardait sur le porche, contemplant l'horizon rosé. Les étoiles s'éteignaient lentement et la silhouette de Molokai se dessinait peu à peu. Elle ne passait pas beaucoup de temps à considérer les îles voisines cependant, trop concentrée sur son hôte énigmatique ou pire encore, à s'éventer pour dissiper les fantasmes torrides qui ne la quittaient pas de la nuit. Elle avait presque l'impression que Silas lui avait rendu visite et

67

fait toutes sortes de choses délicieuses... des choses dont son corps et son âme avaient tant besoin.

Éperdument besoin.

Bien sûr, dès qu'elle se réveillait, ou du moins une ou deux minutes plus tard peut-être, le temps de savourer la sensation, elle reprenait ses esprits et se sermonnait avec les échos des paroles d'Éloïse.

Ne fais jamais confiance à un dragon. Ce sont des créatures viles et cruelles. Ce sont des ennemis.

Mais cela devenait de plus en plus difficile à croire au fil des jours. Surtout après avoir pris sa douche, quand elle se rendait à l'*akule hale* où elle se versait un café et échangeait des banalités avec les résidents du domaine qui se promenaient seul ou à deux.

Dawn était généralement la première à se lever, avec un Hunter aux yeux fatigués pratiquement collé à ses basques.

— Les ours se lèvent tard, lui dit la policière métamorphe.

Elle donna une tape affectueuse sur l'épaule de son homme, taillé comme un rocher.

— Moi-même, je suis plutôt un oiseau de nuit, ajouta-t-elle avec un clin d'œil.

Dès que Dawn partait au travail, Hunter allait se recoucher pour un petit somme. Plus tard, il se mettait au travail, entretenant la flotte de voitures de luxe du domaine. Les autres allaient et venaient tout au long de la matinée, certains disparaissant au travail, d'autres prenaient tout leur temps. Kai et Tessa se rendaient tout droit en cuisine, tandis que Nina s'allongeait sur un canapé et laissait Boone lui masser les épaules.

— Nausées matinales, expliqua-t-il, à la fois fier d'être bientôt père et attristé de voir sa compagne souffrir.

Le concept de « compagnons » avait semblé barbare à Cassandra les premières fois où elle l'avait entendu. Et lorsqu'elle avait appris que Silas avait été promis à Moira, le terme lui avait paru médiéval... Elle n'en éprouvait pas moins une pointe de jalousie qu'elle ne s'expliquait pas vraiment. Quelle importance, pour elle, de savoir avec qui il avait été dans le passé ?

Pourtant, cela comptait. Plus qu'elle voulait l'admettre.

Et plus elle les regardait vivre, plus elle aimait l'idée d'avoir un compagnon, surtout si c'était pour qu'un homme la traite avec la même adoration que ceux de Koa Point le faisaient avec leur moitié. Boone faisait toujours l'impossible pour soulager les maux de Nina, des massages des pieds aux compresses, en passant par les boissons homéopathiques.

— Tu as essayé le thé à l'hibiscus ? proposa Cassandra. De l'hibiscus avec une touche de gingembre et un peu de miel.

Boone leva les yeux, surpris.

— Je croyais que tu étais barmaid.

Elle haussa les épaules.

— Je mélange toutes sortes de choses. Je ne peux pas m'en empêcher, depuis toute petite.

— Comme des potions, par exemple ? plaisanta Boone.

Silas arriva au même moment. Il resta figé en entendant ces mots. Cassandra aussi s'interrompit. Il semblait qu'elle avait bel et bien des caractéristiques de sorcière, tout compte fait. Oups. Si les sorcières considéraient les dragons comme des ennemis mortels, la réciproque était-elle également valable ?

Un moment plus tard, Silas se dirigea vers la machine à café, plus absorbé par ses pensées que par la colère. Cassandra fit infuser le thé et prépara le mélange que Nina sirota timidement. Le lendemain matin, Boone s'empressa de rejoindre l'*akule hale* à l'aube pour concocter la mixture.

— Ça a marché ? demanda Cassandra.

Il leva le pouce en répondant :

— Ce n'est peut-être pas un remède miracle, mais ça l'aide beaucoup, alors merci.

— À bientôt, dit Kai en donnant à Tessa un long baiser avant de rallier son appareil.

Un dragon qui pilotait un hélicoptère, ce n'était pas commun.

Bien vite, ses perspectives d'évasion furent reléguées au fin fond de son esprit, remplacées par une curiosité méfiante. Elle voulait en apprendre plus sur la vie des métamorphes. Lorsqu'elle avait appelé son patron du *Tony's Bar* pour lui demander un congé prolongé pour cause de problèmes familiaux, soi-disant, elle avait obtenu quelques jours supplémentaires. Il y avait tant de choses à découvrir, à étudier et à apprendre ici.

À l'image du petit déjeuner, le déjeuner était un moment de décontraction où chacun allait et venait à sa guise. Les dîners, en revanche, étaient toujours pris en commun. Tout le monde se réunissait au coucher du soleil et discutait dans une ambiance légère pendant que Tessa préparait de nombreux plats délicieux. Elle ne plaisantait pas en se présentant comme une bonne cuisinière. C'était Nina qui apportait les plats et les assiettes à la table, comme si elle avait le service dans le sang. Cassandra ne pouvait s'empêcher d'admirer son style. Si seulement les serveuses du *Tony's Bar* se bougeaient comme elle.

— Ah, Tessa. Tu t'es surpassée ! s'exclama Kai comme à la fin de chaque repas.

Cassandra regardait alors autour d'elle avec étonnement, se rappelant qui ils étaient. Des métamorphes dragons, loups, et ours. Apparemment, deux tigres métamorphes, Cruz et Jody, complétaient la bande à Koa Point, mais ils étaient absents pour une compétition de surf. Elle avait vraiment du mal à suivre.

Les détails n'avaient pas d'importance, car une chose était claire et nette : il s'agissait d'une communauté dans le plus pur sens du terme. Une famille soudée, composée de personnes aimantes, au grand cœur, qui appréciaient chaque cadeau que le destin leur envoyait. Boone construisait une chambre d'enfants pour les jumeaux que Nina et lui attendaient. Hunter les aidait, assurant aux futurs bébés un foyer sûr et confortable. Tessa expérimentait de nouvelles recettes pour Nina, et Kai avait crié de joie lorsque Cruz l'avait appelé pour lui annoncer le premier podium de Jody au classement professionnel de surf. Les hommes se chamaillaient comme seuls des amis proches pouvaient le faire, chacun aussi dur qu'un roc sauf quand la petite Keiki passait par là, faisant ressortir leurs côtés plus calmes, plus tendres... Même chez Silas, qui ne donnait pourtant pas l'impression d'avoir un brin de douceur en lui.

Les femmes, quant à elles, étaient accueillantes et affectueuses. Chaque membre de cette sororité spéciale avait sa façon bien à elle de faire marcher les hommes à la baguette. Tessa y allait de ses commentaires exaspérés, du genre : « Sérieusement, Kai ? » Elle n'hésitait pas à repousser la main d'un métamorphe s'il essayait de goûter en douce à ses plats en cuisine. Nina était plus subtile, avec des moyens empreints de douceur. Dawn, quant à elle, avait tout de la policière coriace, féminine, mais implacable quand les circonstances l'exigeaient. D'ailleurs, elle venait juste de coller à Boone une autre amende pour excès de vitesse.

— La loi, c'est la loi, répliqua-t-elle sèchement quand on la taquina à ce sujet.

— Oui, madame, répondit Boone avec un sourire. Je ferai de mon mieux pour me repentir.

— Essaie mieux que ça, lança la principale intéressée en soupirant.

La seule résidente féminine que Cassandra n'avait pas rencontrée était Jody, mais la surfeuse devait être aussi indépendante, vive d'esprit et obstinée que les autres.

— Quelqu'un veut boire un coup ? demanda Kai en s'approchant du bar, le deuxième soir.

Cassandra le regarda remplir un verre de glaçons avec une lenteur insoutenable qui fit grincer des dents la professionnelle en elle. Au bout de dix secondes, elle se précipita :

— Je peux t'aider ?

Kai n'avait pas l'air très enthousiaste jusqu'à ce qu'il voie ses mouvements habiles. Enfin, il recula en murmurant :

— Fais-toi plaisir.

— Rien pour moi, merci, lança Nina en se caressant le ventre.

Cassandra secoua la tête et prépara une boisson sans alcool.

— Ananas-gingembre pétillant, expliqua-t-elle. Je crois que tu vas aimer.

Il s'avéra que Nina en raffolait. Tessa adora son Bushwacker et Boone tenta quelques plaisanteries sur le nom de son cocktail, ce qui fit grogner Silas.

— Un triple Sex on the Beach !

Cette fois, le grognement devint plus fort et Boone s'empressa de corriger, non sans cacher un petit sourire :

— Bon, un Blue Hawaiian me conviendrait très bien.

— Et toi ? demanda-t-elle à Kai.

Il sourit.

— Un Backdraft.

Elle arqua un sourcil. C'était un cocktail corsé aux vapeurs hautement inflammables. Logique pour un dragon, après tout.

— Kai, l'avertit Tessa.

Il ricana.

— Désolé. Je plaisante. Mais je ne serais pas contre un Lava Flow. Tu connais ?

— Un peu, que je connais, murmura-t-elle.

Un peu trop fort, sans doute, car tout le monde éclata de rire.

Entre les préparations et sa posture familière derrière le bar, Cassandra se sentait dans son élément pour la toute première fois.

— Et pour M. Llewellyn, qu'est-ce que ce sera ? lui demanda-t-elle, soudainement gênée.

L'avait-il observée pendant tout ce temps ?

Non, il avait le regard dans le vague et se rongeait l'ongle du pouce.

— Glenfiddich, dit-il d'une voix basse et atone, comme s'il tenait absolument à ne jamais dévoiler la moindre émotion.

Cassandra attrapa la bouteille de whisky, attendant que quelqu'un dise quelque chose, n'importe quoi, pour dérider Silas avec une réplique du type : « Ne t'inquiète pas, on va trouver une solution pour Drax » ou « Allez, Silas ! Passe au moins une soirée sans t'inquiéter ! »

Mais personne ne semblait le remarquer... sauf la petite Keiki, dont la queue s'enroulait autour de ses jambes.

— Et voilà, murmura-t-elle en versant les glaçons dans son verre avant de le lui tendre.

— Hé, Cassandra, lança Boone, détournant son attention. C'est quoi le truc le plus fou qu'on ait commandé dans ton bar ?

Curieusement, ça lui fit un drôle d'effet de laisser Silas assis tout seul.

Avec un sourire forcé, elle reporta son attention sur les autres.

— Par où commencer ?

Tout le monde s'esclaffa.

— Eh bien, il y a eu un type qui voulait notre meilleur cognac mélangé à du Coca.

Kai fit la grimace.

— Tu lui en as servi ?

— Pas question. Oh, et puis il y a eu cette femme qui voulait un martini, mais avec l'olive à part. Je l'ai fait, même si je n'en voyais pas l'intérêt.

— Tu dois avoir de sacrées anecdotes ! s'exclama Tessa.

Oh, elle en avait des tas. Elle partagea avec joie ses meilleures histoires, et surtout les pires, non seulement ce soir-là, mais aussi les jours suivants.

Peu à peu, à chaque bouchée de chaque repas, à chaque éclat de rire bon enfant, Cassandra en venait à se demander si Éloïse ne s'était pas trompée. Tous les métamorphes étaient-ils des monstres, ou seulement certains ?

Ce fut la question qui la conduisit à la bibliothèque, où elle entreprit de passer la plupart de ses après-midis. Lorsque Silas avait mentionné l'endroit pour la première fois, elle avait cru qu'il avait voulu parler de l'établissement public de la ville.

— Non, je parle de la bibliothèque, lui avait-il dit le troisième après-midi en montrant la colline. Dans ma maison.

Elle avait ouvert de grands yeux et avait failli trébucher, à ce moment-là. C'était sûrement la fin. La patience de Silas était-elle à bout et l'attirait-il chez lui, où allait-il l'agresser et la torturer ?

Cassandra adopta sa démarche new-yorkaise la plus assurée et le suivit, prête à tout, ou du moins, elle essayait de s'en persuader. La côte devint de plus en plus raide et le chemin céda la place à une série de marches en pierre montant vers une fissure dans la falaise. Enfin, ils franchirent une paroi et...

— Vous habitez ici ? s'exclama-t-elle, s'arrêtant dans son élan.

Jusque-là, elle s'était concentrée sur les dalles sinueuses qui longeaient le torrent, mais lorsqu'elle repéra la maison, sa mâchoire se décrocha.

— En effet.

Silas continua comme s'il s'agissait d'une architecture banale, avec quatre murs et un toit.

Mais ce n'était pas le cas. Cassandra ne pouvait même pas compter le nombre de murs ou de toits. Les lieux étaient tentaculaires, incurvés en tous sens et s'élevant sur plusieurs étages, construits entièrement en...

— Bambou? murmura-t-elle lorsqu'elle retrouva enfin l'usage de la parole.

Il hocha la tête.

— C'est mon oncle qui l'a conçu.

Elle garda ce commentaire dans un coin de son esprit, lui indiquant que ce détail devait avoir son importance, mais pour l'heure, elle était admirative.

D'abord, il n'y avait aucune ligne droite. Le bâtiment semblait grandir et sortir de la falaise, grimper et s'étendre de sorte que les étages supérieurs étaient plus larges que la base. C'était un endroit magique, à mi-chemin entre le château de Disneyland, le *Livre de la Jungle* et l'Opéra de Sydney, avec des balcons et des lignes gracieuses toutes en courbes. Il n'y avait pas une seule vitre, la maison étant aussi ouverte aux quatre vents que l'*akule hale*, sans aucune porte.

— C'est incroyable, souffla-t-elle.

— Oui, c'est quelque chose, n'est-ce pas? Pas au goût de tout le monde, par contre. Ma tante détestait.

— Comment peut-on détester? répliqua-t-elle en passant la main sur la rampe en bambou de l'escalier.

Silas s'arrêta devant un immense balcon ouvert avec une vue à couper le souffle et Cassandra fut de nouveau bouche bée.

— Putain de merde.

Aussitôt, elle plaqua une main sur sa bouche.

— Je veux dire... Waouh.

Silas pencha la tête en regardant la vue.

— Oui, j'imagine que c'est sympa.

— Vous imaginez ?

— Non, c'est vrai, c'est magnifique, admit-il, même si son intonation suggérait qu'il n'avait jamais eu le temps de s'arrêter pour en prendre plein les yeux. Je me souviens que mon oncle Filimore disait qu'il pouvait voir des baleines d'ici. Pas seulement une ou deux, mais plusieurs, tous les jours.

Elle scruta l'océan, mais n'aperçut que les moutons blancs de l'écume.

— Depuis combien de temps habitez-vous ici ?

— Près de trois ans.

— Et les baleines viennent chaque année ?

Il hocha la tête.

— Pour la saison de la mise bas, au printemps. Enfin, c'est ce qu'on m'a dit.

— Sans rire ? Vous n'avez jamais passé une heure à regarder dehors ? Ou quinze minutes ? Cinq ?

Silas regardait ses pieds, les mains dans les poches, et soudain, elle l'imagina à l'âge de huit ou neuf ans, se faisant réprimander pour une bêtise sans gravité.

Elle modéra son timbre de voix. Cet homme n'avait pas besoin de plus de stress, à l'évidence.

— On devrait peut-être échanger nos places. Vous pouvez prendre mon appartement à Brooklyn, et moi, je surveillerais la maison pour vous ici.

Silas leva les yeux avec un début de sourire en coin, mais dès que leurs regards se croisèrent, il retrouva son sérieux et ses yeux étincelèrent. Ce n'était pas le rouge de la colère, mais la couleur brique qu'elle avait vue une ou deux fois. Son cœur redoubla de vigueur.

« Peut-être que tu devrais rester ici avec moi », aurait-elle voulu comprendre.

Oh, ce serait vraiment une histoire à la Cendrillon. *Le beau milliardaire tomba amoureux de la barmaid new-yorkaise et ils vécurent heureux dans une propriété somptueuse à Maui.*

Cassandra mit un frein à ses idées avant que son imagination débridée ne lui propose quelque chose d'encore plus absurde. Après tout, c'était un dragon métamorphe.

— Alors, la bibliothèque ? demanda-t-elle, essayant de se remettre sur les rails.

— Oui, la bibliothèque, répéta-t-il en se raclant la gorge.

Il l'entraîna dans un autre escalier en colimaçon, passant devant un espace en forme de nid d'aigle, un salon confortable avec un nouveau balcon, et la cuisine aux plafonds les plus hauts du monde. Cependant, aucun de ces endroits n'attirait son attention autant que ses fesses sculpturales.

Bon, d'accord, il était à moitié dragon. Ce n'était pas sa faute si elle ne pouvait ignorer la partie *homme* du personnage. Son côté raffiné, viril et mystérieux...

— Pardon ? balbutia-t-elle en réponse à ce que Silas venait de dire.

Un petit sourire se dessina au coin de sa bouche et il lui fit signe d'avancer.

— Voilà la bibliothèque. Qu'est-ce que vous en pensez ?

Chapitre 7

— Vous êtes libre de lire ce que vous voulez, quand vous voulez, lui dit Silas.

Cassandra entra et tourna sur elle-même, le souffle court. Elle s'attendait à des étagères, certes, mais pas à la collection qui s'étendait du sol jusqu'au plafond en cathédrale. Cela dépassait ses rêves les plus fous. Des rayons entiers de volumes anciens à reliures de cuir s'élevaient sur trois des quatre côtés de la pièce trapézoïdale. Le côté le plus large s'ouvrait sur un autre balcon avec une vue imprenable sur le domaine. Elle se tourna vers les étagères et passa ses doigts sur le dos des livres, certains titres dans une écriture indéchiffrable, d'autres imprimés en caractères soignés avec une bordure dorée scintillante.

Silas restait dans l'entrée ouverte, les bras croisés sur son torse. Elle en vint à s'interroger sur les dragons et les trésors. D'après la légende, les dragons aimaient amasser de grandes richesses. Les livres entraient-ils aussi dans cette catégorie ?

Il ne regardait pas les livres, cependant. Il la regardait, elle. Et très honnêtement, elle ne se privait pas non plus pour lui jeter des coups d'œil furtifs. Son esprit mal tourné imaginait toutes sortes d'usages pour cette table en bois massif, et cela n'avait rien à voir avec la lecture.

Elle s'éclaircit la voix et sortit un livre, puis un autre.

— *La Métamorphose à travers les âges ?*

Elle loucha sur le titre.

— *Garous, loups et esprits : Glossaire des métamorphes au fil du temps.* N'y a-t-il que des livres sur le même thème ?

— Cette section, répondit-il avant de désigner une autre étagère. Là-bas, il y a des livres plus classiques, on pourrait dire. Histoire, géographie, ce genre de sujets. Les parties que les humains connaissent, du moins.

Était-ce de l'espièglerie dans sa voix ? Cassandra regarda à nouveau la section sur les métamorphes. Elle se ferait un plaisir de fouiller.

Sortant un ouvrage, elle le replaça deux volumes plus loin en faisant la moue.

— *Médecine moderne, traditions anciennes*, ce n'est pas dans l'ordre alphabétique. Monsieur Llewellyn, je m'attendais à mieux.

Il leva les mains en signe de capitulation.

— Ne soyez pas trop exigeante. Vous risquez d'en trouver d'autres.

Elle le regarda attentivement alors qu'il poursuivait :

— Croyez-moi, il y a beaucoup de désordre dans ma vie.

Il tapa du talon sur une boîte en carton, celle qu'il avait rapportée de New York. Encore plus de livres ? Pourtant, son intonation suggérait qu'ils n'étaient pas les seuls aspects de son existence qu'il aurait aimé voir plus propres et plus ordonnés.

— Vous aimez l'organisation, commenta-t-elle.

C'était une déclaration, pas une question.

— Que tout soit sous contrôle.

Sa voix devint un peu rauque sur cette dernière partie de la phrase, alors que son esprit s'aventurait à nouveau en territoire interdit.

La lueur dans les yeux de Silas s'enflamma et elle eut la nette impression que ce n'était pas lui qui la regardait, mais plutôt son dragon. Curieusement, au lieu de la faire paniquer, cette idée fit pointer ses tétons.

Elle se détourna rapidement, cachant le rouge qui lui montait aux joues. Cela faisait des années qu'elle n'avait pas flirté avec un homme, pour la simple raison que personne d'intéressant ne s'était jamais présenté. Mais Silas était plus qu'intéressant. Il était fascinant. D'une puissance discrète. Solitaire, mais membre d'un groupe très soudé. Un volcan bouillonnant, une force maintenue sous cloche.

— *Dragons du Pays de Galles : Lignées nobles et roturières.*
Elle en parcourut quelques pages.
Silas haussa les épaules en guise d'excuse.
— Certains métamorphes tiennent aux traditions.
— Certains ?
— C'est ce que j'ai entendu dire, répondit-il en ricanant.
Elle sortit un plus petit livre avec une reliure en cuir rouge, qui portait l'odeur des siècles.
— *Une raison, une saison, une vie.*
Silas hocha la tête.
— Celui-ci est excellent.
— *Compagnons, mythes et légendes.*
— Je crois qu'il appartenait à mon arrière-grand-mère. Elle adorait ce genre de choses.
— Et vous, qu'est-ce que vous aimez, monsieur Llewellyn ?
Elle se retourna, surprise par sa propre audace.
Il se mordit la lèvre, à nouveau sérieux. Une longue minute de réflexion s'écoula avant qu'il ne reprenne la parole.
— Appelez-moi Silas.
Son pouls s'emballa comme si elle venait d'être nommée pour un prix.
— Silas.
Elle l'avait prononcé dans un murmure éraillé et elle commença à se demander si elle n'avait pas un côté animal, elle aussi.
Elle enveloppa son corps du regard en serrant les poings.
— L'Histoire, murmura-t-il. La philosophie. Shakespeare.
Elle ricana. À l'évidence, il la testait, tout comme elle.
— Je ne vous ai pas demandé ce qu'on t'a *appris* à aimer. Je vous ai demandé ce que vous aimiez réellement.
Ses yeux brillèrent et elle s'accorda un point de bonus. Était-elle la première à prendre la peine de le connaître en profondeur ?
Il tourna les yeux vers l'immensité du Pacifique.
— Qu'est-ce que j'aime ? Koa Point. Les gens autant que l'endroit.
Il leva une main et dessina distraitement une courbe dans l'air.

— J'aime voler la nuit. Résister contre les alizés, puis planer jusqu'à la maison.

La maison. Ce mot avait un accent nostalgique qui la poussait à se demander quels besoins cette propriété de luxe échouait à satisfaire en lui.

Elle ferma les yeux et se concentra sur le jeu de la brise dans ses cheveux. Quel effet cela faisait-il de voler ? Pouvait-on monter sur le dos d'un dragon ou serait-ce indigne d'une bête aussi légendaire ?

Quand elle rouvrit les paupières, Silas la dévisageait. Ses lèvres frémirent comme s'il allait ajouter un élément de plus à sa liste, mais aucun son n'en sortit.

— Et vous, qu'est-ce que vous aimez, mademoiselle Nichols ? murmura-t-il enfin.

Putain, il était si proche. Assez pour l'embrasser, si seulement elle en avait le courage.

— Appelle-moi Cassandra, souffla-t-elle.

Il hésita, puis reprit si doucement qu'elle l'entendit à peine :

— Qu'est-ce que tu aimes, Cassandra ?

Elle garda les yeux rivés sur lui.

— Les couchers de soleil. Les rues calmes de la ville, la nuit. Le saxo.

Il haussa les sourcils.

— Le saxo ?

— Oui, j'adore la sonorité des saxophones altos. Et j'aime préparer des cocktails, bien sûr.

Keiki entra au même moment, se frottant contre l'encadrement de la porte. Elle miaula pour que Silas la prenne.

— Salut, toi, murmura-t-il en la soulevant contre son torse.

Cassandra dut faire un effort pour ne pas se montrer jalouse du chaton.

Un muscle tressauta dans la joue de Silas et il répondit d'une petite voix :

— Des cocktails ou des potions ?

Elle avait retenu sa respiration, mais s'autorisa enfin à la relâcher lentement. Ainsi, Silas était au courant pour sa partie sorcière. Il avait ouvertement admis que lui et plusieurs autres étaient détectives privés, il était donc logique qu'il mène une petite enquête sur elle. Cela dit, elle avait elle-même découvert cette parenté que quelques semaines auparavant. Avait-il tout un réseau secret d'espions ?

Quelques instants plus tôt, il s'était montré chaleureux, ouvert, presque intime. À présent, voilà que son visage était un masque impénétrable et illisible.

— Des cocktails, répondit-elle résolument. Je suis une experte.

— Alors, pas de potions ?

Elle fit la grimace.

— Si, mais je ne suis qu'une amatrice. Je ne le savais même pas il y a encore quelque temps.

— Tu ne savais pas pour ton père ?

Par réflexe, elle serra les poings.

— Je savais que c'était un connard qui trompait ma mère et qui nous a quittées quand j'avais trois ans. Ce doit être pour ça qu'elle ne m'a jamais parlé des sorcières. Je ne suis même pas sûre qu'elle y croyait. Et de toute façon, un huitième de sorcière, ça ne compte pas beaucoup.

Il la regarda comme pour dire qu'il n'en était pas si sûr que ça.

— Et Mme Vedma... Éloïse ?

Elle écarquilla les yeux. Décidément, il avait vraiment creusé dans son passé.

— J'ai toujours pensé qu'elle n'était qu'une voisine. Je ne savais pas que c'était la sœur de mon père, répondit-elle en s'avançant, soudain piquée au vif. Elle a été tuée par un dragon il y a quelques semaines. Tu le savais ?

Silas ne chercha pas à le nier... c'était tout à son honneur.

— Je suis au courant. J'en suis navré.

Sa voix exprimait de la douleur, comme s'il savait exactement quel effet ça faisait de voir quelqu'un violemment arraché à sa vie.

Keiki se leva et donna un coup de patte sur le menton de Silas, se demandant sans doute pourquoi il avait cessé de la caresser. Les doigts de ce dernier reprirent distraitement leur mouvement sur sa fourrure.

Cassandra le dévisageait lorsqu'une vilaine pensée lui traversa l'esprit.

— C'est toi qui as fait ça ? Tu as tué Éloïse ?

Aucun meurtrier qui se respectait n'avouerait son crime, mais elle le devinerait à son expression. Des années de travail dans les bars lui avaient appris à repérer les menteurs.

Immédiatement, il secoua la tête.

— C'était Drax. Ou plutôt, un de ses sbires, selon mes sources.

— Et où étaient tes sources le soir où elle a été attaquée ? cracha-t-elle.

Il lui empoigna la main et elle la regarda, étonnée de constater qu'elle s'apprêtait à le gifler.

— Ce que font les sorcières ne me concerne pas. Pendant des siècles, dragons et sorcières se sont fichu la paix...

Il s'interrompit avant de reprendre

— Même si c'était une paix difficile, grommela-t-il. Mes sources étaient exclusivement concentrées sur Drax et ses hommes. Ce qu'il faisait, où et quand.

— Dommage qu'elles soient arrivées trop tard pour aider Éloïse.

— Je suis désolé. Sincèrement.

Il se pencha pour poser Keiki et resta accroupi un instant. L'évitait-il ou souhaitait-il simplement lui accorder un moment de répit ?

Cassandra recula d'un pas pour se ressaisir. Silas avait vraiment l'air désolé et elle ne pouvait pas lui en vouloir en dépit de ses efforts.

— Alors, les sorcières et les dragons sont ennemis, dit-elle en s'adossant contre une étagère.

Il se redressa et hocha la tête. Encore une fois, elle fut frappée par sa taille.

— Depuis cinq siècles, au moins.

Alors, où en sommes-nous, tous les deux ? faillit-elle demander, même si elle devinait la réponse.

— Pourquoi m'as-tu amenée ici, Silas ? lança-t-elle à la place.

Au moins, elle pouvait en parler ouvertement.

Ses épaules s'affaissèrent et sa voix était lasse. Pendant un court moment, tous deux avaient échappé à la réalité. Maintenant, le monde extérieur les écrasait à nouveau.

— Comme je te l'ai dit. Pour te protéger de Drax.

— Et la Pierre d'Esprit ?

Sa voix chevrotait, tendue comme un ressort.

Elle attendait que son regard dérive vers la fenêtre pour éviter la vérité. Cependant ses yeux sombres et profonds restèrent rivés sur les siens, fatigués, mais honnêtes.

— Je me sentirais mieux si je pouvais la protéger aussi. Mais crois-moi, j'en sais assez sur le vol des biens précieux pour respecter ce qui t'appartient.

Son cœur se réchauffa à ces mots. Elle desserra les poings tandis qu'une partie de son esprit s'interrogeait. De quel vol parlait-il ?

— Tu crois que Drax va chercher le diamant ? demanda-t-elle enfin.

Un éclat rouge de colère brilla dans ses yeux.

— Je ne le crois pas, je le sais.

— Il est en lieu sûr, lui assura-t-elle.

Mais comment pouvait-elle en être certaine ?

— Je l'espère.

Une mouette poussa un cri à l'extérieur et un silence pesant s'abattit entre eux.

— Alors, où cela nous mène-t-il ? lança-t-elle, regrettant de ne pas pouvoir revenir à des sujets plus légers et sans conséquences.

Elle aurait aimé qu'ils puissent se détendre et s'amuser, tous les deux. Et pendant une brève seconde, elle entrevit le même souhait dans les yeux de Silas. Plus qu'un souhait, peut-être. Un désir. Il posa les yeux sur ses lèvres et ses narines se dilatèrent.

— Cela nous mène…

Il s'interrompit, comme s'il avait perdu le fil de ses propres paroles.

Cassandra aussi était déboussolée. Bon sang, quel homme ! Sans qu'elle comprenne comment, sa main se retrouva sur son torse et elle se rapprocha comme une marionnette, comme si quelqu'un d'autre avait pris les commandes et la guidait vers lui.

Silas plissa les yeux et leur éclat s'intensifia, flamboyant et tourbillonnant comme deux feux de joie.

Sa gorge était sèche, son esprit absent. Que se passait-il?

Le destin, murmura une voix ancestrale dans son esprit. *Le destin.*

Un mot chargé de sens pour les métamorphes et qu'elle commençait à peine à comprendre. Le destin lui réservait-il quelque chose d'affreux, ou au contraire, lui montrait-il le chemin à suivre?

Ses lèvres bougèrent, mais aucun mot n'en sortit. Parce qu'il ne cherchait pas à lui parler. Et soudain, ses propres lèvres bougèrent aussi. Non pas pour parler, mais pour l'embrasser.

Hein? Quoi? réagit une infime partie de son esprit encore consciente.

Tout le reste de son être se sentait inondé dans un océan de béatitude. Elle était sûre d'elle, convaincue, comme si ce baiser avec Silas *devait* arriver. Comme si le monde risquait d'exploser si elle échouait.

Elle s'avança, le cœur battant à tout rompre. Ses paupières se fermèrent alors qu'elle se penchait, concentrée sur un seul but.

Le destin, reprit la voix en écho lorsque ses lèvres rencontrèrent les siennes.

C'était doux. Chaud. Confortable. Ses paupières frémirent. Attendez... Depuis quand Silas était-il tout cela à la fois?

Ses lèvres bougèrent pour mieux le savourer, ce goût intensément masculin qui fit ronronner la diablesse en elle. Une voix basse et gutturale grondait dans son esprit, et contre toute attente, elle se sentait en parfaite sécurité.

À moi. Tu es à moi.

Elle s'agrippa à son corps avant de commencer à chanceler, déséquilibrée. Cette voix qui se faisait entendre dans son esprit ressemblait beaucoup à une voix de dragon.

Je veux t'aimer. Te protéger. T'honorer jusqu'à la fin de mes jours.

Ces mots la faisaient fondre, toutefois « la fin de mes jours » avait tout du mauvais présage. Quand cela devait-il advenir ?

Un côté de son esprit flottait dans le rêve où l'avait plongée le baiser, tandis que l'autre était assailli par les impressions d'une scène inconnue. Il y avait des rugissements, des explosions de flammes, un paysage sombre et calciné parcouru d'ombres mouvantes, un combat entre la vie et la mort dans lequel, sans qu'elle sache pourquoi, elle était impliquée.

Rien de tout cela n'avait de sens à l'exception du baiser. Cette chaleur, cette connexion étaient exactement ce qu'il lui fallait. Cramponnée à sa chemise, elle se rapprocha encore.

Le destin, reprit cette voix grave avec entêtement.

Quelle était la part du destin ? Le baiser laissait entrevoir un amour éternel, mais l'autre scène lui promettait désolation et destruction.

Les deux, déclara la voix aux accents ancestraux.

Ses mains se resserrèrent sur la chemise de Silas alors qu'elle luttait pour repousser les images lugubres. Un infime baiser contre tout ce mal… Ce fut efficace néanmoins, parce qu'une minute plus tard, la scène sinistre avait disparu, ne laissant derrière elle que chaleur et désir.

Ses nerfs étaient à vif, ses joues cramoisies. Son âme chantait. Aux mains fermes de Silas sur ses épaules, elle se demanda si c'était pareil pour lui.

Enfin, Keiki lâcha un miaulement plaintif et ils se séparèrent. Cassandra cligna des paupières, regardant autour d'elle.

Des étagères. Des murs arrondis en bambou. Silas, le regard fixe. Elle écarquilla les yeux. Putain de merde.

— Sacré baiser, murmura-t-elle en cachant le tremblement de ses genoux, à défaut de celui de sa voix.

Silas avait l'air complètement abasourdi et elle entendit à peine ce qu'il prononça :

— Destin…

Il avait l'air si abattu qu'elle avait envie de l'enlacer et de chasser tous ses soucis, de lui dire : « Je veux t'aimer. Te protéger. T'honorer jusqu'à la fin de mes jours. »

Mais au lieu de se rapprocher, ils s'éloignèrent. Il prit ses distances, le visage chiffonné par l'inquiétude.

— Je suis désolé, murmura-t-il.

Je ne le suis pas, avait-elle envie de lui dire, mais les mots ne sortaient pas. Que venait-il de se passer entre eux ? Et pourquoi cela devait-il se terminer ?

Il était toujours aussi froid, même si sa voix était rauque lorsqu'il désigna la bibliothèque, reprenant là où ils s'étaient arrêtés un instant auparavant.

— Fais bon usage de ton temps ici, Cassandra.

Il avait l'air si triste qu'elle se demanda si son temps ici était compté.

— Lis et apprends, même si tu as du mal à le croire. Nos ancêtres étaient investis d'une mission et ça se devine dans leurs mots.

Une mission. Elle était tentée de demander à Silas quelle était la sienne, mais elle se ravisa. Cette partie était facile à lire en lui. Tout chez cet homme exsudait le devoir et l'honneur, ainsi que le sens du sacrifice. Même s'il ressentait la même chose qu'elle, un sentiment puissant qu'elle n'était pas tout à fait prête à analyser elle-même, il ne le laisserait jamais, au grand jamais, se mettre en travers de son devoir. D'autant plus si les sorcières et les dragons étaient des ennemis jurés.

Alors, quelle place y avait-il pour leur relation ?

— Ça ne te dérange vraiment pas que je lise tes livres ?

Il secoua la tête.

Elle prit un ouvrage sur une étagère et le lui montra, demandant de nouveau :

— Aucun ? Et celui-là ?

Il hocha lentement la tête.

— *Herbes et épices curatives.* Comme je te l'ai dit, tu es libre de tout explorer. Les livres sur les sorcières et la sorcellerie sont par là.

Elle s'avança, passant un doigt sur le dos des volumes. Silas lui faisait-il vraiment confiance à ce point ? Elle adorait la lecture, même si elle trouvait rarement l'occasion de le faire. Bien sûr, maintenant qu'elle était assignée à résidence à Hawaï pour une période indéterminée, elle avait tout le temps du monde pour découvrir *Sortilèges des Highlands,* ou mieux encore, *Mages et sorciers.*

— Sérieusement ? demanda-t-elle en se tournant vers lui.

— Bien sûr. Tu as le droit de connaître tes ancêtres et tu pourrais apprendre une chose ou deux.

Elle arqua un sourcil.

— Des sorts contre les dragons, par exemple ?

Il leva ses mains en signe de paix.

— Tu n'en auras pas besoin contre moi. Mais ça ne te ferait pas de mal de connaître un sort contre... d'autres dragons.

Elle combla le vide que laissait sa phrase.

Des dragons comme Drax.

Silas passa une main dans ses cheveux.

— Si tant est que ces sorts-là existent. Enfin, on n'est jamais trop préparé.

Elle le dévisagea en pensant à la bataille de sa vision.

— Préparé pour quoi, exactement ?

— Pour les problèmes.

— Quel genre de problèmes ?

Il soupira, le regard tourné vers la vaste mer.

— J'aimerais bien le savoir.

Chapitre 8

Trois autres jours s'écoulèrent et Cassandra ne les vit même pas passer. Elle restait des heures à la bibliothèque, à lire et à essayer discrètement quelques sorts. Quand ils échouaient inévitablement, elle se faufilait jusqu'au rayon des métamorphes et se livrait à une petite enquête privée.

Elle commença par *Dragons du Pays de Galles : Lignées nobles et roturières*, impressionnée par l'importance du clan Llewellyn. Mais c'était une lecture plutôt banale en comparaison avec *Lycans, loups et esprits*. Elle feuilleta chaque page du glossaire des métamorphes, stupéfaite par tout ce qu'elle y apprit. Apparemment, il n'y avait pas que des dragons, ours, loups et tigres. Il y avait également des lions métamorphes, des sangliers et même des sirènes, bien qu'elles soient considérées comme éteintes. Il y avait aussi un félin puissant appelé « ligre » : un croisement tigre-lion censé posséder un pouvoir incroyable, même selon les critères des métamorphes.

D'après l'ouvrage, la plupart des métamorphes bénéficiaient de pouvoirs de cicatrisation accrus, ce qui l'interrogeait sur les brûlures de Silas. Avait-il déjà complètement guéri ?

Elle jeta un coup d'œil en direction de son bureau avant de s'intimer de retourner à la section sorcellerie. C'était frustrant, car quoi qu'elle fasse, aucun sort ne fonctionnait. Elle n'arrivait ni à faire léviter une bougie ni à allumer une flamme en un claquement de doigts.

— Merde, marmonna-t-elle au bout du vingtième essai.

Elle finit par allumer ce fichu machin avec une bonne vieille allumette et tenta le sort d'extinction, en vain.

— Fait chier, murmura-t-elle en soufflant la bougie comme la simple humaine qu'elle était.

Elle referma le livre de sorts et s'assit, les bras croisés. C'était exactement comme sa courte leçon avec Éloïse, au cours de laquelle la vieille dame avait tout essayé pour finalement lever les mains en renonçant.

« Tu ne peux pas lancer de sorts ? »

Non, elle en était incapable.

Cassandra se mordit la lèvre. De toute évidence, elle n'avait pas assez de sang de sorcière pour faire fonctionner un sort, quel qu'il soit. Juste assez pour s'amuser avec la version humaine des potions, à savoir les remèdes maison et les boissons fortes. Heureusement qu'elle avait expédié le diamant en lieu sûr.

Merde, maintenant qu'elle était ici, l'endroit où elle l'avait envoyé n'était plus si éloigné que ça.

Ses yeux dérivèrent vers l'une des cartes accrochées au mur entre les étagères, une représentation des îles hawaïennes dessinée à la main, à l'époque des baleiniers. Rien que ce plan valait probablement une petite fortune. Il y avait Maui, avec Lahaina en bonne place, une ville située non loin de la côte. Tessa l'avait emmenée à un marché là-bas. Mais quand les yeux de Cassandra s'égarèrent sur le canal Alenuihaha vers la Grande île d'Hawaï, elle se renfrogna.

— Pas assez loin, maugréa-t-elle avant de jeter un rapide regard circulaire, alarmée.

Ouf. Personne ne l'avait entendue. Elle s'imaginait déjà la conversation que cela aurait entraînée. Silas lui aurait demandé : « Pas assez loin de quoi ? »

Mon Dieu, qu'est-ce qu'elle dirait alors ? « Pour faire du tourisme, bien sûr. » Elle devrait inventer un mensonge du genre : « J'ai toujours voulu voir la Grande île ».

Elle se frotta les yeux. Si seulement il existait un sort pour rallonger les distances. Enfin, bon, elle ne serait même pas fichue de le lancer.

Son regard revint vers l'étagère. Elle devait se renseigner sur les Pierres d'Esprit, cependant elle avait désespérément besoin d'une pause entre deux chapitres sur la sorcellerie. Au lieu de quoi, elle se dirigea vers le rayon des métamorphes et passa le doigt le long de la rangée, à la recherche de quelque chose de nouveau. Soudain, elle trouva un titre intéressant, un petit volume plus récent du nom de : *Rites d'accouplement métamorphes.*

Elle rougit rien qu'en lisant le titre et leva les yeux. Et si Silas la surprenait avec une telle lecture ?

Elle tourna le dos à la porte, jeta un coup d'œil dans le livre et se lança. Un moment plus tard, ses yeux s'écarquillèrent et elle referma vivement l'ouvrage.

Eh bien ! Il s'agissait de l'équivalent du *Kama Sutra* pour les métamorphes et l'auteur n'était pas avare en détails croustillants... ni en illustrations. Apparemment, les métamorphes préféraient faire l'amour sous forme humaine.

Elle jeta un œil vers l'entrée toujours déserte et ouvrit à nouveau le livre. Juste un coup d'œil... elle ne comptait qu'en lire quelques lignes avant de le ranger.

Dix minutes plus tard, elle lisait toujours, le livre grand ouvert.

Les ours métamorphes ont la réputation d'être des amants tendres, en dépit de leur taille. Les mâles sont intégralement dévoués au plaisir de leur compagne, passant souvent des heures...

Elle tourna la page. Pas étonnant que Dawn soit toujours si radieuse.

Les loups métamorphes, comme la plupart des espèces, ne reculent devant rien pour se rapprocher de leurs compagnes prédestinées. Contrairement à leurs cousins canins, ces métamorphes trouvent satisfaction dans un certain nombre de positions différentes et ils sont connus pour s'accoupler à toute heure du jour.

Voilà qui expliquait les gloussements que Cassandra entendait parfois du côté du chalet de Nina et Boone, en bord de mer.

Elle feuilleta le livre jusqu'à trouver la partie sur les dragons et prit une grande inspiration. Un coup d'œil vers la porte lui apprit que la voie était libre, alors elle continua sa lecture.

Les dragons sont les amants les plus passionnés et les plus possessifs de tous. Il leur faut une femme forte, capable d'exprimer ses propres désirs et de les réaliser.

Elle déglutit et regarda par la fenêtre ouverte. Bon sang, qu'il faisait chaud dans cette bibliothèque.

Si certains mâles préfèrent la variété, la plupart se consacrent à une seule compagne, attendant souvent pendant des années que la femme idéale se présente.

Elle ferma les yeux et écouta le murmure de la brise dans l'immense maison de Silas, pratiquement vide.

Si le jeu de séduction des dragons peut prendre des décennies. . .

Des décennies? Elle faillit s'étrangler.

Une fois qu'un dragon mâle trouve sa compagne, il se consacre à elle pour le reste de sa vie. Le rite d'accouplement consiste en d'intenses ébats, à l'apogée desquels un dragon prend possession de l'autre par une morsure. . .

Elle blêmit en voyant l'illustration qui représentait une femme renversant la tête en arrière tandis que son partenaire se penchait dans son cou. Ce genre de pratiques n'était-il pas réservé aux vampires?

Apparemment, cette morsure n'avait pas pour but d'aspirer le sang. Mais quand elle prit connaissance de la marque d'union, une partie du rituel dans laquelle le dragon insufflait une bouffée de chaleur brûlante dans les veines de sa partenaire, elle referma le livre et le reposa sur l'étagère, tout au fond. Elle se demandait si sa lecture était incroyablement excitante ou au contraire absolument rédhibitoire.

Pendant les quelques minutes qui suivirent, elle resta debout, les bras autour de sa taille. Elle s'en voulait un peu d'être allée aussi loin. Elle ferait mieux de s'en tenir à la sorcellerie et. . .

Ses épaules s'affaissèrent. Et de se rappeler toutes les compétences qui lui manquaient? C'était peut-être à cause de son connard de père. Il n'était qu'un quart de sorcier, après tout, ce qui ne faisait d'elle qu'un huitième de sorcière. C'était sans doute trop peu pour stimuler la magie.

« La magie est partout. Il suffit d'apprendre à l'exploiter », lui avait dit Éloïse.

Cassandra fit la grimace. Elle n'avait pas le pouvoir d'exploiter quoi que ce soit.

« Il existe des sorts de lévitation. Des sorts de feu. Des sorts d'invisibilité... »

« L'invisibilité ? » s'était-elle écriée à ce moment-là.

Éloïse avait simplement haussé les épaules. « Ne t'inquiète pas pour celui-là. Nous l'évitons depuis que le cousin Louis... enfin, peu importe. Il y a les sorts météorologiques, de transformation, d'attirance... »

À présent, Cassandra regardait les livres de sorcellerie. Elle allait vraiment devoir se renseigner sur ce dernier point. Éloïse lui avait décrit le sort d'attirance comme un rêve que l'on tissait et que l'on poussait dans l'esprit de quelqu'un d'autre, comme s'il s'agissait de sa propre idée.

« Un sort redoutablement efficace si on arrive à le maîtriser », lui avait-elle dit. « Autrefois, ils étaient utilisés pour attirer les licornes ou les ennemis dans un piège. J'en ai déjà réalisé un moi-même. »

Cassandra se demandait ce que ça pouvait être, et si ça avait réussi.

Elle soupira et retourna à son livre sur les licornes.

Les licornes métamorphes se sont éteintes peu après les licornes classiques...

— Dommage, souffla-t-elle.

Pendant une minute, elle laissa la tristesse la consumer, comme chaque fois qu'elle lisait des articles sur les orangs-outans qui perdaient leur habitat naturel ou sur les dauphins pris dans des filets. En même temps, cela ne faisait que quelques jours qu'elle avait découvert le monde des métamorphes et leurs doubles vies soigneusement dissimulées. Qui savait ce qu'il existait d'autre ?

Elle regarda par la fenêtre avec un soupir. Il se faisait tard, et à force de lire, elle avait mal aux yeux. Il était temps de sortir.

Elle rangea les livres étalés sur la table. La plupart d'entre eux étaient des leurres pour cacher les ouvrages de sorcellerie qu'elle étudiait, au cas où Silas entrerait. Après quoi, elle éteignit les lumières et se tourna vers les bougies restantes en faisant claquer ses doigts avec hésitation.

— Et merde, grogna-t-elle avant de les souffler, exaspérée.

Ses yeux suivirent la fumée qui serpentait en s'élevant, sous de faibles courants d'air jusqu'alors invisibles. Les dragons étaient-ils capables de sentir des mouvements d'air aussi légers que ceux-là ? Sans doute, un peu comme les oiseaux.

Elle se rappela alors que Tessa voulait la voir et elle se redressa avant de sortir de la bibliothèque, tirant un trait sur cette longue journée. Les grillons chantaient au-dehors et le ciel offrait de riches nuances indigo. Ses pas ralentirent lorsqu'elle passa devant le bureau de Silas. Son pouls s'emballa.

Les dragons sont les amants les plus passionnés et les plus possessifs de tous.

Comme d'habitude, il travaillait tard le soir et Cassandra s'arrêta sur le seuil sans même s'en rendre compte. Le panorama était incroyable, du moins, c'était l'excuse idéale. Une vue à couper le souffle sur le canal entre Maui et Molokai, où se reflétait la lune claire. La maison était si haute qu'elle offrait presque la même vue que depuis un avion... ou depuis le dos d'un dragon. Était-ce pour cela que Silas passait tant de temps ici ?

Keiki vint s'enrouler autour des chevilles de Silas, qui baissa la main pour caresser distraitement le chaton. La guérison du métamorphe était-elle assez rapide pour qu'il soit déjà remis de ses terribles brûlures ? Ou était-il en forme extérieurement, mais encore faible en réalité ?

Elle fronça les sourcils. C'était exactement la description de Silas, à vrai dire, et pas seulement au sujet de son bras. Au fond, que savait-elle de lui ? Même après avoir effectué des recherches pendant des jours entiers, elle avait simplement appris qu'elle en savait bien peu sur le monde surnaturel. Toutes ses tentatives de sorts ratées lui revinrent en mémoire et elle pinça les lèvres.

Tu dois y croire, c'est tout.

Peut-être qu'Éloïse était vraiment cinglée, après tout. Peut-être que ce n'était qu'un rêve. D'une minute à l'autre, elle allait se réveiller avec les bruits nocturnes de Brooklyn : la circulation, les sirènes au loin, les cris des noctambules...

Ses narines frémirent. Non, les rêves ne sentaient pas le jasmin parfumé ni le plumeria capiteux ou aucune des autres superbes fleurs tropicales qui s'épanouissaient alentour. Des fleurs dont le parfum semblait plus fort à la nuit tombée, comme les impressionnantes trompettes des anges qu'elle avait aperçues dehors.

Elle regarda le large dos de Silas. Cet homme avait des épaules à faire pâlir d'envie un nageur olympique... bien sûr, tous ces muscles ne provenaient pas de la natation. C'était en volant qu'il les avait développés. Il pouvait se transformer en dragon. Pourquoi cette notion même ne la terrorisait-elle pas ?

Elle était parfaitement sereine, au contraire. Comme chaque fois qu'elle pensait à lui.

Il se gratta le bras tout en griffonnant sur un bloc-notes, tellement absorbé dans ses pensées qu'il ne l'avait même pas remarquée. Des piles de paperasse encombraient son bureau, certaines assez hautes pour que Keiki puisse se cacher derrière. La plupart du bureau était impeccable, ce qui lui donnait l'impression qu'il s'était tout récemment laissé submerger par une nouvelle vague de problèmes accablants. Apparemment, même un homme aux talents et au pouvoir de Silas Llewellyn pouvait être noyé sous les affaires. Elle en avait vu de nombreux exemples dans son bar ; des businessmen prospères ou des athlètes de haut niveau qui avaient pris l'habitude de bomber le torse, et qui pourtant se confiaient à elle en douce parce qu'ils n'osaient pas montrer leurs faiblesses à leurs amis les plus proches.

Néanmoins, ne pas connaître ses limites constituait une faiblesse en soi, elle en savait quelque chose. Parfois, demander de l'aide exigeait beaucoup de force.

Elle esquissa un demi-sourire. C'était valable pour les humains, mais cela s'appliquait-il aussi aux dragons métamorphes ?

— Salut, chuchota-t-elle avant qu'il ne surprenne son regard.

Il se retourna avec un sourire las.

— Salut.

Le mystérieux M. Llewellyn n'était pas aussi détaché qu'il en avait l'air.

— Tu vas bien ? demanda-t-elle, même si elle devinait déjà sa réponse.

— Ça va.

Il sourit, mais sans grande sincérité.

— Et toi ?

Elle rit. Devait-elle lui dire la vérité ou non ?

— Par moments, je me demande comment je suis arrivée ici et ce que je vais faire ensuite...

Cette fois, son sourire était authentique. Il hocha la tête comme s'il savait exactement ce qu'elle voulait dire.

— Mais entre les deux, je regarde autour de moi et je me dis : oh, je peux vivre avec, reprit-elle en désignant la vue.

Elle déglutit et ajouta en pensée :

Pour l'instant, du moins.

Silas suivit sa main. Son torse se souleva dans une profonde inspiration et il se mordilla les lèvres avec une expression mélancolique. Il finit par sourire :

— C'est vrai que c'est agréable, n'est-ce pas ?

Elle hocha la tête, souriant à son tour. Il avait ses moments studieux, mais ses rares instants de vulnérabilité étaient tout aussi attirants. Était-ce là sa véritable personnalité ?

Éloïse lui avait pourtant donné un autre avertissement à propos des dragons, et il lui traversa l'esprit en cet instant.

« Sois prudente, ma chérie. Les dragons n'ont pas leur pareil pour séduire les jeunes filles. »

Elle s'en était fiché à l'époque, car elle n'était pas vraiment une « jeune fille ». Mais à la lumière de ce qu'elle ressentait pour lui...

Elle tapota l'encadrement de la porte du doigt, se rappelant qu'elle devait y aller.

— Bonne nuit, Silas.

Il était si guindé parfois, comme s'il mettait un point d'honneur à garder ses distances. Et maintenant qu'il avait eu un moment pour se reprendre, elle s'attendait à ce qu'il lui dise : « Bonne nuit, mademoiselle Nichols. »

— Bonne nuit, Cassandra, chuchota-t-il à la place.

Elle sourit avant de se détourner à contrecœur pour descendre l'escalier.

Chapitre 9

Silas était assis dans son bureau, tourné vers la mer. Plus d'une semaine s'était écoulée depuis son retour à Maui. Une semaine épuisante, de longues heures à essayer de suivre les mouvements de Drax et du diamant. Une semaine uniquement égayée par ses rencontres avec Cassandra, même si elle le désorientait souvent, le prenant au dépourvu et allant même jusqu'à le défier.

— Étonnante, pas vrai ? lui avait dit Kai après le dîner au cours duquel Cassandra avait pris le bar en main.

Elle était plus qu'étonnante. Elle était forte, pleine d'assurance et séduisante. En un mot, plus dangereuse qu'il ne l'aurait jamais imaginé.

À présent, il tambourinait des doigts sur son énorme bureau en chêne tout en énumérant ses problèmes.

Drax. La Pierre d'Esprit disparue. La mort de son grand-oncle et le vide qu'il laissait dans le monde des dragons. Un vide que Drax et d'autres seraient trop heureux de combler. Par-dessus tout, il y avait les problèmes habituels de sa vie de métamorphe dans un monde dominé par les humains. Des rumeurs circulaient sur Maui à propos d'un investisseur anonyme qui avait l'intention de développer Koa Point et les propriétés adjacentes pour en faire un énième complexe de luxe.

Le problème avec les rumeurs, c'était qu'il n'y avait pas de fumée sans feu, et il était vraiment soucieux pour l'avenir de Koa Point. Elles attiraient également l'attention des étrangers. Tôt ou tard, il devrait faire une déclaration publique pour les dissiper. Non seulement cela, mais les bruits qui couraient inquiétaient les métamorphes de Koa Point. S'il détestait cacher la vérité à ses amis, il était tenu par serment de le faire, du moins pour le moment.

Il regarda l'horizon. Ses problèmes étaient comme les moutons qui écumaient la surface du Pacifique, ligne après ligne, agités par un vent furieux.

Son dragon renifla.

Pacifique. Paisible. Quel est l'idiot qui a inventé ce nom ?

Magellan, répondit-il. *Non, attends. Est-ce que c'était Balboa ?*

Les oreilles de son dragon se dressèrent, sautant sur l'occasion.

Nous pourrions aller à la bibliothèque pour le découvrir.

Silas agrippa le bord de son bureau. Non, il ne pouvait pas, parce que Cassandra était là-bas.

Juste là, au bout du couloir, fit son dragon dans un murmure tentateur.

Il garda les yeux résolument tournés vers le paysage. Cassandra était comme la houle sous la surface qui poussait les vagues vers le rivage, une autre complication qui survenait dans le pire moment de son existence.

Ma compagne n'est pas une complication, grogna son dragon.

Silas serra les dents. C'était justement la définition même du mot « complication ». Maintenant plus que jamais, il devait calculer soigneusement chaque étape. Tout en était au point de bascule, et un seul faux pas, la moindre distraction, risquait d'avoir de terribles conséquences. Ce n'était pas le moment de laisser les émotions obscurcir son jugement et l'entraîner dans des méandres qu'il ne pouvait absolument pas risquer.

D'accord, elle était sa compagne. Son dragon le savait et son côté humain voulait bien l'admettre. L'attirance qu'elle exerçait sur lui était indéniable. Une attirance infiniment plus grande que l'influence ridicule que Moira avait eue sur lui. Pourtant, curieusement, il devait refuser ce sentiment. S'il ne se concentrait pas à cent pour cent sur Drax, il mettrait en danger tout ce qu'il aimait... et même Cassandra.

On l'aime, gronda son dragon. *On a besoin d'elle. On ne peut pas vivre sans elle.*

Il se renfrogna. Il avait toujours cru qu'il était condamné à une longue vie de solitude, mais peut-être que le destin le condamnait plutôt à une brève existence.

Keiki bondit sur ses genoux. La petite chatte avait le don de venir le voir quand il était agité et de l'apaiser par sa présence.

Cassandra aussi, observa son dragon.

Oui, et c'était une partie du problème. Sa proximité comblait le vide qui menaçait de faire de lui un vieil homme aigri bien avant l'heure. Mais sa présence l'excitait aussi... et son dragon plus encore.

Elle m'excite clairement, commenta ce dernier en souriant.

Elle avait passé les derniers jours à la bibliothèque, le nez plongé dans les livres. Parfois, elle marmonnait. Essayait-elle des sorts ?

Il ne pouvait s'empêcher d'éprouver une certaine fierté à l'idée que Cassandra maîtrise de nouvelles compétences grâce à lui. Mais il entendait presque les gémissements tourmentés de ses ancêtres qui se retournaient dans leurs tombes.

Pourquoi veux-tu qu'une sorcière développe son pouvoir ? Qui sait comment elle pourrait en abuser ?

— Juste un huitième de sorcière, chuchota-t-il à part lui.

À en juger la façon qu'elle avait de taper parfois du poing sur la table, elle ne faisait pas beaucoup de progrès.

— Putain ! cria Cassandra pile à ce moment-là.

Il ricana malgré lui. Avec son léger accent new-yorkais, ses jurons le faisaient toujours sourire. Elle jurait vraiment comme un charretier, ou une barmaid à bout de nerfs, sans doute.

Un moment plus tard, elle lança :

— Désolée.

Son sourire redoubla. Elle était tout aussi consciente de lui au bout du couloir qu'il était conscient de sa présence. Restait à savoir si elle ressentait elle également cette indéniable attirance.

Keiki ronronna, réclamant plus d'attention.

— Tu as aidé Hunter, je vois, murmura-t-il en essuyant une tache de graisse sur le dos de Keiki.

Elle ferma les yeux comme pour dire acquiescer en langue des chats.

Il baissa les yeux sur son domaine. Tant de choses étaient en jeu ici. Tant de choses qu'il devait protéger.

Son dragon murmura en signe d'approbation, sans même tendre l'oreille vers la grotte secrète où se cachait son modeste trésor. S'il avait appris quelque chose ces dernières années, c'était que les biens les plus précieux n'avaient aucune valeur monétaire.

Il prit un stylo dans sa main libre et se concentra sur sa longue liste de choses à faire.

Éloïse Vedma — contacts, antécédents.

Il barra cette ligne. Ses contacts de la côte est lui avaient envoyé tout un dossier avec ce qu'ils avaient pu trouver sur la sorcière, à savoir, pas grand-chose.

Appeler le notaire.

Il fit la grimace en pensant au testament de son oncle Filimore, ou du moins, les parties qu'il en connaissait.

Préparer la réunion avec le comité de zonage.

On avait eu beau lui assurer que les lois de zonage locales empêcheraient un promoteur mal intentionné de développer Koa Point à sa guise, il tenait à vérifier une nouvelle fois s'il n'y avait pas de failles que quelqu'un d'autre puisse exploiter. Quelqu'un comme Drax.

Gala de charité samedi. Smoking. Discours. Cavalière.

Smoking et *discours* étaient barrés, préparés, mais « Cavalière » le fixait toujours.

Il aurait préféré éviter l'événement et l'attention qu'il ne manquerait pas de susciter, mais Maui étant une île relativement petite, les spéculations allaient bon train sur les habitants de Koa Point. Quelques apparitions occasionnelles lors d'événements publics étaient le meilleur moyen de satisfaire les ragots avec le genre d'informations sans importance dont les gens avaient besoin. Il suffisait de se montrer bien habillé, de dire ce qu'il fallait et d'être vu avec quelqu'un. Au moins, les gens avaient quelque chose à dire, mais pas trop.

Pour lui, ces événements ressemblaient à un marathon sur un terrain miné. Le principal problème était de trouver, ou non, la bonne personne pour l'y accompagner.

Il fronça les sourcils en regardant le calendrier. C'était déjà samedi et il n'avait toujours pas décidé s'il devait y aller seul ou avec une femme. Seul, il risquait de rappeler son statut de célibataire disponible et ouvrait les vannes à toutes les croqueuses d'hommes de Maui... et il y en avait beaucoup, toutes à la recherche d'une belle prise.

Pas disponible, grogna son dragon. *J'ai trouvé ma compagne.*

Silas chassa cette pensée.

Il serait facile de dénicher quelqu'un, même si l'événement était imminent, et c'était un bon moyen de concentrer l'attention sur sa cavalière : qui elle était, ce qu'elle portait, le couple qu'ils formaient tous les deux. Il y avait des avantages et des inconvénients. La difficulté était de trouver une femme qui se contenterait d'une soirée et rien de plus. Pas de dîner aux chandelles, pas de sexe, pas de relation. Rien de tout cela ne l'avait jamais intéressé.

Jusqu'à maintenant. À présent, il l'imaginait parfaitement. Marcher sur un tapis rouge avec Cassandra à son bras, la surprendre ensuite avec un dessert dans l'un des meilleurs restaurants de Maui où il aurait appelé pour réserver le champagne le plus raffiné et une nappe couverte de roses, puis l'emmener dans sa chambre à la fin de la soirée...

Et ne plus jamais la lâcher, murmura son dragon, rêveur.

Il fit la grimace. Rien de tout cela n'arriverait jamais. Il ne pouvait pas se l'autoriser.

Pourquoi pas ? On a besoin d'une cavalière à cette soirée et Cassandra est parfaite, protesta son dragon. *On pourrait l'emmener.*

Oh non, c'était hors de question.

Pourquoi pas ? insista-t-il.

Parce qu'il était bien trop attiré par elle et qu'ils se rapprochaient dangereusement chaque jour.

Des images défilèrent dans son esprit. Les doigts de Cassandra enroulés autour des siens, fermement agrippés au moment de l'extase, puis doux et détendus le lendemain matin, le chatouillant au réveil, alors qu'elle lui dirait à quel point elle se sentait bien.

Ma compagne parfaite.

Il eut un petit rire. Parfaite. C'était vrai. Si parfaite qu'il ignorait ce dont il pourrait être capable.

Je serai un parfait gentleman, promit son dragon avec enthousiasme.

Cela restait à voir.

Non, celle dont il avait vraiment besoin, c'était Ella, la renarde métamorphe du désert, et également la seule femme à avoir fait partie de son unité des forces spéciales. Ella était célibataire, jolie, et mieux encore, il n'y avait absolument rien entre eux, à l'exception d'un respect mutuel et d'une solide camaraderie. Elle était même déjà venue depuis l'Arizona spécialement pour ça, plaisantant sur le fait qu'une soirée assommante avec lui valait toujours le coup, grâce à la semaine qu'elle passait ensuite sur l'île à profiter.

Mais il ne s'y était pas pris suffisamment tôt et il était coincé.

Cassandra. Ca-ssan-dra, souffla son dragon, articulant son prénom pour bien l'ancrer dans son crâne. *Une femme qu'on aime vraiment. Un dîner en ville, ce serait parfait. Elle apprendra à mieux nous connaître, à nous faire confiance.*

Cela lui parut logique jusqu'à ce qu'il se rappelle qu'il ne se faisait pas suffisamment confiance dès qu'elle était concernée.

Il se leva de son fauteuil et commença à arpenter le couloir. Quelle que soit son approche, il ne pouvait pas se permettre de l'impliquer. Et tant pis s'il avait la gorge nouée chaque fois qu'il la voyait. Pour son bien, il devait résister à sa propre compagne.

Mais nous avons besoin d'elle, le supplia son dragon.

Bien sûr qu'il avait besoin d'elle. Elle était la seule à savoir où se trouvait le diamant.

On s'en fiche du diamant ! rugit la bête.

À vrai dire, il n'en était pas sûr. Mais il était de son devoir de garder la Pierre d'Esprit loin des griffes de Drax. C'était le seul moyen d'assurer la paix pour les métamorphes de Koa Point... et pour les dragons, partout dans le monde. Il ne devait pas perdre cette vue d'ensemble.

Tout ce que son dragon voyait, c'était un millier d'images agréables de Cassandra et lui. Dans son imagination, ils se séduisaient, puis ils s'aimaient et vivaient heureux pour toujours.

Il tapa des pieds sur le sol tout en marchant. Ce n'était qu'un rêve. Oups, il faillit presque donner un coup de pied à la pauvre Keiki. Elle avait pris l'habitude de le suivre en calquant ses humeurs. En ce moment, par exemple, elle battait de la queue et jetait des regards féroces à tout ce qui se trouvait en travers de son chemin. L'adorable créature finit par lever les yeux vers lui comme pour demander si elle s'en sortait bien.

Son cœur se serra. Quel piètre modèle il représentait. Il la prit dans ses bras et essaya de lui témoigner un peu de tendresse, pour changer.

Nous pourrions avoir des enfants, reprit son dragon. *Avec Cassandra. Ils seraient géniaux.*

Il s'endurcit à cette suggestion. Ce n'était que le destin qui testait sa détermination. Avait-il le cran d'être le chef dévoué dont le monde des métamorphes avait tant besoin ? Après tout, un leader digne de ce nom devait faire des sacrifices personnels pour de plus nobles desseins.

Bon, d'accord, pesta son dragon. *N'empêche que nous avons toujours besoin d'une cavalière pour le gala.*

Non, ce n'était pas une obligation. Il pouvait très bien y aller tout seul. Et tant pis s'il se sentait vide intérieurement à cette perspective.

L'horloge au bout du couloir égrenait ses secondes comme un compte à rebours.

Ce fut ainsi que se déroula le reste de ce triste après-midi. Il prit une douche, se rasa et enfila son smoking. Il se dirigea ensuite vers le garage en traînant presque des pieds, au point d'abîmer les semelles de ses chaussures en cuir. Comme son père avait coutume de le dire, la vie était pleine d'obligations déplaisantes, et les grands hommes, ou dragons, prouvaient leur valeur en endurant fièrement de telles épreuves.

Il évita la salle commune, où les autres étaient prêts à passer la soirée de manière bien plus agréable ; à la maison, avec des gens qu'ils connaissaient et en qui ils avaient confiance, en étant simplement eux-mêmes pour passer un bon moment.

— Hé, Silas ! lança Tessa. Tu n'oublies pas quelque chose ?

Il tapota sa poche en se demandant ce qu'elle voulait dire. Son portefeuille était là où il devait être et la clé de la voiture était sûrement accrochée dans le garage. Alors, de quoi parlait-elle ? Il se retourna et...

Son souffle resta suspendu. Pas en voyant Tessa marcher vers lui, mais la femme à ses côtés.

Une femme aux cheveux d'un brun chatoyant coiffés en une torsade complexe. Le soleil de fin d'après-midi scintillait dans ses yeux marron, les remplissant d'une myriade d'étoiles. Sa robe sans manches en mousseline de soie épousait chacune de ses courbes sans révéler trop de peau. Elle était trop chic pour cela. Le tissu ondulait dans la brise comme pour l'inviter à danser. Putain, il faillit bien lui prendre la main pour entamer une valse.

— Cassandra, murmura-t-il.

Ou du moins, il voulut le faire, même s'il n'arrivait pas à faire sortir le moindre son de sa gorge.

Soudain il remarqua la couleur de sa robe et marqua un temps d'arrêt. Elle était noire, avec une touche de rouge, exactement comme son dragon.

Le destin, souffla sa bête intérieure.

Ses chaussures étaient noires également et le châle jeté sur son bras était de couleur ivoire.

— On a tiré à la courte paille pour savoir qui devait t'accompagner ce soir, dit Tessa avec un soupir exagéré. Devine qui a perdu ?

Les yeux de Cassandra brillèrent comme si elle avait gagné, et quelque chose en lui se gonfla de bonheur.

— Qu'est-ce que tu en penses ? demanda Tessa. Jolie robe, hein ?

Elle était sublime, mais il était incapable de réfléchir. Pas avec son dragon qui faisait des sauts périlleux dans sa tête. Cassandra était magnifique, encore plus belle que d'habitude. Elle était élégante, parfaite. Et elle arrivait droit sur lui sans aucune hésitation, sans le moindre signe de regret.

Plus elle se rapprochait, plus son cœur cognait dans sa poitrine. Ses lèvres s'entrouvrirent, mais elle gardait les yeux rivés sur les siens.

— Prêt à partir ? demanda-t-elle comme s'ils avaient un rendez-vous en amoureux.

C'est un rendez-vous amoureux, espèce d'idiot, lui souffla son dragon.

Il cligna des paupières à plusieurs reprises. Non, ce n'était pas un rêve, elle lui tenait vraiment la main.

— On lui a dit que les femmes te posaient souvent des lapins et elle a eu pitié de toi, dit Tessa avec un clin d'œil, comme s'il avait déjà rencontré ce genre de problème. C'est sympa de sa part de nous remplacer à la dernière minute, non ?

— Oui, très sympa, convint-il.

Les engrenages de son esprit se remirent en marche dans un déclic et un grincement, et il comprit qu'elle avait tout manigancé.

Une minute, Tessa. Qu'est-ce que tu as fait ? aboya-t-il dans son esprit.

Elle sourit et se retira dans l'ombre, le laissant seul avec Cassandra.

Moi ? Pas grand-chose. Je fais juste ce qu'un puissant alpha est incapable de faire par lui-même.

— Si tu ne veux pas que je vienne. . ., commença Cassandra en baissant la tête.

Il tendit brusquement la main pour saisir la sienne.

— Si, je veux que tu viennes.

Elle leva alors les yeux, rayonnante, et il dut presque faire un pas en arrière tant l'effet qu'elle produisit sur lui était fort. C'était ridicule pour un adulte d'être aussi excité à l'idée d'une seule soirée, avec une femme que l'on avait plus ou moins forcée à être sa cavalière. Tant pis, il acceptait le ridicule, tant qu'elle était à lui.

Elle est à moi, grogna son dragon. *Ma compagne prédestinée.*

Lentement, le souffle toujours court, il se tourna vers le garage et tendit le coude. Et lentement, avec précaution, Cassandra passa son bras sous le sien.

La chaleur parcourut ses veines alors qu'elle se blottissait contre lui et son dragon roucoula.

— Amusez-vous bien ! lança Tessa, visiblement satisfaite.

Cassandra et lui allaient vraiment sortir ensemble, rien que tous les deux.

— Tu es sûre de vouloir y aller ? murmura-t-il, lui accordant une dernière chance.

— Oh, ne t'inquiète pas, gloussa-t-elle. Je fais ça tout le temps. Sortir avec des hommes désespérés, je veux dire, histoire qu'ils se sentent bien.

— En tout cas, moi, je ne le fais pas tous les jours, murmura-t-il.

Il voulait qu'elle sache combien c'était spécial pour lui.

Il l'accompagna au milieu du garage, puis sur la gauche de la voiture.

— Le volant est à droite, expliqua-t-il en allongeant le pas pour arriver au côté passager avant elle.

— Mercedes 300 SL, c'est ça ? demanda-t-elle alors qu'il soulevait la portière papillon. 1954 ?

Il la regarda fixement.

— 1955.

— Oui, bien sûr, dit-elle sans hésiter.

Un moment plus tard, ses yeux pétillaient avec malice.

— J'ai travaillé dans un bar sur le thème des voitures classiques. Tu pourras m'interroger en chemin.

Il préférait l'interroger sur toutes les facettes de sa vie pour apprendre à mieux la connaître, pour combler toutes les années qu'il avait manquées avec elle. Bien sûr, ses sources sur la côte est lui avaient rapporté tout ce qu'elles avaient pu trouver, cependant il y avait de nombreux trous. Ses centres d'intérêt, ses passions, ses blagues, parfums et poèmes préférés. Tout ce qui avait de l'importance.

— Merci, dit-elle en se glissant gracieusement dans la voiture.

— Tout le plaisir est pour moi, murmura-t-il en essayant de ne pas trop regarder la longue jambe nue qui apparaissait entre les fentes latérales de son élégante robe.

En temps normal, il aurait fait claquer la portière sans y penser, mais cette fois, il plaça ses deux mains sur le bord et la baissa d'un geste prudent. Il contourna ensuite le capot de l'autre côté et monta à l'intérieur. Ils roulèrent pendant quelques minutes en silence. Il se demandait à quoi elle pensait.

— Alors, tu participes à beaucoup d'événements de ce genre ? l'interrogea-t-elle d'une voix qui ne laissait rien transparaître.

— Trop, admit-il en regardant droit devant lui.

Elle inclina la tête.

— Pourquoi continuer, dans ce cas ?

Elle récupéra un dépliant imprimé sur le tableau de bord et plissa les yeux tandis que la voiture empruntait la route côtière.

— Tu es vraiment si engagé dans la... euh...

— La Société de bienfaisance pour la protection de la faune hawaïenne indigène ? Le centre de secours Trois Pattes ?

Il secoua la tête.

— Que les choses soient claires, les causes sont excellentes. Si je pouvais me contenter d'envoyer un chèque, je le ferais, mais les événements sensibilisent le public, ce qui rapporte plus d'argent et plus de bénévoles, tout en contribuant à changer les mentalités. J'aimerais seulement pouvoir faire la même chose sans l'attention des médias ou du public, dit-il en tirant sur son col.

Elle s'esclaffa.

— Et moi qui te prenais pour un James Bond philanthrope.

— Ce n'est pas aussi glamour, crois-moi, dit-il en ricanant.

Il aimerait pouvoir tout lui expliquer. Certes, il avait un compte en banque bien garni, et oui, il avait la chance de vivre sur un superbe domaine. Mais il serait tout aussi bien, voire mieux, peut-être, à mener une vie plus simple dans un endroit plus modeste. Dans un monde plus petit, si tant est que cela ait un sens.

Avec une compagne, ajouta immédiatement son dragon. *Je pourrais vivre n'importe où tant que j'ai ma compagne avec moi.*

La Mercedes descendit l'autoroute Honoapi'ilani et il tendit le doigt sur la droite.

— Là. Tu vois ce food truck ?

Elle hocha la tête alors qu'ils passaient devant un camion argenté garé à son emplacement habituel, au Puamana Beach Park.

— Je préfère un dîner à sept dollars dans un endroit comme ça plutôt que le festin à mille dollars de ce soir.

Elle le dévisagea. Avec une grande attention.

— Alors, pourquoi pas ? Si on y allait, tout simplement ?

Il regarda la route, regrettant de ne pas pouvoir lui expliquer tout ce que représentait le poids du devoir, l'obligation de poursuivre l'héritage familial.

De toute façon, il était trop tard. Le fourgon était déjà loin derrière et il devait se rendre à ce gala de l'autre côté de Maui. Il consulta sa montre.

On a tout le temps, chuchota son dragon dans son esprit.

Voilà qu'il commençait à avoir envie d'un bon vieux *poke bowl* typique de Maui ou d'un taco au poisson. Quelque chose de simple, sans chichis, qu'il pourrait manger avec des baguettes ou à mains nues plutôt que de choisir méticuleusement les couverts appropriés pour chaque plat.

Il fit gronder le moteur en atteignant le passage qui reliait les deux moitiés de Maui. Haleakala s'élevait sur la droite, avec son habituelle couronne de nuages, et les montagnes accidentées de West Maui sur la gauche. Les vitres qu'il avait fait adapter aux cadres fixes étaient ouvertes et le vent fouettait ses cheveux. Cassandra se laissa aller contre l'appui-tête, s'imprégnant de la vue.

— C'est magnifique, murmura-t-elle.

Il balaya la vue du regard, charmé par la magie de Maui comme si c'était la première fois qu'il découvrait l'île. Les champs de cannes à sucre abandonnés et broussailleux, le patchwork de couleurs sur les pentes des montagnes, les riches senteurs humides des tropiques. Curieusement, savoir que Cassandra appréciait quelque chose lui permettait de mieux l'apprécier, lui aussi.

— Cassandra, pourquoi as-tu accepté de venir avec moi ce soir ?

— Peut-être pour garder un œil sur toi. Comme toi, tu gardes un œil sur moi.

Il essaya de plaisanter :

— C'est drôle, je pensais que j'étais un hôte parfait et que je te laissais toute ta liberté sur le domaine.

— Tu es un hôte formidable. Attentionné, poli, prévenant.

Ses entrailles se réchauffèrent à ces mots.

— Mais aussi, tu gardes un œil sur moi, ajouta-t-elle.

D'accord, peut-être un peu… parfois même d'un brin trop près. Mais après tout, elle aussi.

— Nous avions une règle qui interdisait les humains sur le domaine, dit-il comme si cela expliquait tout.

— Les humains ? protesta-t-elle. Ce sont les dragons qui m'inquiètent.

Il lui lança un regard critique et elle se rattrapa :

— Enfin, peut-être pas tous les dragons.

Son dragon sourit.

Je savais que je lui plaisais.

— Mais attends une seconde, reprit-elle. Vous aviez une règle contre les humains ? Qu'est-ce qui a changé ?

Il passa une main sur son menton en y repensant.

— Eh bien, Tessa est arrivée et a fini par rester avec Kai. Et puis Nina a eu des problèmes et on ne pouvait tout de même pas la renvoyer.

Il ajouta en riant :

— En tout cas, Boone ne pouvait *clairement* pas la renvoyer. Ensuite Dawn et Hunter se sont mis ensemble, Cruz a trouvé Jody…

Il laissa sa phrase en suspens. D'une certaine façon, les changements à Koa Point l'avaient pris au dépourvu. C'était pour le mieux. Un par un, ses frères métamorphes avaient trouvé leur compagne prédestinée. Il n'avait jamais cru que cela puisse lui arriver, mais maintenant…

Il retint son souffle et croisa son regard étincelant.

J'y crois, compléta son dragon dans un silence révérencieux.

Cassandra y croyait-elle ? Savait-elle au moins dans quoi elle s'embarquait avec lui ?

Les cannes à sucre s'agitaient sur le bord de la route comme des épouvantails narquois. Une voiture klaxonna derrière lui et il reporta son regard sur la route.

— Enfin bref, nous avons laissé tomber cette règle, conclut-il.

Après quoi, ils sombrèrent dans le silence.

Un autocar touristique s'était arrêté et plusieurs personnes au bord de la route prenaient des photos de Haleakala dans la lumière éclatante de la fin d'après-midi.

— Oh. Je dois te prévenir qu'il y aura des caméras au gala. Des journalistes, je veux dire.

Son cœur s'emballa. Merde, elle allait hésiter à coup sûr et son rendez-vous tomberait à l'eau avant d'avoir vraiment commencé.

Cassandra hocha la tête avec désinvolture.

— Tessa m'a prévenue.

Silas se promit d'offrir à son amie un bouquet de fleurs. Mieux encore, un panier d'huiles de cuisine ou d'herbes aromatiques qui pourraient l'aider à créer de nouvelles recettes pour le livre de cuisine sur lequel elle travaillait.

— Et ça ne te dérange pas ? fit-il en regardant Cassandra.

— Drax sait déjà que je suis ici, non ?

Silas serra les dents. Il hocha brusquement la tête, essayant de chasser la haine de son cœur, ne serait-ce que pour une nuit.

— Alors, dans ce cas, dit-elle avec un signe de la main et un clin d'œil. Assure-toi juste qu'ils prennent mon bon profil.

Les deux profils sont parfaits, observa son dragon.

Soudain, la tension disparut de son corps, à tel point qu'il était tenté de prendre la route côtière vers Hana afin de rallonger le trajet... pendant des heures et des heures.

On pourrait rester dehors toute la nuit, approuva son dragon avec enthousiasme.

Bien sûr, il n'en fit rien. Très vite, ils atteignirent la périphérie de Kahului et il tourna consciencieusement sur la voie de gauche pour rouler vers le centre culturel et artistique où le gala devait avoir lieu.

Cassandra indiqua l'autre direction.

— Qu'est-ce qu'il y a par là ?

— La plage, dit-il avec nostalgie.

Si proche, chuchota son dragon.

— Oh. Sympa, dit-elle d'une voix parfaitement neutre.

Il tambourina sur le volant, attendant que le feu passe au vert.

Il reste encore beaucoup de temps pour un petit détour, susurra sa bête intérieure.

Mais un détour ne faisait pas partie de son plan. Le plan était d'assister au dîner, d'en finir et de rentrer.

Enfin, c'était le cas avant d'avoir Cassandra comme cavalière.

Lâche-toi un peu, lui dit son dragon.

Silas ne comptait plus le nombre de fois où il avait ignoré ce conseil dans sa vie. Il ne s'était jamais lâché, respectant toujours son plan à la lettre.

La voiture derrière lui klaxonna et il leva les yeux pour constater que les deux feux étaient verts : le virage à gauche et la route droite. Il avança lentement, puis...

Il sourit. Peut-être allait-il se lâcher un peu pour changer.

Il s'engagea sur l'autre voie, traversant l'intersection sans choisir le virage. Les voitures protestèrent autour de lui en réaction.

Là, tu me fais plaisir, l'encouragea son dragon.

Cassandra gloussa.

— C'est un raccourci pour le centre artistique ? demanda-t-elle sur un ton faussement innocent.

Non, ce n'est pas un raccourci, lança-t-il à son dragon. *C'est le chemin de la plage.*

Et avec un peu de chance, de l'un des meilleurs food truck de Maui, ajouta la bête.

Il vérifia sa montre et finit par céder.

— Disons que c'est la route panoramique.

Oui, on peut le dire, renchérit son dragon en admirant sa compagne.

Chapitre 10

Cassandra rit ; sa voix était comme de la musique aux oreilles de Silas.

— Route panoramique. Ça me plaît.

Il secoua la tête, mais continua. Quitte à le faire, autant y aller à fond, se dit-il. En plus, ils avaient un peu de temps pour dîner avant que l'événement ne commence vraiment. Tout ce qu'il avait à faire, c'était de se montrer à un moment donné, serrer quelques mains, dire quelques mots. Il n'était pas obligé d'y passer toute la soirée.

Le bruit léger des pneus sur l'asphalte se transforma en grondement lorsqu'il tourna sur la route secondaire conduisant au parc de Kanaha Beach. Silas se pencha, aussi fébrile qu'un enfant à Noël. Est-ce que le fourgon serait là ou ce détour ne ferait que prouver à quel point il était une cause perdue ?

Le soleil se refléta sur une surface métallique devant lui et son dragon applaudit intérieurement.

— Le voilà, annonça-t-il, aussi décontracté que possible.

— *L'Assiette hawaïenne de Jenny* ? fit Cassandra, dubitative.

Il hocha la tête.

— Ils font les meilleurs *poke bowl* de Maui. En tout cas, d'après Boone, s'empressa-t-il d'ajouter.

Cassandra s'esclaffa.

— Alors, tu ne viens presque jamais ici, n'est-ce pas ?

Elle le regardait droit dans les yeux et il sourit. À vrai dire, il mangeait rarement chez Jenny. Il ne trouvait jamais le temps.

Tu dois le prendre, le réprimanda son dragon.

C'était exactement ce qu'il venait de faire.

Il gara la Mercedes entre un pick-up cabossé et une Nissan verte vieille de plusieurs décennies avec une planche de surf sur le toit. Il descendit ensuite et alla aider Cassandra. En sortant, elle passa son bras sous le sien et sourit. Ils formaient un sacré spectacle, lui en smoking et elle dans sa robe de créateur, tous deux assez élégants pour une réception sur tapis rouge à Hollywood alors que le bistrot de Jenny était plutôt du genre pieds nus dans le sable. Mais Silas ne se souciait pas de leur allure ; en cet instant, il se souciait uniquement de son ressenti.

Je me sens bien, murmura son dragon. *Vraiment bien.*

Ils se dirigèrent vers le fourgon et saluèrent de la tête la femme asiatique derrière le comptoir.

— Deux *poke bowls*, s'il vous plaît.

Elle ne sourcilla même pas en voyant leurs tenues déplacées.

— Quelque chose à boire ?

— Qu'est-ce que tu me conseilles ? lui demanda Cassandra.

Il faillit rire en l'imaginant feuilleter une carte des vins.

— Le thé glacé goyave-papaye est sympa. Si tu es capable d'encaisser une boisson aussi forte, plaisanta-t-il.

Cassandra hocha résolument la tête.

— Je te parie que je peux.

Elle se tourna vers la femme dans le fourgon en levant les doigts.

— Mettez-en deux, s'il vous plaît.

Voilà comment, au lieu de se retrouver au milieu d'une réception guindée et étouffante au centre culturel et artistique de Maui, Silas passa une jambe par-dessus le banc d'une table de pique-nique à même le sable. Cassandra s'y faufila à son tour, s'asseyant à ses côtés.

— C'est magnifique, souffla-t-elle en regardant l'océan.

Magnifique, acquiesça son dragon en la regardant.

Ses narines se dilatèrent, distinguant son parfum de lavande et de pissenlit parmi les senteurs d'océan et de plage. L'air iodé et le parfum du *pohuehue* étaient des expériences quotidiennes à Maui, mais Cassandra se distinguait comme une fleur exotique.

— Oui, magnifique, murmura-t-il.

Leurs regards se croisèrent un instant avant de se détourner. Leurs jambes étaient presque assez proches pour se toucher et il pouvait sentir sa chaleur à ses côtés.

— Alors, prêt à y goûter ? demanda-t-elle.

Il toucha son bol en polystyrène avec sa fourchette en plastique et fronça les sourcils.

— Les dames du Dunes, Wetlands and Coastline Trust me lyncheraient si elles voyaient ça.

Cassandra lui tapota la main, propageant des étincelles de chaleur dans ses veines.

— Peut-être qu'une fois de temps en temps, tu as le droit de t'offrir ça.

Elle planta sa fourchette dans son plat.

— Qu'est-ce que c'est, au juste ?

— Un *poke bowl.* Du poisson mariné. C'est un plat traditionnel hawaïen.

Leurs jambes se frôlèrent sous la table, pourtant Cassandra ne s'éloigna pas. Elle garda sa cuisse tout contre la sienne.

Quelle chance, fredonnait son dragon, emplissant son esprit de toutes sortes d'images inappropriées. Sa jambe nue, par exemple, enroulée autour des siennes... une jambe à l'horizontale, alors qu'ils seraient tous les deux allongés...

Il se racla la gorge et s'empressa de boire une gorgée de thé glacé.

— Bon, alors, dit Cassandra. Je vais goûter ça.

Sa bouche se dessécha rien qu'en la voyant porter la fourchette à sa bouche. Il aimait la voir baisser sa garde, une femme normale le traitant comme un homme normal, sans aucune des complications liées aux métamorphes, aux sorcières et aux Pierres d'Esprit qui avaient assombri son monde la semaine passée.

Cassandra laissa sa fourchette dans sa bouche et ferma les yeux en émettant un petit gémissement.

— C'est trop bon.

Silas enfouit ses chaussures en cuir dans le sable et ramena les mains autour de son verre froid, réfrénant tant bien que mal son érection.

Cassandra en était à sa troisième fourchette quand il commença à manger. Aussitôt, il ferma les yeux, lui aussi. Il avait oublié combien les repas sur le pouce pouvaient être délicieux. Et il n'avait jamais imaginé que cela puisse être tentant et sensuel de regarder une femme manger.

Leurs coudes se touchèrent et sa cuisse réchauffa la sienne. Son parfum semblait l'envelopper encore plus, nimbant tout son corps.

— Pas mal, murmura-t-il, menant une bataille perdue d'avance pour se concentrer sur son assiette.

Cassandra pointa sa fourchette vers la ligne de vagues qui déferlaient sur la côte dans le vent de Maui. Le ciel était d'un rose intense et la plage scintillait pratiquement dans la lumière tamisée du soir. Quelque part derrière eux, le soleil se couchait sur la côte ouest de Maui.

— Pas mal ? fit-elle en riant. Je dirais plutôt que c'est formidable. Cuisine délicieuse, vue somptueuse.

Elle marqua une pause, comme si elle soupesait ses mots, avant d'ajouter enfin :

— Très bonne compagnie.

C'était presque une réflexion après coup et elle l'avait dit si doucement qu'il avait failli le manquer.

— Oui, très bonne compagnie, convint-il.

Il se tourna pour la regarder, et quand leurs yeux se croisèrent, le coucher de soleil n'avait plus d'importance. Ni les vagues ni le riz sur sa fourchette. Rien ne semblait compter, sauf elle.

Magnifique, souffla son dragon en la regardant dans les yeux.

De riches yeux bruns qui brillaient et pétillaient. Son cœur se mit à battre plus fort et il resserra son verre dans sa main. Posant les yeux sur ses lèvres, il retint son souffle.

Embrasse-moi, chuchota son dragon, suppliant Cassandra. *S'il te plaît.*

Elle se pencha un peu plus près et son pouls s'emballa. Le baiser dans la bibliothèque avait été le meilleur de sa vie, et celui-ci serait sûrement...

Bang ! Le bruit d'un couvercle sur un pot retentit à l'intérieur du fourgon et Jenny s'écria :

— On va fermer !

Ils se séparèrent aussi vite qu'un couple d'adolescents pris sur le fait et le visage de Cassandra vira au rose. Silas pouvait sentir ses propres joues s'embraser. Putain, même ça, c'était agréable. À quand remontait la dernière fois où il s'était senti aussi vivant ?

Cassandra le regarda, le regarda *vraiment*, et ses lèvres tressaillirent.

— Oh, et puis merde.

Une seconde plus tard, elle l'embrassait.

Le baiser se situait quelque part entre un smack et une galoche rapide, et pourtant il n'en était pas moins enflammé. Il s'y raccrocha, y puisant de la joie aussi longtemps que possible. Il passait une main sur son bras lorsqu'elle s'écarta.

— Pas mal, chuchota-t-il tout contre ses lèvres.

Il rêvait de la tirer vers lui pour un autre baiser, qu'elle enfouisse son nez sous son oreille en lui murmurant des paroles salaces, de la serrer encore plus et…

Cassandra se pencha en arrière, hocha la tête en signe de satisfaction et leva son verre pour porter un toast.

— À…, commença-t-elle avant de s'interrompre, bloquée.

Aux baisers volés, compléta son dragon. *Aux compagnes prédestinées.*

— Aux chemins de traverse et aux routes panoramiques, suggéra-t-il à la place.

Le sourire de Cassandra s'agrandit.

— Aux chemins de traverse, aux routes panoramiques et aux repas des food truck. Merci de m'avoir amenée ici.

— Merci à toi d'être venue, murmura-t-il.

Cassandra retourna à son *poke bowl* et il fit de même, jetant des coups d'œil furtifs vers elle. Il n'aurait pas été contre un autre baiser, et beaucoup plus, à vrai dire, mais c'était agréable aussi. Rester assis à côté d'elle, comme un couple normal, apprendre à mieux la connaître, et surtout, savoir qu'elle s'intéressait à lui. Il en voulait plus, plus de temps ensemble, plus de dîners dans des food truck, plus de couchers de soleil.

Malheureusement, le temps lui échappait et le monde réel se refermait sur lui. Cassandra chassa le dernier grain de riz de son bol et s'humecta les lèvres. Elle avala le reste de son thé glacé, puis saisit son poignet et le fit pivoter pour regarder l'heure.

— Merde, dit-elle avec un soupir. C'est l'heure d'y aller ?

Il ne voulait pas regarder la montre, mais en effet, il était temps de partir. Il s'agissait de partir avec elle, cela dit, et ensuite de rester ensemble jusqu'au bout de la nuit.

Jusqu'au bout de la nuit, ronronna son dragon.

Quel sale vicieux ! Silas ne se projetait pas *aussi* loin dans la nuit.

Dix minutes plus tard, il se garait devant le centre culturel et artistique et remettait les clés au voiturier.

— Il faut croire qu'il y a un avantage à arriver en retard. Pas de queue pour se garer, dit-il avec humour.

— C'est classe d'avoir un peu de retard, décréta Cassandra. Par ici ?

Il sourit. C'était censé être à lui de montrer le chemin, pas à elle de le pousser à accomplir son devoir. Faisant rouler ses épaules, il accrocha fermement son bras au sien et se dirigea vers l'entrée, prêt à jouer son rôle.

Un flash les éblouit sur la gauche, suivi d'un autre, sur la droite, orienté vers tous les deux. Silas gémit intérieurement. Cette photo allait certainement figurer dans les pages de la rubrique mondaine le lendemain. Cassandra était-elle vraiment d'accord avec ça ?

Elle n'hésita pas le moins du monde. En fait, elle souriait comme une pro et se déplaçait comme si elle avait déjà marché sur des tapis rouges des centaines de fois. Elle chuchota du bout des lèvres :

— Tu as toujours droit à ce genre d'accueil ?

Un nouveau flash jaillit.

— Monsieur Llewellyn ! Par ici, s'il vous plaît !

— Monsieur Llewellyn ! lança un autre homme.

Silas continua à marcher, resserrant un peu sa poigne sur son bras.

— Ignore-les, chuchota-t-il. Ça arrive tout le temps.

— Bien sûr, répondit-elle sur un ton amusé. Ça arrive tout le temps.

— Monsieur Llewellyn, quelle est votre œuvre caritative préférée ici ? demanda un journaliste.

— Monsieur Llewellyn, qui est cette charmante jeune femme ?

Il toussota dans sa main, cachant un grognement.

Ce ne sont pas vos affaires, mais les miennes.

Sa bête intérieure souligna ce dernier mot avant d'insister lourdement.

Les miennes, à moi, à moi !

— Monsieur Llewellyn, qu'avez-vous à dire sur le projet immobilier de la côte ouest ?

Cette question l'arrêta net.

— Si cette proposition est légitime, je peux vous assurer que je la combattrai jusqu'à mon dernier souffle, répondit-il avec un regard noir.

Le journaliste avait l'air un peu décontenancé, le pauvre. Manifestement, il n'avait aucune idée des forces maléfiques qui se cachaient derrière cette offre.

Cassandra lui toucha le bras et sa fureur diminua aussi vite qu'elle était montée.

Quand ils atteignirent l'escalier supérieur, elle expira.

— Ouf. Quelle épreuve.

Il secoua la tête en lui faisant signe d'avancer.

— On quitte Charybde pour tomber sur Scylla.

La haie de journalistes était une chose, cependant l'aquarium rempli de requins que constituait le gala lui-même en était une autre.

— Ce n'est pas tout à fait ce à quoi je m'attendais, murmura Cassandra en regardant la scène.

Silas sourit.

— C'est un gala pour l'ensemble des organisations caritatives de Maui, mais l'événement est coordonné par le groupe de sauvetage des animaux, alors...

Il désigna la foule.

Un chihuahua à trois pattes grognait sur un berger allemand trois fois plus grand que lui, tandis que son maître se débattait avec sa laisse.

— Couché, Apollo !

Le chihuahua sautillait comme un lapin, toutefois dès qu'il renifla Silas, le petit monstre se recroquevilla, comme la plupart des chiens.

C'est ça, petit gars. C'est moi le patron ici, gronda son dragon.

Un perroquet jaune s'envola de l'épaule d'une femme en sifflant et imitant des bruits de baiser.

— Fortune, voyons ! Nous sommes en public ! lui souffla la dame.

— Joli nom, chuchota Cassandra.

Certains des animaux étaient toilettés, d'autres plus hirsutes. D'autres encore étaient habillés pour l'occasion, comme ce Jack Russell vêtu d'un manteau imitation renard. Lorsqu'une sirène de police retentit au loin, deux Malamutes d'Alaska se mirent à hurler.

— Olaf ! Elsa ! Calmez-vous, les houspilla leur maître.

— Comment décides-tu quelles associations soutenir ? demanda Cassandra.

Il fit un geste autour de lui.

— Le propriétaire du domaine nous laisse décider, alors tout le monde a voté.

— Et qui possède le domaine exactement ?

— Un homme très privé.

— C'est ce que j'ai compris. Ma question était : qui est-ce ? Il désigna un serveur.

— Tu veux grignoter quelque chose ?

— Tu es doué pour éviter les questions, je me trompe ?

— Les crevettes ont l'air bonnes...

Elle rit, et fort heureusement, ce fut ce moment que choisit un petit Pékinois croisé Shih Tzu pour passer en trottinant.

— Oh, mon Dieu. Il est si mignon ! Est-ce qu'il est gentil ? demanda Cassandra en s'agenouillant pour caresser le chien.

— Bien sûr. Il s'appelle Cujo, répondit l'heureux propriétaire.

Silas aurait pu jurer que le chien ronronnait. Et il était mal placé pour le lui reprocher, étant donné l'attention que Cassandra prodiguait à la petite boule de poils.

Malheureusement, peu de temps après, une vague d'invités les repéra et se jeta sur lui.

— Je vais nous chercher à boire, d'accord ? dit-elle en s'échappant vers la droite avec Cujo et son maître.

Maligne, soupira son dragon en la laissant partir à contrecœur.

Les femmes de la Société botanique furent les premières à s'adresser à lui, déplorant les espèces trop envahissantes et la récente épidémie touchant les orchidées. Il leur promit son soutien total, comme d'habitude. C'étaient des gens bien, les vrais héros de ces bonnes causes qui se battaient au nom de Maui. Il s'identifiait aisément à eux.

Pourtant, son regard continuait de dériver vers Cassandra, qui se frayait un chemin dans la foule. Sa pression sanguine augmentait chaque fois qu'un homme tournait la tête sur son passage, ce qui arrivait trop souvent à son goût.

Elle est à moi ! rugit son dragon, regrettant de ne pas pouvoir calciner chacun de ces connards.

Mais elle se contentait de passer devant eux de sa démarche chaloupée, le pas vif comme une New-Yorkaise. Elle s'arrêta tout de même pour caresser quelques animaux en chemin, comme un croisé Labrador et un Staffordshire qui semblait vouloir lui lécher le visage.

— Lany, au pied ! insista son maître. Lany, ici ! Je suis vraiment désolé. Elle aime rencontrer de nouvelles personnes, entendit Silas.

Cassandra se baissa pour caresser la chienne en riant.

— Quelle gentille petite fille !

— Silas, fit soudain une voix profonde, attirant son attention.

— Monsieur le Maire, madame Tang, dit Silas en leur serrant la main. Quel plaisir de vous voir.

Il le pensait. Le maire et sa femme présidaient plusieurs associations caritatives, et ils étaient des alliés potentiels dans les problèmes de zonage en cours qui menaçaient les environs de

Koa Point. Silas n'était pas venu pour cela, néanmoins chaque rencontre aidait à renforcer de saines relations de travail.

— Je suis si content de voir que le parc national a rouvert, déclara-t-il.

Le maire esquissa un petit salut.

— Et moi, je suis content d'avoir eu votre soutien.

— C'était le moins que je pouvais faire.

Donner du temps et de l'argent pour cette cause était effectivement la moindre des choses. La route du parc avait été endommagée par une inondation soudaine, causée par un combat de métamorphes... le combat dans lequel Cruz et Jody avaient lutté au péril de leur vie. Les deux tigres métamorphes fraîchement en couple s'étaient retroussé les manches et avaient participé aux efforts de restauration avant de partir pour les dernières compétitions de la saison de surf professionnel.

Le maire commença à lui parler d'énergie éolienne et Silas fit de son mieux pour l'écouter, mais son esprit, et son regard ne cessaient de revenir vers Cassandra. Elle attendait des boissons au bar et chacun de ses gestes lui coupait le souffle.

J'ai envie d'elle, besoin d'elle, insista son dragon, noyant tous les autres sons alentour.

Cassandra passa un moment à discuter avec le barman, un insulaire costaud comme une armoire à glace. Peut-être échangeaient-ils des astuces du métier. Mais un homme grand à l'allure sportive se pencha pour lui chuchoter quelque chose à l'oreille et Silas vit rouge. Le sourire spontané de Cassandra disparut, remplacé par une expression lasse du type : « Quoi, encore ? » Elle toisa lentement l'homme du regard, entre ses cheveux gominés, ses yeux hautains et son costume sur mesure.

Beau gosse, plein aux as et arrogant, souffla le dragon de Silas. *Le cliché du connard qui se croit tout permis.*

Pendant une fraction de seconde, il effleura son propre smoking. Donnait-il la même impression que cet abruti ?

Son dragon secoua la tête.

Beau gosse ? D'accord, peut-être un peu. Plein aux as ?

Silas soupira. C'était sujet à débat. Mais vraiment, qui se souciait de l'argent ? La paix était bien plus importante.

L'amour également, et aucune de ces valeurs ne pouvait être achetée, aussi riche que l'on soit.

Sommes-nous arrogants ? continuait son dragon. *Certainement pas.*

Silas décida qu'il ne croyait pas non que tout lui était permis. Il avait trop perdu et travaillé trop dur pour prendre quoi que ce soit pour acquis. Pourtant, il se frotta le menton d'une main et se fit une promesse. Plus de food truck, moins de galas, même si le devoir l'appelait. Plus de couchers de soleil sur la plage, moins d'heures dans le bureau que ses amis surnommaient en plaisantant la salle du trône.

Il fit la grimace. En fait, qui était dupe ? Tant que Drax ne serait pas vaincu, il ne pouvait rien faire de tout cela.

Cassandra agita deux verres devant le visage de l'homme, lui faisant comprendre qu'elle était accompagnée, et s'écarta du dragueur d'un pas ferme. De toute évidence, elle avait beaucoup d'expérience pour repousser les hommes. Et elle en avait besoin, car elle était absolument magnifique ce soir.

Elle est toujours éblouissante, grommela son dragon.

Tous les hommes de la salle se retournèrent sur son passage. Plusieurs tentèrent de l'intercepter, mais elle les dépassa en gardant ses yeux, et son sourire, fixés sur lui.

Sa poitrine se gonfla un peu tandis que son dragon chantonnait :

Moi ! Elle me veut, moi !

— Alors, l'emplacement reste un problème, poursuivait le maire.

Oui, le parc éolien. Silas essaya de reporter son attention sur la conversation qu'il aurait écoutée attentivement en temps normal. En l'occurrence, tout ce qu'il voulait, c'était cracher des flammes et annoncer au monde entier que Cassandra lui appartenait.

Le maire continua pendant un certain temps, jusqu'à ce que sa femme, lui et un attroupement d'autres invités innocents ne soient bousculés par une horde de véritables Rottweilers ; un groupe de jeunes femmes agressives qui croyaient avoir des droits sur tous ceux qu'elles croisaient, et qui ne s'intéressaient pas le moins du monde aux œuvres caritatives.

— À bientôt, dit le maire avec un clin d'œil en s'éloignant.

Une grande blonde en talons aiguilles fonça droit sur Silas, devançant les trois autres, et s'empara de son bras.

Son mauvais bras. Il dissimula une grimace de douleur.

— Silas. Quel plaisir de vous revoir, lança-t-elle d'une voix haut perchée.

Il ne se rappelait pas l'avoir déjà vue auparavant, et il ne s'était certainement jamais livré aux activités salaces que son intonation sulfureuse impliquait.

— De même, répondit-il d'un ton neutre en essayant de la resituer.

Il avait cependant beaucoup de mal à la regarder dans les yeux, car le décolleté affriolant de sa robe créait l'un de ces tours d'optique qui forçaient le regard des hommes à se porter sur la poitrine généreuse ainsi exposée. Elle baissa délibérément les épaules et se pencha en avant, lui offrant une vue encore plus plongeante.

— Enfin, nous aurons l'occasion de boire ce verre que vous m'aviez promis.

Ses doigts jouaient sur son bras pendant qu'elle parlait.

Il ne lui avait jamais rien promis de tel, et elle le savait.

— Une autre fois, peut-être.

Il se tourna vers un serveur qui passait par là, mais son regard croisa alors celui du maire, qui semblait le supplier en silence.

Ne l'énervez pas, voulait-il dire.

Silas pencha la tête et les lèvres du maire formèrent un nom.

« Pénélope. »

Merde. Pénélope Machinchose, la célèbre veuve trentenaire d'un magnat de l'immobilier qui avait trois fois son âge. Le mari avait soutenu de nombreuses associations caritatives de l'île en hommage à sa défunte première épouse, et Pénélope continuait à les financer, surtout pour faire en sorte que son nom perdure dans la presse. Mais si Silas se la mettait à dos, qui sait combien de temps encore elle apporterait son soutien à toutes ces initiatives ?

Il regarda autour de lui. Il y avait sûrement un autre homme intéressé parmi les invités les plus proches. Mais tous reculèrent, lui laissant la place. Il avait envie de grogner. Comme s'il pouvait s'intéresser à quelqu'un d'autre que Cassandra.

Involontairement, il se tourna pour la chercher, mais Pénélope tendit la main et lui détourna le menton.

Son dragon grommela.

Une petite flamme et tu finis en cendres, ma belle.

Silas retira sa main d'un geste glacial qui lui signifiait de ne pas recommencer.

Pénélope sourit, visiblement incapable de faire la différence entre une réaction excitée, loin de là, et un agacement croissant.

— On pourrait aller prendre ce verre tout de suite, susurra-t-elle en passant son bras autour du sien.

Elle baissa négligemment son épaule droite, laissant glisser la bretelle de sa robe pour révéler sa peau crémeuse.

— En fait, on pourrait même aller quelque part où on serait seuls.

Il se racla la gorge et recula discrètement, laissant retomber la main qu'elle pressait sur son torse.

— En fait, je suis ici avec quelqu'un, répondit-il en essayant de garder un ton mesuré.

Putain, ça faisait quand même un bien fou de pouvoir le dire.

Je ne serai plus jamais seul, se réjouit son dragon. *Pas tant que j'aurai ma compagne.*

Le regard de Pénélope devint glacial.

— Eh bien, vous devez absolument me présenter à l'heureuse élue...

« Pour que je puisse lui arracher les cheveux », semblait vouloir ajouter son regard assassin.

Au même instant, quelqu'un tira sur son bras droit et il se retourna pour découvrir Cassandra.

— Oh, tu es là, chéri, dit-elle avec un clin d'œil.

Aussitôt, la tension de son front se dissipa.

« Chéri. »

Son dragon s'éclaira.

J'aime entendre ça.

Silas remercia silencieusement le destin qui lui avait amené cette femme.

— Bonsoir.

Cassandra sourit de toutes ses dents à Pénélope. Elle lui tendit la main dans un geste si énergique que la blonde fit un pas en arrière.

Elle ferait une super dragonne, commenta sa bête intérieure.

— Tu ne veux pas nous présenter, chéri ? demanda Cassandra.

Pas vraiment, non. Il voulait surtout s'éloigner de cette croqueuse d'hommes, et vite.

— Permets-moi de te présenter...

Il agita la main, peinant à retrouver son nom.

— Pénélope Van Buren, cracha la blonde en tendant une main rigide.

— Et voici Cassandra Nichols, ma..., commença Silas avant de s'interrompre.

Compagne, proposa son dragon.

Les sourcils soulignés au crayon de Pénélope s'arquèrent, attendant la suite.

— Sa cavalière, précisa Cassandra en prenant la main de Pénélope.

Silas craignait qu'elles refusent toutes deux de lâcher prise, mais heureusement, un border collie jaillit entre elles pour attraper une mouche qui passait.

— Abby, attends ! cria son maître en se précipitant à sa poursuite.

— Comme elle est mignonne, sourit Cassandra en tapotant le dos de la chienne alors qu'elle passait par là.

Pénélope renifla en fronçant le nez.

— Adorable.

— Eh bien, je serais ravie de discuter..., commença Cassandra en posant une main sur son torse.

Contrairement à celle de Pénélope, cette caresse le réchauffa et il se rapprocha d'elle, son esprit complètement embrumé.

— Mais nous devons y aller, termina-t-elle.

Vraiment ? faillit-il demander, déboussolé.

Oui, vraiment ! Il faut y aller ! approuva son dragon avec enthousiasme.

Cassandra lui prit la main et il la suivit sans réfléchir. Presque sans respirer.

— Mais... ! protesta Pénélope.

Il l'entendit à peine. D'ailleurs, il n'entendait presque plus le brouhaha dans la salle. Parce que Cassandra lui souriait, un sourire éclatant, et ses yeux brillaient. Elle pinça les lèvres et toute son attention s'y concentra. Son cœur battait plus fort et un bruit sourd emplit ses oreilles comme si tout un groupe de batteurs folkloriques s'était aligné sur la scène et avait entamé un rythme effréné.

Prédestinée, murmurait une voix hypnotique dans son esprit. *C'est ta compagne prédestinée.*

Ses yeux se concentrèrent sur le creux au milieu de sa lèvre supérieure. Une fraction de seconde plus tard, le monde sembla basculer doucement sur son axe, le faisant se pencher un peu plus près d'elle.

Cassandra aussi et son sourire s'effaça, cédant la place à un regard plus sérieux. Ses lèvres s'entrouvrirent et elle passa la langue sur ses dents.

Embrasse-la, chuchota son dragon.

Silas prit une profonde inspiration, essayant de réprimer son envie.

Assez nié, assez fait semblant, insista son dragon. *Embrasse-la.*

Il puisait en lui, cherchant le pouvoir de résister, mais il ne trouva rien. Son esprit se vida et toutes les raisons impérieuses de garder ses distances avec Cassandra s'évanouirent.

Elle en a envie, elle aussi, reprit la bête. *Embrasse-la.*

Ce fut exactement ce qu'il fit. À moins que ce ne soit elle, parce que leurs lèvres se rencontrèrent à mi-chemin et se pressèrent dans un baiser parfaitement équilibré.

Il ferma les yeux et étouffa tous ses sens, sauf le ressenti de ses lèvres. Le reste du monde cessa d'exister, ne laissant qu'elle et lui, dans un moment qu'il n'oublierait jamais. Un moment parfait, l'un des rares de sa vie. Le genre dont il savait qu'il deviendrait le point culminant de son existence alors même qu'il se produisait. Ses bras s'enroulèrent dans son dos et des éclairs déferlèrent dans ses veines, détendant chacun de ses muscles crispés.

Quel goût, quel parfum, fredonna son dragon.

Les mains de Cassandra glissèrent sur ses épaules et sa poitrine se pressa contre la sienne, comme s'ils étaient sur une piste de danse et que la musique était sensuelle, comme s'ils étaient ensemble depuis toujours et savaient exactement comment s'adapter l'un à l'autre, comment donner et recevoir. En même temps, il y avait le frisson de l'inconnu, et des feux d'artifice éclatèrent dans son esprit. Des feux d'artifice chamarrés et étincelants, comme autant de petits cœurs battant à l'unisson.

Un flash d'appareil photo les aveugla, pourtant aucun d'eux ne leva les yeux. Pénélope marmonna et finit par s'éclipser. Il refusait néanmoins de se laisser interrompre, ni maintenant ni jamais.

La poitrine de Cassandra se gonfla dans un profond soupir qui se propagea dans son corps, dans ses bras et jusqu'à lui.

Si bon, approuva son dragon. *Ma compagne parfaite.*

Elle ouvrit la bouche sous la sienne et inclina la tête, se rapprochant davantage. Alors même qu'il l'embrassait plus passionnément, désespéré d'en goûter plus, un nuage sombre surgit au bord de sa conscience, déclenchant une dizaine de sonnettes d'alarme.

Silas releva enfin la tête, reprenant rageusement son souffle.

— Tiens, tiens. Qu'avons-nous là ? s'exclamèrent deux voix en même temps.

Tous les muscles de son corps se contractèrent et les poils de sa nuque se hérissèrent. Il s'avança, protégeant Cassandra alors qu'un seul mot franchissait ses lèvres :

— Drax.

— Moira, grogna-t-elle, tout aussi mécontente.

Chapitre 11

Si Silas ne l'avait pas retenue par le coude, elle aurait pu gifler Moira. Sa main se crispa autour de la sienne, lui rappelant à qui ils avaient affaire.

Un dragon capable de cracher du feu... deux même.

Pendant un moment, Cassandra n'éprouva que du mépris. Elle pouvait sentir la haine de Silas pour le couple, et elle en avait assez vu et entendu pour les détester, elle aussi. C'était à cause d'eux qu'il se couchait tard et qu'il se faisait des cheveux blancs, au sens figuré. Tous deux incarnaient les caractéristiques négatives des dragons contre lesquelles Éloïse l'avait mise en garde.

— Alors, qu'avons-nous là ? fit Drax qui tira une bouffée sur son cigare, en infraction flagrante de la règle antitabac du bâtiment. Tu fricotes avec l'ennemi, Silas ?

Cassandra montra les crocs. Ainsi, il était au courant pour son sang de sorcière. Apparemment, il avait aussi découvert combien ce sang était infime, car il ne montrait pas la moindre inquiétude.

— Crois-moi, je connais mes ennemis, grogna Silas.

Il serra les doigts de Cassandra, comme pour lui promettre qu'il ne parlait pas d'elle.

Elle avait envie d'effacer le sourire de Drax, et de Moira par la même occasion. Mais de qui se moquait-elle ? Elle n'était qu'une simple barmaid qui n'arrivait même pas à jeter des sorts. Moira, elle, était un dragon.

Un dragon qui avait couché avec Silas. Cassandra blêmit, envahie par une vague de dégoût. D'accord, cela remontait peut-être à loin, mais quand même, ça faisait mal. Qu'avait vu Silas en elle ?

Un regard en coin la rassura, car lui aussi avait l'air dégoûté. Les doigts de Silas prirent la forme de griffes pendant une seconde et elle se radoucit. Tout le monde avait un passé. L'important, c'était l'avenir. Enfin, merde, quel avenir avait-elle avec des gens comme Drax et Moira qui la pourchassaient, clairement décidés à lui faire du mal ?

Silas s'avança un peu plus, la protégeant avec son corps. Mais elle fit un pas en arrière, le menton bien haut.

— Dis-moi, Silas. Je croyais que c'était un événement caritatif. Je me demande bien ce que ces deux-là fichent ici, lança-t-elle.

Drax émit un ricanement sans joie et les lèvres de Moira se retroussèrent.

— En fait, je suis à Maui pour une propriété, répondit-il en expulsant un long panache de fumée, adressant un regard complice à Silas.

Cassandra faillit pousser un cri lorsque ce dernier serra les poings en réaction aux paroles de Drax. Sa mâchoire se contracta, mais autrement, il demeura parfaitement immobile. Effroyablement, même.

L'esprit de Cassandra s'emballa. De quoi parlait-il ?

Moira balaya un grain de poussière inexistant sur le revers de la veste de Drax et soupira, feignant de s'ennuyer.

— Oui, nous avons pensé qu'il était grand temps de nous intéresser aux propriétés de Filimore. Peut-être même, en développer quelques-unes. Elles sont cruellement inexploitées.

Cassandra n'osait pas regarder Silas, même si elle mourait d'envie de demander de quels endroits il s'agissait. Koa Point ? Le terrain voisin ? Autre chose encore ?

— Inexploitées ? Tu veux dire qu'on y vit en paix, grogna Silas.

Drax partit d'un rire acerbe.

— En paix ? Tu te ramollis, Silas.

Chaque muscle de son corps était tendu, prouvant justement tout le contraire.

Drax se pencha.

— Ne prends pas trop tes aises, mon ami.

Ses lèvres frémirent en prononçant ce dernier mot, une menace claire.

— Mes avocats travaillent dur, tu sais.

— Des avocats. C'est le mieux que tu puisses faire ? répliqua Silas.

Il avait l'air de vouloir régler leurs désaccords avec les poings, les crocs ou le feu.

Cassandra lui décocha un coup de coude. Drax le narguait délibérément. Ne le voyait-il donc pas ?

Mais il était trop tard. Le visage de Silas était rouge et ses yeux flamboyaient ; la teinte cramoisie de la colère. Son pouls battait visiblement sur son front. Merde. Était-il sur le point de se transformer ?

Silas, le supplia-t-elle silencieusement, enroulant ses doigts autour des siens pour essayer de le calmer.

Elle ne l'avait jamais vu si près de perdre le contrôle.

— Épargne-toi ce noble effort, cousin, dit Drax avec un dédain manifeste. Donne-moi le diamant.

— Je ne l'ai pas, répondit-il.

Drax sourit et désigna Cassandra dans un geste qui lui retourna l'estomac.

— Alors, donne-moi la femme.

— Jamais !

Aussitôt, les vingt personnes les plus proches se retournèrent, surprises.

Cassandra se tourna également, stupéfaite par la véhémence dans sa voix. La chaleur déferla dans ses veines. Combien elle aurait préféré se raccrocher à ce sentiment plutôt qu'au besoin urgent de désamorcer la situation au plus vite.

— C'est comme ça que tu opères ? lança-t-elle à Drax. Tu prends ce que tu veux, qui tu veux ?

Drax éclata de rire en couvant Moira du regard.

— Crois-moi, ceux que je veux viennent de leur plein gré.

Les traits tirés de la dragonne se crispèrent et Cassandra regretta de ne pas avoir une certaine expérience du poker pour comprendre ce que cela signifiait.

— Certains peut-être, même si j'ai du mal à voir qui, lâcha Cassandra avec mépris. D'autres, en revanche, sont prêts à te combattre avec toutes les armes à leur disposition. Et crois-moi, tu ferais mieux de faire attention.

Elle laissa ses doigts danser dans les airs, imitant certains des mouvements qu'elle avait vus dans les livres de Silas. Toute sorcière qui se respecte aurait soupiré devant sa version bâclée du sort de transformation en grenouille, mais bon... C'était plutôt convaincant, même si cela ne fonctionnerait jamais. Les yeux de Silas s'ouvrirent en grand et Moira eut un mouvement de recul.

Une seconde plus tard, la dragonne se reprit et fronça les sourcils.

— Je vois que cette petite sorcière t'a ensorcelé, Silas. Tu pourrais trouver tellement mieux.

Par *mieux*, Moira voulait parler d'elle-même, bien sûr. Cassandra faillit lancer une réplique cinglante, mais il intervint le premier.

— Sois respectueuse, Moira.

Elle leva un sourcil épilé et souligné au crayon en le regardant.

— Oh, je ne la traite pas de salope. Mais de sorcière, oui. Elle se fiche de toi depuis le début.

— Un peu comme toi, tu t'es fichue de moi ? s'énerva-t-il.

Moira lui fit un clin d'œil et se rapprocha. Ce mouvement fendit les plis de sa robe, donnant à Silas un aperçu de sa poitrine rebondie.

Toi et moi, nous pouvons encore vivre tout ça, semblaient dire ses yeux brillants. *Viens avec moi et tu auras tout ce que tu désires.*

Cassandra plissa les yeux. Moira mijotait quelque chose dans le dos de Drax, à l'évidence. Ce dernier ne semblait toutefois pas s'en douter, d'après sa mine vaguement amusée.

— Eh bien, il est trop tard maintenant, reprit-elle avec un soupir théâtral. Elle sera bientôt condamnée.

Le sang de Cassandra se glaça. Mais enfin, que voulait-elle dire ?

— Moira, fit Silas avec un regard noir. À quoi est-ce que tu joues ?

Elle éclata de rire.

— Ce n'est pas moi qui joue, c'est elle, avec son sort.

Quel sort ?

Cassandra voulait secouer Moira. Elle n'était pas capable d'éteindre une bougie, encore moins de lancer un sortilège susceptible d'influencer les événements futurs. Mais elle se remémorait les derniers mots d'Éloïse.

Un sort d'attirance, fit la voix de sa tante dans sa tête. *J'en ai tissé un moi-même.*

Une image vint à l'esprit de Cassandra. L'espace d'une seconde, elle s'attarda devant elle ; la scène d'un paysage noir, dévasté par de terribles explosions de feu et plongé dans les ténèbres par des combats entre dragons. Un instant plus tard, sa vision avait disparu.

Cassandra serra les poings de peur que ses mains ne se mettent à trembler. Quel que soit ce sort d'attirance, son pouvoir semblait puissant.

— C'est peut-être toi qui es condamnée, se força-t-elle à rétorquer.

Drax souffla un autre panache de fumée tout en la dévisageant silencieusement. Cassandra fronça le nez alors que les volutes flottaient entre eux, se déplaçant lentement dans l'air inerte. Enfin, elle souffla, renvoyant la fumée comme elle était venue. Moira porta une main à sa bouche et toussa, le regard assassin.

Cassandra l'ignora. Les dragons avaient beau être impressionnants, ils devaient savoir une chose. Personne ne se moquait d'elle. D'une manière ou d'une autre, elle déjouerait leurs plans sinistres, quels qu'ils soient. Elle trouverait sûrement quelque chose à la bibliothèque. Pourquoi pas une potion anti-dragon, ou une formule magique anti-feu.

En tout cas, elle se renseignerait sur les sorts d'attirance dès la seconde où elle retournerait à la bibliothèque. Mais d'abord, elle devait mettre fin à cette confrontation avant qu'elle ne s'aggrave.

Réprimant l'envie de battre en retraite, elle tapa dans ses mains.

— N'est-ce pas merveilleux ! annonça-t-elle d'une voix forte et claire. Vous souhaitez donc faire un don au comité des associations caritatives de Maui ?

La moitié des personnes dans la salle de bal suspendirent leurs gestes et Drax se renfrogna.

Cassandra fit signe au maire de s'approcher.

— En voilà une merveilleuse nouvelle. Silas, ne devrais-tu pas présenter au maire l'un des plus généreux philanthropes de New York ?

La bouche de Silas ébaucha un petit sourire. Le maire accourut, tout comme Pénélope Van Buren. Elle passa son bras hâlé autour de celui de Drax en battant des cils.

— Pénélope Van Buren. Comment allez-vous ?

Si les regards pouvaient tuer, Moira aurait été sur-le-champ arrêtée pour homicide. Mais ce qui acheva d'agacer Cassandra, ce fut la désinvolture avec laquelle Drax posa la main sur le bras de Silas... son bras blessé.

— À bientôt, petit cousin, lâcha-t-il.

Cassandra enroula ses doigts autour de ceux de Silas et l'entraîna à l'écart. Elle n'y connaissait pas grand-chose en stratégie de guerre, néanmoins le moment semblait approprié pour exécuter une retraite judicieuse.

Silas garda le silence, toutefois elle aurait juré qu'il maudissait Drax mentalement. Se remémorant une page du livre des métamorphes, elle tenta d'en faire de même, concentrant toute son énergie afin d'imposer une pensée dans l'esprit de Drax. Le dragon ne l'entendrait peut-être pas, mais ça faisait du bien d'avoir son mot à dire.

« À jamais » aurait exprimé ses véritables sentiments, mais elle craignait que ce soit un vœu pieux. Alors, elle se contenta de la meilleure alternative, injectant autant de venin que possible dans sa pensée.

À bientôt, connard.

Chapitre 12

Cassandra demeura immobile pendant que Silas accélérait sur l'autoroute. Il tenait le levier de vitesse si fermement que ses articulations étaient blanches et que sa mâchoire formait une ligne sévère.

Elle jeta un coup d'œil dans le rétroviseur.

— Tu penses que Drax va nous suivre ?

Elle posa une main sur sa jambe sans réfléchir. Elle en avait besoin... De ce contact, cette chaleur, l'assurance qu'au fond, tout irait bien.

Peut-être que Silas en avait besoin lui aussi, parce qu'il couvrit doucement sa main de la sienne.

— Non, pas vraiment. Mais il s'enhardit en débarquant comme ça à Maui.

Il passa la vitesse supérieure et le moteur vrombit dans la nuit. La circulation était fluide et l'autoroute 380 grande ouverte devant eux, silencieuse à l'exception du ronronnement de leur voiture de collection.

— Tu veux dire qu'il n'est jamais venu ici ?

— Il n'a jamais jugé que ça en valait la peine.

— Et Koa Point ? Il n'attaquera pas là-bas ?

Silas secoua la tête.

— Les dragons ne se battent jamais sur le terrain de l'ennemi. Ils préfèrent s'attirer l'un l'autre.

S'attirer. Ce mot s'attarda dans son esprit alors que les pneus avalaient le bitume.

— Et puis, ajouta Silas, nous avons nos propres tours de guet. Hunter est de service ce soir.

Elle en resta bouche bée.

— Toute la nuit ?

Silas haussa les épaules.

— Ça aide d'avoir un groupe de métamorphes qui ne sont pas dérangés à l'idée de rester quelques heures sous leur forme animale.

Ainsi, les bruits de pas et les hurlements lointains, ces deux dernières nuits, n'étaient pas le fruit de son imagination.

— Donc, pas d'attaque de Drax, conclut-elle.

Silas fronça les sourcils.

— Pas à Koa Point, en tout cas.

Une autre minute de silence s'écoula et l'air devint si chargé de la colère et la frustration émanant de Silas qu'elle aurait pu en prendre une poignée et la lancer par la vitre, en direction du paysage qui se brouillait à l'extérieur. Il roulait à quatre-vingt-dix kilomètres-heure, puis cent, approchant des cent dix sur une portion de route limitée à soixante-dix. La voiture semblait deux fois plus rapide de son côté qu'elle ne devait le paraître depuis le siège du conducteur.

Heureusement, la conduite à droite lui donnait accès au bras gauche de Silas. Il avait retiré sa veste avant de monter en voiture, mais sa chemise la séparait toujours de sa peau. À bien y penser, il avait porté des manches longues toute la semaine en dépit des températures clémentes.

— Laisse-moi vérifier ça, dit-elle très posément.

Silas replia son coude contre ses côtes, se dérobant à sa portée.

— Ça va.

Elle posa une main sur sa jambe.

— Tu n'es pas obligé d'être fort pour tout le monde en permanence.

— Il n'y a personne d'autre.

Devant son intonation sèche, elle eut envie de lui répondre qu'elle était là, elle.

— Juste un coup d'œil rapide. S'il te plaît.

— Pas besoin.

Elle soupira.

— Tu sais, une fois, j'ai fait descendre le chat d'Éloïse d'un arbre et je n'ai pas eu besoin d'être aussi convaincante.

Silas garda ses lèvres scellées pendant une longue minute avant de répondre :

— Un chat noir ?

Elle leva les mains.

— Tu changes encore de sujet.

— D'accord, murmura-t-il.

— D'accord pour dire que tu changes de sujet ?

Il secoua la tête et fit lentement pivoter son coude sur le côté.

— D'accord, tu peux vérifier. Si tu veux.

Bien sûr, comme si c'était sa passion d'examiner les brûlures. Malgré tout, elle joua le jeu.

— C'est vrai, je me sentirais mieux. Et oui.

— Oui, quoi ? grogna-t-il alors qu'elle détachait avec précaution ses boutons de manchette et repliait sa manche.

— Oui, c'était un chat noir.

En fait, elle cherchait juste à le divertir, mais ce fut efficace.

— Tu vois ? Je vais bien, dit-il dans un grognement.

La plaie n'avait pas l'air aussi horrible qu'elle le craignait, elle était plus rose que boursouflée ou même encroûtée, néanmoins Silas ne parvint pas à dissimuler quelques grimaces révélatrices, la mâchoire crispée.

— Je mettrai quelque chose dessus quand on sera à la maison, dit-elle en le lâchant enfin.

Il la regarda et elle comprit soudain sa boulette. Koa Point n'était pas sa maison. Pas à elle, en tout cas.

Les yeux de Silas étaient brillants et elle se prit un moment à rêver.

Une seconde plus tard, ou peut-être une minute, elle reporta son regard sur l'asphalte flou de la route en maudissant l'entêtement de cet homme.

Pourtant, ce trait de caractère faisait partie de ce qui la fascinait. Cette ténacité. Tout cela formait un homme complexe qui l'attirait de plus en plus. Silas touchait quelque chose en elle qu'aucun autre homme n'avait jamais touché. Ni les sportifs au corps sculpté, ni les riches hommes d'affaires, ni même les charmants ouvriers qu'elle avait rencontrés au fil des ans. Elle avait toujours écouté consciencieusement leurs problèmes et leurs malheurs, cependant elle n'avait jamais eu envie d'aider l'un d'eux à ce point. Ce qui était ironique, parce que Silas ne voulait pas de son aide. En même temps, tous les hommes répugnaient à appeler au secours.

Elle secoua la tête. Si elle était honnête avec elle-même, elle ne voulait pas seulement l'aider. Elle le voulait tout court. Cela faisait des jours que son corps désirait le sien, et ce baiser sorti de nulle part au gala avait mis le feu aux poudres. Putain, mais à quoi pensait-elle ?

Elle croisa résolument les doigts et prit une profonde inspiration. Si elle aidait Silas à surmonter les problèmes du présent, ils avaient peut-être une chance de connaître un avenir commun.

— Drax a mentionné quelqu'un du nom de Filimore, ainsi qu'une certaine propriété.

Elle garda les yeux droit devant elle, au cas où il interpréterait sa question doublée d'un regard comme une intrusion trop gênante dans sa zone de confort.

Il montra les dents et jura dans sa barbe.

— Filimore est mon oncle, et aussi celui de Drax.

— Celui qui est mort à New York ? fit-elle en écarquillant les yeux.

— Qui a été assassiné à New York, rectifia-t-il. Drax l'a empoisonné. J'en suis convaincu.

Son esprit s'emballa. Éloïse avait été victime d'une attaque de dragon. L'oncle de Silas aussi. Apparemment, Drax ne reculait devant rien, pas même un crime au sein de sa propre famille.

— Son oncle... le tien..., dit-elle en réfléchissant.

Silas grimaça.

— Drax est mon cousin au troisième degré du côté de ma mère. Sa lignée est plus ancienne que la nôtre de presque une génération.

— La vôtre ?

— À Kai et moi. Nous sommes cousins germains.

Elle s'efforça de dresser leur arbre généalogique dans son esprit, plaçant Drax tout au bout sur une branche biscornue et Kai plus proche du centre, avec Silas.

— Combien de temps vivent les dragons ? murmura-t-elle en essayant de se rappeler ce qu'elle avait lu.

Silas crispa les doigts de sa main droite sur le volant.

— Quelques centaines d'années.

Il secoua ensuite la tête avec regret.

— S'ils meurent de causes naturelles, bien sûr.

Cassandra se rappelait avoir entendu dire que Kai avait trente et un ans, ce qui devait placer Silas dans la même tranche d'âge. Aucun d'eux n'avait jamais mentionné de parents, de frères et sœurs ni d'autres cousins. Combien de guerres y avait-il eu dans le monde des dragons ? Leurs familles étaient-elles naturellement si petites ?

Tant de questions. Si peu de réponses. Devrait-elle s'y aventurer ce soir ? Elle décida de se concentrer sur Drax pour le moment. Cela dit, même ce sujet était énorme pour une seule soirée.

— Drax a parlé d'une propriété..., reprit-elle, laissant la phrase ouverte afin qu'il puisse la compléter.

La Mercedes passa sous une enfilade de réverbères et elle aperçut brièvement les traits ciselés de Silas dans la lumière jaune.

Une autre minute s'écoula, mais il ne répondait toujours pas. Devait-elle insister ? Ou pas ?

— Silas, chuchota-t-elle en passant légèrement ses doigts sur le tissu de son pantalon. Tu vas vraiment résoudre ça tout seul ?

Il serra le levier de vitesse encore plus fort.

— Honnêtement ? C'était le plan.

Elle avait envie de crier. Ignorait-il donc que demander de l'aide n'était pas un aveu de faiblesse ? Qu'à plusieurs, le travail était moins difficile à supporter ?

— Enfin, si tu ne me le dis pas, parle au moins aux autres. Kai est ton cousin. Les autres sont détectives privés. Dawn est policière. Tessa est brillante et Nina est douée pour sortir des sentiers battus. Chacun d'eux pourrait t'aider à comprendre certaines choses. Tu as déjà entendu dire que deux têtes valent mieux qu'une, non ?

Il continua à rouler dans un silence obstiné.

Cassandra croisa les bras. Très bien, s'il voulait tout garder à l'intérieur, elle le laisserait faire.

Un moment plus tard, cependant, il reprit la parole, d'une voix si faible qu'elle l'entendit à peine.

— Ils ne savent pas.

Elle resta assise sans bouger, attendant qu'il poursuive, mais il garda le silence, sa mâchoire oscillant nerveusement d'un côté à l'autre.

— Ils ne savent pas pour Drax ? Tessa et Kai étaient à New York, alors…

Il secoua la tête.

— Ils savent pour mon conflit avec lui, dit-il avec une grimace. Et pour Moira. Tout le monde est au courant.

Sa voix était empreinte d'amertume et de regret. Il se passa une main dans les cheveux, ramenant ses mèches en arrière.

Sans réfléchir, elle posa sa main sur la sienne, par-dessus le volant.

— Alors, qu'est-ce qu'ils ne savent pas ?

Silas soupira et fit un geste vague.

— Ils ne savent pas pour le propriétaire du domaine.

Son esprit revint à l'échange énigmatique entre Silas et Drax.

Ne prends pas trop tes aises. Mes avocats travaillent dur, tu sais.

Son pouls s'accéléra et elle chercha le courage de poser la question à un million de dollars. Elle risquait de passer pour une idiote, cependant il se pourrait aussi qu'elle ait raison.

— Est-ce que Drax possède Koa Point ?

Silas appuya sur l'accélérateur pour dépasser un camion. Le moteur rugit et le vent ébranla la voiture. Les souvenirs de sa rencontre avec Drax dans une ruelle de New York lui revinrent en mémoire et elle ferma les yeux. Bon sang. Comment avait-elle pu se retrouver parmi les dragons ?

C'est ton destin, lui avait dit Éloïse.

Elle regarda Silas. Et si sa tante avait légèrement été à côté de la plaque et que combattre les dragons n'était pas son destin ? Peut-être qu'elle était seulement censée rétablir la paix entre les sorcières et eux. À moins que ce ne soit voué à l'échec une fois encore, tout aussi piteusement qu'avec ses tentatives de sorts.

Elle jeta un coup d'œil en coin à Silas et déglutit en songeant à une autre possibilité. Et si *Silas* était son destin ?

Chapitre 13

Silas redirigea la voiture vers la voie de droite, toujours prostré dans le silence. Cassandra lui caressa la jambe et fit une nouvelle tentative.

— Silas... est-ce que Drax possède Koa Point ?

— En quelque sorte. Enfin, pas vraiment...

Il s'interrompit, sa phrase en suspens, et balaya ses paroles d'un geste évasif.

— En quelque sorte ?

Il changea de vitesse puis, lentement et précautionneusement, tourna sa paume vers le haut pour la serrer dans la sienne.

— Mon oncle Filimore, le dernier des grands dragons, était le propriétaire du domaine.

Il poussa une longue expiration qui semblait exprimer un certain soulagement.

— L'oncle empoisonné par Drax possédait le domaine ?

Silas hocha la tête.

— Filimore m'a engagé comme gardien. Il m'a aussi fait promettre de ne jamais le dire à personne.

— Pourquoi ?

Il haussa les épaules, le visage fermé.

— Les dragons. Que veux-tu que je te dise ? L'ancienne génération respectait un code de conduite plutôt archaïque.

Elle faillit rire et souligner le penchant de Silas pour le café préparé dans les règles de l'art, pour un style vestimentaire impeccable et une bibliothèque pleine de livres à reliure de cuir...

— Tout est secret, poursuivit-il avec une pointe d'amertume. Tout est caché.

— On doit résoudre ses problèmes tout seul, ajouta-t-elle.

— Oui, j'imagine, répondit-il avant de lui lancer un coup d'œil en biais. Je suis vraiment si terrible ?

Cette fois, elle pouffa.

— Oui. Mais nous avons tous nos points faibles, tu sais.

— Des points faibles ? grogna-t-il, visiblement mécontent.

Elle lui assena un coup de genou contre la cuisse.

— Parfois la force peut être une faiblesse, figure-toi.

Elle agita ensuite les mains en reprenant là où il s'était arrêté :

— Donc, Filimore t'a fait promettre de ne pas révéler qu'il était propriétaire du domaine. Mais maintenant qu'il est parti...

Silas fit la grimace, regrettant visiblement ce départ prématuré.

— Le vrai problème, c'est son testament.

Le cœur de Cassandra battait la chamade. Elle avait hâte de connaître la suite, et en même temps, elle était reconnaissante à Silas de s'être autant ouvert à elle, de lui faire confiance comme elle lui faisait confiance.

— Le testament laisse la succession, et la plupart de ses biens, à deux héritiers principaux.

Cassandra était parfaitement immobile.

— Moi, dit Silas en se désignant, avant de se renfrogner et de tendre le pouce derrière son épaule. Et Drax.

— Putain de merde, souffla-t-elle en haussant les sourcils.

Silas hocha la tête.

— Je n'aurais pas dit mieux.

— Pourquoi ton oncle a-t-il ajouté Drax sur son testament ? Ne savait-il pas qu'il était pourri ?

— Comment savoir si ce n'est pas moi, le pourri ? Parfois, je n'y comprends plus rien.

Elle lui prit la main et la posa sur le levier de vitesse, exerçant une pression à chacun de ses mots :

— Je peux te le dire. Drax empeste la malveillance. Pas besoin d'être un dragon pour le voir. Mais toi ? Tu es honnête, plein de bons principes et loyal.

Il la dévisagea fixement.

— Bon, d'accord, reprit-elle, et têtu aussi.

Enfin, il ricana et se détendit un peu.

— Tu as raison, tout le monde a ses points faibles.

— Je pourrais continuer, tu sais. Tu es bien trop coincé. Trop cérémonieux. Trop replié sur toi-même. Ce dont tu aurais besoin, c'est de longues promenades sur la plage. Pieds nus.

Il tenta un regard sévère.

— Ça y est, tu as fini ?

Elle sourit.

— Non, je viens juste de commencer. Mais je vais laisser tomber pour ce soir. D'ailleurs, tu as quelques points forts aussi. Peut-être que je t'en parlerai un jour.

Il esquissa un sourire et porta sa main à sa joue. Il ferma brièvement les yeux, la serrant contre lui. Sans doute était-ce une forme de câlin pour ce dragon aux émotions trop enfouies.

Une seconde plus tard, il reporta son regard vers la route. Et l'instant d'après, il lui embrassa le dos de sa main.

Elle réprima un soupir de bonheur. En matière d'intimité, ce geste n'était peut-être pas grand-chose, mais qu'il provienne d'un mâle alpha tout en retenue le rendait spécial. Vraiment spécial. Elle en avait des frissons jusqu'aux orteils. Putain, et dire que ce n'était qu'un baiser sur le dos de la main... certainement l'endroit le moins intime de tout le corps. Quel effet cela ferait-il de coucher avec cet homme ?

Elle décréta que ce serait incroyablement délicieux. Si seulement elle n'était pas en train de discuter de questions de vie ou de mort avec lui.

— Merci, murmura Silas en regardant la route sans lâcher la main de la jeune femme.

Elle passa les doigts sur les siens et jeta un œil du côté conducteur. Silas occupait le premier plan, avec ses sourcils froncés. Ils avaient presque atteint l'autre côté de Maui et le Pacifique s'ouvrait devant eux. Tout cet espace, l'immensité du ciel. La mer scintillante, éclairée par la lune, s'étendait à l'infini, impassible et inéluctable, un peu comme le destin.

Le destin. Où était donc le sien ?

Elle réfléchit à cette question pendant les dix minutes qui suivirent, avant de remarquer un panneau en bord de route. Ils allaient bientôt atteindre Lahaina, ce qui signifiait que Koa Point n'était plus très loin. À la seconde où ils arriveraient, Silas allait probablement se refermer.

Un feu passa au rouge et il s'arrêta en tapotant des doigts sur le volant. Il se reprit soudain et les posa sur sa cuisse.

— Cassandra, murmura-t-il en inclinant sa tête vers la sienne.

Elle se pencha jusqu'à ce que leurs fronts se touchent et ferma les yeux, se coupant au monde le temps d'un battement de cœur ou deux. Elle ne pouvait pas le voir, mais elle aurait juré que la poitrine de Silas se soulevait et s'abaissait avec un soupir.

Elle aussi soupira. Si c'était cela le destin, alors elle l'embrasserait avec joie, le bon comme le mauvais.

Silas lui inclina le menton vers le haut et déposa le plus doux baiser du monde sur son front avant de murmurer tristement :

— Le feu est passé au vert.

Elle se redressa lentement, à contrecœur, encouragée par la main de Silas sur la sienne alors qu'il reprenait de la vitesse.

Elle inspira longuement. Il lui restait tant de choses à comprendre et si peu de temps. Si elle voulait sérieusement aider Silas, elle devait absolument démêler ses problèmes, et pas seulement penser à elle.

— Alors, votre oncle vous a laissé la propriété à tous les deux ? Et Kai ? Il n'est pas fâché ?

Silas rit tout bas.

— Il y a quelques années, il aurait pu l'être. Mais maintenant, il a tout ce qu'il désire.

Silas n'avait pas besoin de développer pour que Cassandra comprenne. Kai avait Tessa. Une belle maison. Un avenir brillant. C'était amusant de voir comme tout cela pouvait accaparer un homme.

— Je pense qu'il est ravi de rester en dehors de ça, expliqua-t-il. De toute façon, il comprend les traditions des dragons. Tout revient à l'aîné de chaque lignée familiale.

Elle se mordilla la lèvre.

— D'accord, mais je ne comprends toujours pas. Ton oncle s'attendait à ce que toi et Drax, vous vous tombiez dans les bras et à ce que vous vous réconciliez ?

Silas renifla.

— Non, c'était plutôt : « Que le meilleur gagne ». Comme je l'ai dit, les vieilles méthodes des dragons...

Elle y réfléchit.

— Est-ce que les vieilles coutumes des dragons vous interdisent de demander de l'aide ?

— Disons qu'il y a un code d'honneur...

Ce fut à son tour de grommeler.

— Et tu penses que Drax va respecter ça ? Je le vois déjà appeler ses amis, s'il en a. En plus, Moira te réserve quelques coups bas, crois-moi. Elle a l'air d'être une spécialiste dans ce domaine.

Silas poussa un soupir résigné et, fidèle à lui-même, se détourna du sujet pour se concentrer sur un autre.

— Drax n'a pas d'amis. Par contre, il a une armée.

Cassandra se figea.

— Comment ça, une *vraie* armée ?

Il secoua légèrement la tête.

— Une armée de dragons. Selon les normes humaines, ça s'appellerait plutôt un escadron. Enfin, ça reste une terrible puissance de feu.

— Quel jeu de mots, fit-elle avec un coup de coude.

Il lui répondit par un sourire faible.

— J'aimerais bien. Mais non. C'est au sens propre du terme.

Elle enfonça ses talons dans le sol pour empêcher ses genoux de trembler.

— Bon, alors Drax possède une armée. Mais toi aussi. Il y a Kai et Tessa, d'abord. Ensuite tu as... quoi ? Des loups. Des ours. Des tigres...

Il refusa immédiatement :

— Je ne veux pas les impliquer. Tu ne comprends pas ?

Elle pencha la tête. Tout ce qu'elle comprenait, c'était que cet homme trop fier essayait de conquérir le monde tout seul.

— Ces gens-là ont tous servi leur pays. Ils se sont assez battus, reprit-il après un silence.

Toi aussi, avait-elle envie de lui dire, mais il poursuivit sans lui en laisser le temps :

— Ils ont pris un nouveau départ dans la vie. Une vie digne, avec des femmes qu'ils aiment. Ils fondent des familles... Des familles qui méritent de la stabilité et du temps ensemble.

Il secoua tristement la tête.

— Pendant toute mon enfance, mon père n'a fait qu'aller et venir. Une bataille par-ci, une querelle à régler par-là. Il rentrait à la maison blessé et en colère... parfois tellement que personne ne pouvait l'approcher. Et quand nous retrouvions un semblant de normalité, un autre conflit éclatait et il devait repartir.

Silas s'était mis à tapoter le tableau de bord à chaque mot, mais le martèlement devenait de plus en plus furieux.

— Le père de mon père est mort quand il avait six ans. Moi, j'avais treize ans lorsque le mien est mort. Ce n'est pas ce que je souhaite pour les enfants de Boone, ceux de Kai, de Hunter et des autres.

Cassandra imagina Boone, la main sur le ventre rebondi de Nina, puis Kai soulevant dans ses bras un petit enfant aux cheveux roux et aux yeux verts comme ceux de Tessa, s'amusant à le câliner vigoureusement tel un papa poule. Elle s'imagina elle-même avec Silas, en promenade sur la plage avec une petite fille entre eux. Ils compteraient jusqu'à trois avant de la soulever dans les airs...

Son souffle resta suspendu et son cœur se mit à battre la chamade. D'où lui venait cette image ? Elle entendait presque le rire de l'enfant et pouvait voir le sourire de Silas. Elle ressentait la satisfaction profonde de son âme, et par-dessus tout, une paix absolue.

Un peu sonnée, elle détourna le visage juste à temps pour éviter le regard de Silas ; le vrai Silas, pas celui de sa vision.

Elle suçota sa lèvre inférieure en secouant la tête. Ce n'était qu'une sorte de bouffée délirante, rien de plus.

— Si je peux trouver un moyen d'affronter Drax en combat singulier..., continua-t-il.

Elle essaya de se concentrer sur le sujet : un séisme sur fond de pouvoir entre dragons. Deux forces opposées, en ligne droite vers un conflit qui risquait de plonger le monde des métamorphes dans le chaos. Putain. Peut-être qu'Éloïse avait raison, tout compte fait.

Les dragons sont des créatures viles et dangereuses. Presque moyenâgeuses.

— Et tu es sûr que Drax s'abaisserait à empoisonner votre oncle ?

Éloïse l'avait dit : « Ne fais jamais confiance à un dragon. Ils sont tous cupides et sans cœur. »

Mais si cette description correspondait à Drax, ce n'était pas le cas de Silas. Elle le revoyait, jetant une pelote de laine à Keiki, remuant son café tranquillement dans la salle commune et réfléchissant à des problèmes qu'il ne voulait pas faire peser sur les autres. Elle l'imaginait dans la ruelle, à New York, déployant son aile pour la protéger malgré la douleur qu'il endurait.

Si elle avait pu retourner chez sa tante et frapper du poing sur la porte, elle l'aurait fait. *Tu avais tort, Éloïse. Ils ne sont pas tous cupides et sans cœur. J'en ai la preuve.*

— C'est le monde des dragons, soupira Silas. Des bouleversements constants. Si un puissant seigneur prend le pouvoir, on peut assurer la paix sur quelques générations au moins.

— Je ne sais pas pourquoi, mais j'imagine mal la paix dans un monde dominé par Drax...

Silas fronça les sourcils.

— Oh si, il y aurait la paix. Une fois qu'il aurait anéanti ses ennemis et réduit au silence les survivants.

Ils roulèrent sans rien ajouter, chacun absorbé par ses propres pensées. Cassandra regardait les montagnes sombres et imposantes de West Maui, néanmoins son esprit était ailleurs. À Koa Point, avec ses rires joyeux sur les pelouses, le clapotis paisible des vagues sur le sable, le rythme serein de la vie quotidienne, ces amis qui vivaient ensemble, chacun avec sa propre maison douillette et un dévouement naturel les uns envers les autres.

Ses doigts se resserrèrent sur un joyau invisible. La Pierre de Vent. Pourrait-elle aider Silas à vaincre Drax ? Avait-elle été stupide de la lui cacher ?

— Et tu me reproches d'être tendu, plaisanta Silas en retirant sa main de la sienne. C'est une sacrée poigne, dis donc.

Elle répondit avec un sourire forcé, mais son cerveau tournait à plein régime. Silas. Ses amis métamorphes. Les Pierres d'Esprit. Drax. Étaient-ils tous des pions sur un échiquier ou commandaient-ils leurs propres destinées ?

Elle pensa à elle, aussi. Quelle était la place d'une sorcière au huitième degré, dépourvue de pouvoirs magiques ?

— Silas, chuchota-t-elle sans trop savoir ce qu'elle allait dire.

Son expression maussade lui laissait entendre qu'il connaissait bien ce sentiment.

— Crois-moi, je sais que c'est insensé d'affronter Drax tout seul. Mais si je peux trouver un moyen de le faire sans impliquer les autres, de l'attirer dans un combat loyal comme le veut la tradition...

Cassandra contempla les étoiles en réfléchissant.

Attirer... Dragon... Comment attirer un dragon...

« *Ce dont tu as besoin, c'est un bon sort* d'attirance », avait dit Éloïse.

Elle gratta sa robe en signe de frustration. Ce dont elle avait besoin, c'était de la magie. Et vite !

Et de l'air, bon sang. Elle avait besoin d'air frais.

Elle se pencha vers la vitre ouverte en dénouant son chignon torsadé. Elle sentit les yeux de Silas sur elle alors qu'elle passait les doigts dans ses longues mèches, mais quand elle se tourna vers lui, il était à nouveau concentré sur la route.

Lui et son déni, son sens du devoir. La laisserait-il seulement entrer ?

— Tu n'as jamais voulu avoir la version décapotable de cette voiture, rien que pour sentir le vent dans tes cheveux ? demanda-t-elle.

Il passa une main dans ses cheveux soigneusement coupés. Bon, d'accord, pour la sensation de liberté avec la chevelure au vent, c'était raté !

— Nous avons aussi la décapotable, murmura-t-il alors.

Elle éclata de rire :

— Ça ne m'étonne pas. Argentée, comme celle-ci ?

— Blanche.

D'un côté, elle avait envie de l'interroger sur ce « nous » ; elle n'arrivait toujours pas à comprendre les tenants et les aboutissants du testament de son oncle. De l'autre, ses pensées s'envolaient avec le vent, vers le ciel indigo moucheté d'étoiles.

— Tu ne voles jamais de nuit ?

Il se tourna vivement vers elle et elle soutint son regard.

— Je croyais que tu détestais les dragons.

L'écho de sa voix de baryton se répercuta jusque dans ses os.

— Je commence à réaliser qu'il y a de bons dragons et de mauvais dragons. Qu'Éloïse avait peut-être autant d'idées préconçues que certains de mes semblables. Les humains, je veux dire.

— Quelles idées préconçues, par exemple ?

Elle secoua la tête, presque gênée de le dire.

— Tout et n'importe quoi. Les voisins de ma cousine venaient de Pise, et après quarante ans de vie harmonieuse côte à côte, sa mère a fini par admettre qu'ils n'étaient pas si mal... pour des Italiens, bien sûr.

Silas ricana et elle continua :

— On évitait le sujet des autres groupes ethniques ou religieux avec elle. Sa découverte du siècle était toujours quelque chose du genre : « Vous savez, en fait, ils sont gentils ». Elle nous rendait dingues avec son esprit fermé et ses opinions conservatrices. Mais c'est parce qu'elle avait grandi à une autre époque, dans un autre endroit.

Silas hocha la tête.

— Crois-moi, je vois le genre.

— Alors, je commence à penser qu'Éloïse était peut-être pareille, mais envers les dragons. Elle a dit quelques mots sur les vampires aussi.

Le nez de Silas se fronça.

— Ne fais jamais confiance à un vampire.

Aussitôt, elle lui donna une claque sur la cuisse.

— Non, mais écoute-toi parler !

— Quoi ? C'est vrai.

— Eh bien, Éloïse dit la même chose à propos des dragons.

Silas parlait si bas qu'elle dut tendre l'oreille.

— Et toi, que penses-tu des dragons ?

Pensive, elle lissa sa robe. Était-elle vraiment prête à partager ses pensées ?

— Peut-être qu'ils ne sont pas si mauvais, murmura-t-elle.

Il eut un petit rire, attendant la suite.

— Ils ne crachent presque jamais de fumée, reprit-elle pour le taquiner.

Il essuya un grain de poussière imaginaire sur sa manche.

— Presque ?

— Ils ne semblent pas s'attaquer à des vierges innocentes, poursuivit-elle.

La tête de Silas pivota.

— Des quoi ?

— Je veux dire, à en juger par la compagnie des dragons, répondit-elle en riant. Moira, tu vois...

Il grimaça.

— Et moi, ajouta-t-elle. Comme aucune de nous deux n'est innocente *ou* vierge...

Il secoua la tête, comprenant enfin qu'elle se moquait de lui.

— Et moi qui te prenais pour une jeune fille naïve.

— Oh, loin de là.

Ils s'esclaffèrent tous les deux et, une fois de plus, la main de Silas se retrouva sur sa jambe.

— Que penses-tu d'autre au sujet des dragons ? reprit-il d'une voix soudain plus rauque.

Elle prit une profonde inspiration. Était-elle vraiment prête à flirter avec un dragon ? Silas semblait tout prendre au sérieux. Très au sérieux. Qui savait où les choses pouvaient conduire ?

Son intimité applaudit, impatiente d'en arriver à une conclusion torride.

— Eh bien, il y a un dragon en particulier que j'ai appris à connaître..., commença-t-elle.

Il l'encouragea d'un signe de tête.

— Un peu solitaire. Un peu excentrique, on pourrait dire.

— Excentrique ?

— Eh bien, il vit dans une maison complètement dingue. Il a la bibliothèque la plus cool du monde...

Elle le surprit en train de sourire.

— Un groupe d'amis hors du commun...

— Hors du commun ?

— Ils sont vraiment, vraiment adorables. Et tu sais ce qu'on dit des amis...

Il inclina la tête, attendant la suite.

— Qu'on peut juger quelqu'un en fonction de ses amis.

Cette remarque lui arracha un petit sourire et elle continua.

— Et il y a un chaton très gentil avec qui il se montre particulièrement attentionné.

— On ne sait jamais, la prévint-il. Tout cela pourrait être un leurre.

— C'est ce que j'ai pensé, au début. Mais ensuite, je l'ai vu. Chaque jour, tard le soir, avec tout ce stress qu'il garde en lui.

— Les dragons ne stressent pas.

— Celui-là, si. Pour son domaine, ses amis, l'avenir. C'est un monde terrible et immense, là dehors, et lui, il essaie de le conquérir tout seul.

Il gardait les yeux droit devant lui, muet.

— Il fait tout pour tout le monde, mais rien pour lui-même. Et c'est ce que j'aime chez lui.

Ses yeux se tournèrent vers elle un instant avant de se détourner. Cet homme était comme un adolescent, fasciné par l'amour, mais incapable d'en parler. Moira l'avait-elle brûlé à ce point ?

— Ce que tu aimes ? grogna-t-il.

Elle essaya de rester détachée.

— Ça pourrait être une façon de parler.

Il hocha la tête très posément.

Resserrant les doigts sur sa jambe, elle se pencha à son oreille.

— Ou peut-être pas.

Ses yeux étincelaient d'une chaude couleur de brique dans l'obscurité et sa fournaise intérieure se réchauffa sensiblement. La chaleur de Silas émanait de son corps, l'attirant toujours plus près, l'invitant à toutes sortes de pensées érotiques, comme déboutonner sa chemise et glisser une main sur son torse.

La voiture ralentit pour emprunter un virage et la force du mouvement éloigna son corps du sien.

— Voilà la maison, murmura-t-il alors qu'ils approchaient des grilles de la propriété.

La maison. Elle retourna le mot dans sa tête. Où était sa maison, à elle ? Où se situait-elle sur l'échiquier que le destin semblait vouloir dresser ?

Le portail s'ouvrit, les conviant à entrer. Dommage que Maui ne soit pas plus vaste. Elle aurait bien aimé rouler encore quelques heures. Parce que dès que Silas mettrait le pied sur le domaine, elle pariait qu'il fondrait tout droit dans son bureau et s'y enfermerait à double tour avec ses problèmes.

La voiture s'arrêta devant le garage ; retour à la case départ, et en même temps, pas tout à fait. Lorsque Silas contourna le capot et lui tendit la main, elle dut résister à l'envie de l'attirer à l'intérieur et de faire demi-tour vers le portail. Au lieu de quoi, elle se laissa conduire en silence vers la maison des invités.

Une luciole clignotait dans l'obscurité, seule lumière entre les torches tiki désormais éteintes. Un oiseau voltigeait dans les arbres. L'*akule hale* était plongé dans le silence, immobile. Les autres s'étaient dispersés depuis longtemps dans leurs maisons respectives. Tout était serein et calme, pourtant ses pas étaient pesants alors qu'elle marchait vers l'inévitable au revoir. Silas s'était ouvert à elle pendant le trajet, mais le mieux qu'elle puisse attendre de lui était une bise polie sur la joue et un « bonne nuit » murmuré du bout des lèvres.

Quelques minutes plus tard, ils étaient sous le porche de la maison, tournés vers les vagues. Cassandra ferma les yeux, songeant au baiser qu'ils avaient partagé au gala. Un baiser qui avait surgi de nulle part pour devenir une véritable force. Un baiser auquel elle aurait voulu ne jamais mettre un terme.

Silas s'éclaircit la voix et elle se prépara. C'était le moment. Elle était convaincue qu'il ressentait la même envie qu'elle, une envie de *plus*, mais qu'il la contenait.

— Cassandra, chuchota-t-il.

C'était déjà ça, il avait cessé de l'appeler « Melle Nichols ». Une petite victoire ?

Elle restait debout devant lui, refusant de prononcer le moindre mot, bien déterminée à rendre la séparation aussi difficile pour lui que pour elle.

Quand il reprit, sa voix était éraillée.

— Est-ce que je peux accepter cette proposition ?

Elle cligna des paupières.

— Quoi ?

Il fit signe derrière lui d'un geste las, mais visiblement plein d'espoir.

— Cette longue promenade sur la plage. Ça te dérangerait ?

Elle ouvrit grand les yeux, et pendant un moment, elle fut incapable de parler. Mais lorsqu'il lui présenta son coude, elle y passa le bras et se blottit contre lui.

— Ce serait très agréable, répondit-elle en sentant la chaleur revenir dans son corps.

Chapitre 14

Cela faisait longtemps que Silas n'avait pas pris le temps de marcher, sur la plage ou ailleurs. Quand un dragon métamorphe avait besoin de se défouler, il partait voler. Les choses étaient ainsi faites. Ces derniers temps cependant, cela ne lui avait pas été d'une aide très marquante.

Il s'avéra qu'une promenade était exactement ce dont il avait besoin. Oui, même pieds nus. Au bout de dix pas sur la plage avec Cassandra, ses épaules nouées s'étaient détendues et la crispation de son front s'était atténuée. Il remua ses orteils dans le sable, pencha la tête en arrière et admira les étoiles. Peut-être y avait-il différentes façons de faire dans la vie, autres que le style des dragons.

C'était proche du sacrilège, mais à part Kai et Drax, songea-t-il avec une grimace, il était le dernier de sa lignée. Peut-être n'avait-il plus besoin de se raccrocher aussi étroitement aux traditions. Certaines étaient bonnes, bien sûr. Elles lui rappelaient qui il était et le reliaient à une longue ascendance de dragons. Mais d'autres aspects, en revanche...

Cassandra a peut-être raison, réfléchit son dragon. *Mais j'aime quand même voler. On pourrait l'emmener un jour.*

En matière de divertissement et de détente, voler avec elle devait valoir un onze sur dix. Mais marcher sur la plage ensemble... Cela méritait quand même un bon dix.

Le jeu léger de ses doigts sur les siens, la chaleur de son corps contre lui, le chatouillis de ses cheveux sur son épaule. Il se sentait vivant comme il ne l'avait pas été depuis bien longtemps. Un peu trop vivant, même. Son dragon lui avait hurlé des suggestions en dessous de la ceinture pendant toute la soirée, et ce moment n'arrangeait rien.

Je dois posséder ma compagne ! Je dois la marquer, la revendiquer.

Quel que soit le rapprochement que tentait d'amorcer Cassandra, il devait garder le contrôle de sa bête intérieure.

Mais elle est si parfaite, pleurnichait son dragon.

Bien sûr, techniquement, il savait que personne n'était parfait. Mais Cassandra en était très proche. Parfaite pour lui, en tout cas. Ils semblaient faits pour marcher côte à côte, leurs corps s'accordant sans effort. Il imaginait un peu trop facilement sur quoi d'autre ils pourraient s'accorder.

Oh oui, nous nous accorderons parfaitement, susurra son dragon en remuant les sourcils.

— C'est une très belle nuit, murmura-t-elle en s'arrêtant pour contempler la mer.

La brise marine charriait son parfum jusqu'à lui, se mêlant à celui de Cassandra qui lui donnait toutes sortes d'idées dangereuses.

Il regardait la lune onduler sur la mer. Sa lumière scintillante se reflétait sur les vagues, formant des motifs irréguliers imprévisibles. C'était presque magique. Aussitôt, le nerf dans sa joue reprit ses tressaillements.

« Ne fais jamais confiance à une sorcière. »

« Méfie-toi des sorcières et de leurs sorts retors. »

« Il ne faut jamais faire confiance aux sorcières, pas plus qu'aux humains. »

Il secoua la tête en essayant de dissiper cette absurdité.

Notre compagne n'utiliserait jamais sa magie contre nous, objecta son dragon. *C'est une autre sorte de magie qu'elle exerce. Comme maman disait toujours : l'amour est magique.*

Bien sûr, son père s'était toujours moqué d'elle, cependant Silas commençait à se demander lequel des deux était le plus sage.

Réfléchis bien, reprit son dragon. *Ce n'est que la magie de la nature, pas un sort de sorcière.*

Il regarda la mer, se détendant à nouveau. Le paysage était magnifique. C'était une beauté différente de la splendeur de Maui en journée, sorte de peinture chatoyante aux mille couleurs de l'arc-en-ciel. La nuit, tout se réduisait au noir, au blanc et à d'innombrables nuances de gris, dans un contraste offrant un charme certain. Contempler la mer depuis le rivage était nouveau pour lui. L'effet d'ondulation était différent. Depuis le ciel, les vagues attiraient les rayons de la lune et les retenaient captifs. À partir de la plage, les rayons semblaient nager au gré des vagues, sans entrave et en toute liberté.

— Oui, une belle nuit, convint-il en passant spontanément le bras sur les épaules de Cassandra.

Elle lui caressa le ventre tout en parlant d'une voix légère et enjouée :

— C'est presque apaisant, n'est-ce pas ?

— Oui, répondit-il en souriant.

Elle acquiesça.

— Tu sais ce qui est apaisant, aussi ?

À présent, elle le taquinait ouvertement, et franchement, il adorait cela.

— Quoi ?

— Ça.

Il écarquilla les yeux quand elle l'embrassa sur les lèvres. Ce n'était pas aussi apaisant qu'elle le prétendait, pour le coup, car son rythme cardiaque s'emballa. Mais une seconde plus tard, ses paupières se fermèrent et son esprit devint béatement engourdi. Suffisamment pour qu'il enveloppe Cassandra dans ses bras et en oublie pourquoi elle était inaccessible.

Ses lèvres étaient sucrées comme le miel et douces comme un oreiller moelleux. Ses cheveux étaient soyeux, ses seins doux contre son torse. Sa bouche s'ouvrit sous la sienne et il glissa les mains sur ses hanches. Le clair de lune avait beau scintiller sur la mer, en cet instant, elle était un soleil et lui la surface de l'eau. À moins qu'il soit un rayon de lune, et Cassandra l'océan limpide ?

Arrête de jouer les poètes et profite de ce foutu baiser, aboya son dragon.

Il ne se fit pas prier. *Waouh !* Comment un simple baiser pouvait-il être si bon ?

Cassandra s'écarta enfin et ses lèvres se refermèrent dans le vide. Aussitôt, il rouvrit les yeux et la regarda fixement.

Une vague de colère déferla tout à coup. Est-ce qu'elle jouait avec lui ? Parce que Moira le faisait constamment et…

— Tu vois ? murmura-t-elle, les yeux mi-clos, si dénués de malveillance que sa colère retomba aussi vite qu'elle était montée.

Ma compagne ne joue pas à ces jeux-là, affirma son dragon. *Elle n'est pas comme Moira.*

Il pouvait voir l'honnêteté dans ses lèvres tremblantes et ses yeux innocents, des yeux de biche un peu hagards qui lui faisaient comprendre que le baiser l'avait affectée autant que lui. Hors d'haleine, elle pressa légèrement les doigts contre son torse, sans la moindre insistance.

Clairement pas comme Moira, confirma son dragon d'une voix chantante.

— Je ne qualifierais pas vraiment ça d'apaisant, murmura-t-il en essayant de retrouver une contenance.

C'est ce qu'elle veut. C'est ce que nous voulons. Ne t'arrête pas maintenant, l'encouragea son dragon.

— Ah bon ?

— C'est même tout le contraire, admit-il en passant les bras autour de sa taille.

Elle haussa les épaules et se rapprocha.

— C'est bien aussi.

Lorsqu'ils s'embrassèrent à nouveau, des feux d'artifice explosèrent dans tout son corps : des rouges flamboyants, qui alimentèrent son désir, des verts et jaunes qui envahirent plus lentement ses veines, et des bleus qui éclatèrent comme des étoiles avant de le submerger, emportant tous ses soucis avec eux.

Le baiser se fit plus intense, plus avide, plus insistant… des deux côtés. La langue de Cassandra caressait ses lèvres et ses dents avec audace. Il attira son corps contre le sien et ses mains s'aventurèrent encore plus bas, la plaquant tout contre son membre qui prenait de l'ampleur. Pendant ce temps, elle faisait courir ses mains le long de ses côtes dans un mouvement qui rendait son dragon complètement fou.

Une fois qu'elle fut pressée contre son érection, il ravala un gémissement. À son tour, elle gémit dans le baiser, et à cet instant, son cerveau cessa de fonctionner.

C'est ma compagne. Mon destin.

C'est une sorcière, retentit soudain la voix contradictoire de son père dans sa tête.

Il interrompit le baiser et son visage devint cramoisi. Même mort, son père avait le don de s'immiscer dans sa vie aux moments les plus inopportuns.

C'est ma compagne! rugit son dragon.

Silas regrettait presque que son père ne soit pas vraiment là pour pouvoir lui crier tout ce qu'il n'avait jamais pu exprimer dans la vraie vie. Des choses comme : « Je t'aime et je te respecte, mais je ne suis pas comme toi. Je vais faire les choses à ma manière. Je prendrai mes propres décisions. C'est clair ? »

Le temps qu'il termine cette diatribe intérieure, la voix de son dragon était un véritable rugissement dans son esprit.

Il resta planté là, pantelant, cherchant à reprendre ses esprits.

— Tout va bien ? chuchota Cassandra en passant les mains sur son torse.

Il inspecta chaque recoin de sa conscience, chaque coffre chargé de souvenirs jusqu'à avoir la certitude que le spectre de son père avait bel et bien disparu.

— Ça va, dit-il, sa voix pourtant aussi rauque que s'il avait crié pour de bon. Mais, écoute...

Elle secoua vivement la tête.

— Non, pas de « mais », pas de « si ».

Il la saisit par les épaules.

— Les dragons ne font pas les choses à moitié, Cassandra. Si nous allons plus loin...

Sa poigne se resserra sur sa chemise.

— Je veux aller plus loin. Ne le vois-tu pas ? rétorqua-t-elle.

— Mais les sorcières et les dragons sont ennemis depuis des siècles...

Elle hocha la tête.

— Je sais. Mais ce n'est pas notre conflit à nous deux, Silas. Je l'ai compris maintenant. Pas toi ?

Si, et il la désirait plus que tout. Mais comprenait-elle à qui elle avait affaire ? Voulait-elle vraiment libérer ses désirs longtemps refoulés ?

— Je ne veux pas que tu sois blessée, se força-t-il à dire. Ce serait plus prudent si...

— J'en ai assez de jouer la prudence. Je ne veux plus marcher sur des œufs.

Il prit une profonde inspiration. Il voulait tenter une dernière fois de rester sain d'esprit avant de céder complètement.

— Tu dois en être sûre avant qu'on aille trop loin, avant qu'il soit trop tard.

Elle prit son visage entre ses paumes.

— Il est trop tard, Silas. Et tu sais quoi ?

Il cligna des yeux, essayant de se concentrer. Mais elle se rapprochait pour un autre baiser qu'il désirait éperdument et il n'arrivait pas à trouver la volonté de résister.

— À la minute où je t'ai rencontré, il était trop tard, chuchota-t-elle. Et je ne voudrais pas revenir en arrière, même si je le pouvais.

Son esprit demeura parfaitement immobile, sous le choc de ses mots. Son corps, en revanche, réagit de lui-même et combla la distance qui les séparait encore pour rencontrer son baiser. Ce fut un baiser agressif, qui l'invitait à se rapprocher encore plus qu'avant. Cette fois, il pouvait sentir toutes ses courbes, goûter le désir sur sa langue.

N'essaie même pas d'arrêter ça maintenant, grogna son dragon.

Il n'en avait aucune envie. D'ailleurs, il ne le pouvait pas. Pourtant, après une autre minute de corps-à-corps effréné sur la plage, il s'écarta pour aspirer de grandes goulées d'air.

— J'ai changé d'avis, murmura-t-il.

— Tu *quoi* ?! s'écria Cassandra.

Il lui saisit les deux mains avant qu'elle puisse lui assener un coup de karaté sur la trachée.

— Si on remettait la promenade à plus tard pour retourner plutôt à la dépendance ?

— Tu..., souffla-t-elle, un sourire aux lèvres.

— Désolé. Je ne voulais pas te faire peur, répondit-il avant de l'attirer à nouveau contre lui.

Elle ne l'avait quitté que quelques secondes, mais elle avait déjà laissé un grand vide. Dès que leurs corps se rencontrèrent à nouveau, un calme intense revint en lui, un instant de sérénité dans la tempête, peut-être, parce que son corps était encore en feu.

Elle lui prit la main et, ensemble, ils traversèrent la plage en sens inverse, rejoignant le chalet sur le sable en moitié moins de temps qu'ils n'avaient mis pour s'en éloigner. Là, elle l'entraîna en haut des trois marches et le poussa contre le cadre de la porte.

— Reste là. Et ne pense même pas à changer d'avis, ordonna-t-elle en agitant un doigt devant son visage.

— Loin de moi cette idée. Mais...

Elle le fit taire par un baiser, puis se retira.

— À mon tour de jouer les allumeuses.

Ses lèvres frémirent, mais aucun son n'en sortit. Que faisait-elle ?

L'intérieur de la dépendance était plutôt sobre, toutefois le lit était grand. Son dragon suivit de près ses mouvements, passant déjà en revue une demi-douzaine de positions qu'elle et lui pourraient...

Arrête, lança-t-il à la bête. Comment pouvait-il garder le contrôle si son dragon suggérait de telles images ?

Qui a parlé de contrôle ? s'emporta ce dernier.

Cassandra se déplaça rapidement, ouvrant un tiroir puis le refermant dans sa précipitation. Une allumette craqua sur une surface rugueuse et l'odeur de soufre emplit la pièce.

Son dragon prit une grande inspiration.

J'aime l'odeur d'un bon petit feu.

Silas suivit du regard la lueur jaune de l'allumette dans la main de Cassandra.

— Bon, si j'étais une sorcière plus douée..., murmura-t-elle.

Mais de quoi parlait-elle ?

Elle souffla l'allumette et en fit craquer une autre. Bientôt, une dizaine d'autres bougies brillaient et la pièce était éclairée comme une chapelle. Elle se dirigea ensuite vers lui et agita la dernière allumette dans l'air entre eux, éteignant la flamme.

Elle éteint peut-être cette flamme, ricana son dragon. *Mais pas celle qui brûle en moi.*

— Qu'est-ce que tu en penses ? demanda-t-elle en penchant la tête.

Il ouvrit les bras et elle se faufila dans son étreinte. Le clair de lune filtrait par la porte, projetant leurs ombres sur le lit.

— J'ai arrêté de penser quand on est arrivés au bout de la plage, avoua-t-il. Mais c'est très agréable.

Elle hocha la tête, visiblement satisfaite, et se rapprocha jusqu'à ce que ses hanches soient plaquées contre les siennes.

— C'est pour toi, au fait, dit-elle en passant le doigt sur ses lèvres. Enfin, comme je sais que les dragons sont sensibles aux questions de territoire, tout ça...

La dernière partie de son esprit encore capable de penser rationnellement en profita pour lui faire la morale : c'était Cassandra qui n'était pas dans son élément ici, et pourtant, elle lui faisait confiance. Sans condition.

Rien de commun avec Moira, soupira son dragon.

Il ferma brièvement les paupières, chassant l'autre femme de son esprit. C'était sa soirée avec sa compagne, et il ne laisserait plus jamais Moira s'immiscer dans son cœur, son esprit ou son âme.

— Merci, chuchota-t-il en embrassant l'une des mains de Cassandra.

Son parfum si particulier était concentré autour de ses poignets, mêlé à des senteurs exotiques, et cette combinaison le poussait vers l'extrême limite de son contrôle.

— Oh, tu me remercieras bien assez tôt, dit-elle avec un clin d'œil. Je te le garantis.

— On joue toujours les allumeuses, mademoiselle Nichols ?

Elle secoua la tête, se penchant jusqu'à ce que ses lèvres effleurent les siennes.

— On s'est assez allumés, maintenant, place à l'action.

Chapitre 15

Cassandra dénoua la cravate de Silas et la lui retira lentement, laissant l'accessoire de soie glisser autour de son cou. Ses yeux s'embrasèrent, la lueur rouge plus intense.

Elle ne savait pas exactement ce qui lui avait pris. Mais en fin de compte, cela n'avait aucune importance, car elle en avait envie. Pire, elle avait besoin de lui. Tout de suite.

Elle l'embrassa, non, elle le consomma, tout en lui ôtant sa veste. Certes, son allure de play-boy milliardaire était excitante, mais elle voulait en découvrir plus. Elle dut presque arracher la veste de ses épaules tant les muscles tendaient le tissu.

— Promets-moi qu'en enlevant ma robe, tu seras un peu plus doux, murmura-t-elle. On me l'a prêtée.

— Je ne peux rien garantir, gronda-t-il entre deux baisers.

Pendant une seconde, ses mains restèrent coincées dans les manches retournées de sa veste et elle gloussa.

— Tu es à ma merci, dragon.

Il tourna vers elle son regard brûlant.

— Je suis à ta merci depuis le premier jour.

Sa mâchoire se décrocha pendant une fraction de seconde avant qu'elle ne se ressaisisse.

— Et moi qui croyais que tu étais le plus dangereux.

Elle l'embrassa dans le cou avant qu'il puisse répondre et déboutonna sa chemise, enivrée par son parfum ; c'était une eau de toilette naturelle avec un soupçon de luxe et une touche complètement sauvage. Silas rejeta la tête en arrière, l'invitant à se rapprocher. Encore un petit fantasme qui se réalisait. Les baisers se changèrent en mordillements et Silas émit un grondement en guise d'avertissement. C'était un vrai grondement animal, à la fois différent de l'homme raffiné auquel elle était habituée et parfaitement propre à lui, parce qu'elle avait déjà su voir, au-delà de sa façade soigneusement entretenue, qui il était vraiment, un mélange d'homme et d'animal attendant d'être libéré.

Et c'était elle qui en avait les clés. Elle s'imaginait entrer discrètement dans le donjon d'un château, insérer un passe-partout dans la serrure et déverrouiller lentement la porte grinçante de son âme.

Une bougie vacilla dans sa vision périphérique, lui rappelant qu'elle jouait avec le feu. C'était un dragon métamorphe et elle était en partie sorcière.

Mon dragon métamorphe, se dit-elle.

Sa bouche suivit le chemin de ses mains, embrassant le torse dont elle avait tant rêvé. Repoussant les pans de sa chemise, elle glissa de plus en plus bas jusqu'à toucher son sexe à travers le pantalon.

Silas tressaillit et ses yeux virèrent au rouge. Pas un rouge effrayant, non, plutôt une nuance sensuelle qui mit en ébullition toutes les hormones de son corps.

— Aide-moi à enlever ça, chuchota-t-elle en désignant son pantalon.

Il prit ses mains et les écarta avant de se diriger vers le lit.

— Ce n'est pas une bonne idée si tu veux que je ménage cette robe.

Elle lui retira sa chemise en faisant attention à la peau sensible de son bras gauche. Tant qu'elle n'y touchait pas, tout irait bien. Après quoi, elle passa les mains sur ses fesses dures comme l'acier.

— Je comprends les épaules, murmura-t-elle, presque à part elle.

Après tout, c'était un dragon métamorphe.

— Mais pourquoi as-tu besoin de tous ces autres muscles ? ajouta-t-elle en tapotant ses fesses.

Il sourit.

— Décollage. Atterrissage. Tout ça, tout ça...

Ce fut ce qu'il lui dit à voix haute, mais la lueur dans son regard de dragon disait plutôt : *Pour mieux te faire plaisir, chérie.*

Elle déglutit, puis s'empressa de couvrir sa gêne par un autre baiser.

— Je vois. Décollage. Atterrissage.

Il fit courir ses doigts sur ses épaules et le long de son cou, faisant basculer sa tête d'un côté et de l'autre. Enfin, après un baiser de côté, il se détacha lentement et la fit tourner sur elle-même, la plaçant dos à lui.

— J'aimais bien tes cheveux relevés, chuchota-t-il en passant les doigts dans les longues mèches.

Sa voix baissa d'une octave et il ajouta :

— Mais je les aime encore plus détachés.

Sous son timbre grave et impérieux, elle se trémoussa avec impatience et gémit à haute voix lorsqu'il écarta ses cheveux entre ses pouces. Il l'embrassa derrière tout en détachant sa robe. Chaque mouvement était à la fois tendre et excitant. Elle eut un demi-sourire, amusée. Silas lui retirait sa robe si facilement, alors qu'elle n'avait même pas réussi à baisser sa braguette. Eh bien, elle se rattraperait à la prochaine occasion.

— Pardon ? murmura-t-il en effleurant la peau nue au bas de son dos.

— Rien, souffla-t-elle en se cambrant pour en recevoir plus.

Il agrippa ses hanches de ses mains puissantes, la plaquant contre son entrejambe. Il s'écarta un instant avant de se plaquer à nouveau à elle, plus fort cette fois. Un grondement grave et impatient monta de son torse, lui donnant un aperçu de la bête à l'intérieur.

— Silas, chuchota-t-elle, prête à se pencher et à se laisser aller tout de suite. Qui a besoin d'un lit ?

En même temps, elle tenait à le regarder droit dans les yeux quand il bougerait en elle. En un sens, elle se disait que ce serait important si elle voulait maintenir le délicat équilibre de pouvoir qui se jouait entre eux.

Silas dégrafa son soutien-gorge et la poussa vers l'avant. Elle gémit lorsqu'il caressa sa poitrine et soupira alors qu'il faisait glisser la robe sur ses épaules et la laissait flotter jusqu'à ses pieds.

Elle se tourna, repoussant la robe d'un coup de pied. Les yeux avides de Silas enveloppèrent chaque partie de son corps, parcourant ses seins nus, son nombril, la culotte en dentelle noire. Sa bouche s'ouvrit légèrement, puis il détourna le regard, revenant vers le sien.

Oh, oui. Son dragon adorait ce qu'il voyait.

Passant les pouces dans sa culotte, elle la baissa lentement. Avec lui, elle se sentait belle, désirée. Elle leva un pied, puis l'autre, se retenant à son bras pour garder l'équilibre.

Un sourire se dessina sur les lèvres de Silas. Apparemment, il savait aussi bien qu'elle que ce n'était que pour le spectacle. Elle n'avait pas *besoin* de son soutien, mais une chose était certaine : elle aimait le toucher.

Elle laissa tomber la culotte sur le sol et agita sa chevelure, à moitié éclairée par la lune et à moitié dans la pénombre.

La joue de Silas tressaillit à nouveau. Le doute n'était plus permis, il aimait clairement ce qu'il voyait.

— Nous devons égaliser le score maintenant, dit-elle en lui faisant signe d'avancer.

Il arqua un sourcil, s'approchant au point où elle dut pencher la tête en arrière pour maintenir le contact visuel.

— Le score ?

— Moins un pour ma robe, mais plus un pour ton pantalon, précisa-t-elle en se dressant sur ses pieds, se frottant contre son membre.

Il porta les mains à sa ceinture, détachant rapidement le fermoir, et ensemble, ils le débarrassèrent de son pantalon et de son boxer. Cassandra s'assurait de prendre tout son temps, savourant chaque centimètre de ce geste.

— Les dragons sont connus pour leur patience, mais..., fit-il d'une voix cassée.

— Pas de « mais », lui rappela-t-elle en gloussant. Rien que du positif !

Sur ce, elle appuya sa tête contre son torse et baissa les yeux pour contempler sa verge. Son extrémité luisait et elle la sentait durcir. La respiration de Silas était laborieuse, faisant frémir les cheveux sur sa nuque par petits souffles irréguliers. Elle empoigna son sexe à deux mains et exerça un mouvement de haut en bas, conservant une lenteur délibérée. Il donna des coups de reins entre ses mains, laissant glisser ses doigts le long de ses côtes comme en écho au rythme qu'elle avait adopté. Elle continua ainsi jusqu'à ne plus pouvoir attendre une seconde de plus.

Elle recula en croisant son regard. Lorsque ses mollets heurtèrent le bord du lit, elle retint sa respiration.

Prends-moi, avait-elle envie de dire. *Je veux me sentir encore plus vivante que maintenant.*

Silas demeura immobile, presque tremblant sous ses mains. Il se pencha ensuite pour un baiser qui commença comme une infime promesse. *Je prendrai soin de toi,* semblait-il lui dire. Il se transforma progressivement en échange plus profond, plus impatient. Plus fougueux, aussi. À tel point qu'elle remarqua à peine le passage de la position debout à la position allongée, plaquée sous son corps sur le lit. Sans interrompre le baiser, il lui écarta les jambes et s'appuya sur elle, la pressant de tout son poids. Enfin, il se détacha et croisa son regard.

— Dernière chance, murmura-t-il.

Elle plia sa jambe droite, la frottant contre la sienne.

— D'accord, répondit-elle du tac au tac, roulant sur le côté pour ouvrir le tiroir de la table de chevet.

Elle y avait découvert un paquet de préservatifs lors de sa toute première nuit sur les lieux, avec une lime à ongles et des mouchoirs. Tout ce qu'un invité dans cette propriété de luxe pourrait désirer.

Au premier sens du terme, songea-t-elle avec humour.

— Qu'est-ce qui te fait rire ? demanda-t-il alors qu'elle lui tendait un préservatif avant de se recoucher.

— Oh, rien, un truc...

Elle tapota ses mains sur son torse avec impatience.

— Bon, où en étions-nous ? Ah oui, je sais. Quelque part par ici.

Elle glissa les mains sous ses seins et contourna lentement ses tétons du bout des doigts.

Silas eut un sourire malicieux, témoignage du dragon qui l'habitait. Il déchira le paquet et déroula le préservatif. Elle l'aida à l'enfiler tout en repliant les genoux, prête, attendant.

— Dernière chance, répéta-t-il. Pour de bon.

— Je n'irai nulle part, et toi non plus.

Elle referma les cuisses autour de sa taille.

Son membre était tout proche et elle sentit son corps s'embraser pour lui. Mais le premier mouvement de Silas fut de glisser vers le bas, échappant à son étreinte. Elle faillit protester avant que sa bouche ne se referme sur son mamelon.

— On en était là, tu disais ?

Son souffle chaud se propagea sur sa peau nue, rendant ses tétons presque douloureux.

Elle se cambra et gémit des paroles incompréhensibles, sa réponse claire diluée dans la brume de plaisir qui l'enveloppait. Silas avait des mains d'artiste et une langue de pirate. Il avait commencé la soirée rasé de près, mais à présent, sa joue frottait sa poitrine alors qu'il continuait à la vénérer. Elle passa les doigts dans ses épais cheveux noirs et se pencha en arrière, impatiente d'en ressentir encore plus.

— C'est si bon, soupira-t-elle.

Son téton entrait et sortait de sa bouche dans un mouvement de va-et-vient qui lui faisait voir des étoiles. Enfin, il glissa une main le long de son ventre et entre ses jambes. Aussitôt, elle se trémoussa. Du plat de la paume, il la caressa, l'attisant jusqu'à ce qu'elle soit sur le point de crier.

— Silas...

Son gémissement de protestation se changea en un hurlement de plaisir lorsqu'il enfouit un doigt entre ses replis.

— Chut, murmura-t-il.

Elle se pressa contre sa main en gémissant.

— Tu me demandes de rester silencieuse alors que tu me fais tout ça ?

Elle entendit le ricanement qui lui répondit, mais son menton était reculé pour qu'elle puisse voir son sourire. S'il s'imaginait qu'au lit, elle suivrait docilement ses ordres, il allait avoir une surprise. Quelqu'un devait absolument le secouer, le faire sortir de son monde soigneusement ordonné. Désormais, elle en ferait sa nouvelle mission de vie.

Elle cria son nom, exprimant son plaisir sans retenue tout en labourant son dos sous ses ongles. C'était tout le contraire de la réaction silencieuse qu'il exigeait, cependant il n'émit pas la moindre protestation. Au contraire, son souffle devint plus rapide, ses gestes moins précis. Sa langue redoubla d'ardeur, la savourant encore plus intensément, éraflant sa peau sous son début de barbe. Il s'arrêta assez longtemps pour raffermir sa poigne sur ses hanches avant de l'attirer plus près, refermant sa bouche sur elle.

— Oui! Oui! cria-t-elle, sans même savoir si elle encourageait l'homme ou la bête.

Enfin, dans un grognement, il se redressa au-dessus de son corps.

Leurs yeux se rencontrèrent. Cette fois, pas d'avertissement, plus de dernière chance. Silas avait l'air plus sérieux que jamais et ses yeux irradiaient. Elle en resta sans voix parce qu'elle le sentait, elle aussi. Ce sentiment que le destin était là, sur le seuil, à jouer un jeu qu'elle ne pouvait pas voir, le sentiment qu'un événement crucial allait être déclenché par ce qu'ils s'apprêtaient à faire. C'était infiniment plus grand que le sexe. Cela les dépassait tous les deux, allant bien au-delà de cette soirée.

Elle hocha la tête et écarta les jambes. Quel que soit son destin, elle l'acceptait si cela lui permettait de profiter de cette nuit.

Silas avança le bassin, s'enfonçant profondément.

Au diable le destin, semblait dire son expression déterminée. *Nous bâtirons notre propre destin.*

Tout son corps fut saisi de spasmes et elle tendit les bras au-dessus de sa tête. Elle haleta sous la sensation d'intense brûlure.

Il marqua une pause jusqu'à ce que sa vision redevienne nette et que ses yeux croisent à nouveau les siens.

— Ne t'arrête pas, souffla-t-elle. S'il te plaît, ne t'arrête pas.

Silas l'admira pendant encore une fraction de seconde, puis il se retira légèrement et recommença, lui soutirant des cris de plaisir.

— C'est trop bon.

S'il s'arrêtait maintenant, elle s'égosillerait.

— Trop bon...

Il recommença, se retirant lentement avant de revenir à l'assaut, plaquant son corps contre le lit.

— Oui !

Elle l'accueillait coup pour coup, le suppliant d'aller plus vite, de pousser plus fort. Silas allait et venait de plus en plus profondément, ses mains au-dessus de sa tête. Il prenait possession d'elle à chaque coup de reins, à chaque grognement.

À moi ! criait l'éclat de son regard. *Tu es à moi !*

Je suis à toi, aurait-elle pu dire, si seulement elle avait été capable d'autre chose que d'émettre des gémissements de plaisir impuissants.

Il souleva encore plus haut sa jambe repliée, la pilonnant toujours plus vigoureusement. Elle s'agitait sous son corps, criant à chaque nouveau coup de boutoir.

Comme le ressac des vagues sur le sable, ils se séparaient et revenaient ensemble dans des déferlantes de plus en plus fortes. La lune descendait peu à peu, sa lueur se déversant à présent par la porte ouverte, baignant le dos de Silas. Cassandra leva la tête et regarda ses muscles onduler, se relâcher et se tendre à nouveau. Les surfaces larges de ses épaules, les lignes obliques de ses côtes, la forme ciselée de ses fesses... toute cette puissance concentrée sur ses puissants va-et-vient en elle.

— Encore, scanda-t-elle, à bout de souffle. Encore.

L'urgence montait en elle, comme s'ils avaient résisté à cette attirance pendant des années au lieu de quelques jours à peine, comme si sa vie ne commençait vraiment que maintenant.

Lorsque Silas s'arrêta une fraction de seconde pour se hisser plus haut sur ses coudes, une perle de sueur tomba de sa poitrine sur la sienne. Elle la regarda rouler entre ses seins et jusque sur son ventre. Silas la regarda lui aussi, et pendant un moment, le monde resta suspendu, le calme avant la tempête.

Soudain il écarta ses cuisses et revint à la charge, la faisant crier à nouveau. Ses dents brillaient et son corps luisait de sueur. Ce n'était plus le chef à la tête froide, l'homme bien propre sur lui. Dans son regard de braise, il y avait une bête, et cette bête avait faim d'elle.

Je te vénérerai et je te protégerai jusqu'à la fin de mes jours, lui disaient ces yeux, la réchauffant sans l'effrayer.

Elle se concentra sur la lueur qu'elle y trouvait. Cette bête faisait partie de Silas, et plus elle le regardait, plus elle entrevoyait les facettes imbriquées de son personnage. Le dragon furieux, le chef intrépide, l'amant passionné. Bientôt, elle ne vit plus rien du tout, car sa vision venait de se brouiller.

— Oui, souffla-t-elle à chacune de ses poussées fougueuses. Oui...

Elle contracta ses muscles internes, lui arrachant un gémissement. À l'intérieur, les vagues d'extase bouillonnaient, l'entraînant dans un tourbillon de plaisir débridé.

— Oui... Oui...

Criait-elle ou chuchotait-elle? Difficile à dire. Tout ce qu'elle savait, c'était qu'aucun homme ne l'avait jamais poussée aussi loin dans l'extase la plus pure.

Enfin, il eut un soubresaut en elle et tous les nerfs de son corps explosèrent.

Un rugissement tonna à ses oreilles et une vive chaleur déferla en elle. Une larme glissa sur sa joue. Ses muscles se détendirent un instant avant d'être saisis de spasmes, alors qu'elle jouissait pour la deuxième fois.

— Oui, souffla-t-elle en serrant les mains de Silas, son corps frissonnant dans des sommets de plaisir.

Lentement, elle se laissa retomber, un muscle à la fois, succombant à un contrecoup comme elle n'en avait jamais connu auparavant. Silas aussi s'abaissa progressivement, reposant son corps sur le sien. Sa joue contre la sienne, il haleta dans les draps. Elle lui caressa le dos, encore trop disloquée pour dire ou faire autre chose. Tant mieux, qu'y avait-il à dire, de toute façon, sur cette expérience qui l'avait entraînée plus loin que jamais?

— Tu es sûre que tu n'as pas de dragonne en toi ? murmura-t-il.

Elle gloussa, resserrant ses jambes autour de lui.

— Non, pour l'instant, c'est un dragon que j'ai en moi.

Elle se trémoussa comme pour souligner ses paroles et ils s'effondrèrent tous deux dans les draps en riant. La conclusion parfaite à des ébats parfaits, songea Cassandra.

Bien sûr, la nuit n'était pas encore finie. La lueur des bougies vacillait paisiblement dans la chambre, lui assurant encore beaucoup de combustible. La lune scintillait au-dessus de la mer, comme pour un clin d'œil complice.

Elle sourit au plafond. Non, la nuit n'était clairement pas finie.

— Encore une petite pause, et ensuite. . . , chuchota-t-elle.

— Et ensuite ?

Silas leva la tête et haussa un sourcil, la faisant fondre à nouveau.

Elle n'avait pas vraiment l'intention de laisser échapper ces paroles, mais à y être, autant poursuivre sur sa lancée.

— Eh bien, maintenant que nous nous sommes échauffés. . . , dit-elle sur un ton espiègle.

— Échauffés ? protesta-t-il.

Elle rit en faisant glisser une main lente sur son torse jusqu'en bas.

— Tu ne crois tout de même pas que je vais dormir et laisser passer cette nuit blanche parfaite, j'espère !

Chapitre 16

Silas essaya de se rappeler la dernière fois qu'il avait rugi, joui et ri tout bêtement dans la même soirée, mais il en était incapable. Et putain, la soirée ne faisait que commencer.

La meilleure soirée de tous les temps, souffla son dragon.

Bien sûr, sa bête intérieure répétait cela tous les soirs depuis une semaine. Pas durant celui de la vente aux enchères, peut-être, mais tous ceux depuis qu'il avait rencontré Cassandra. Sa proximité était un plaisir. Entendre ses mouvements et ses petits murmures dans la bibliothèque, sentir son odeur, et surtout la voir passer dans son bureau pour lui souhaiter bonne nuit. Chaque fois, il avait fantasmé sur une nuit comme celle-ci.

Ce n'est plus un fantasme, commenta son dragon en souriant.

Son dragon tirait des conclusions trop hâtives et il le savait. Une nuit avec elle n'était pas synonyme de bonheur éternel. Mais qu'à cela ne tienne ! Il vivrait une étape à la fois.

— Ça chatouille, dit-il en riant alors qu'elle faisait glisser ses doigts sur ses abdominaux.

Elle pouffa en imitant sa voix, soudain plus grave de plusieurs octaves.

— Ça chatouille, fit-elle avant d'éclater de rire et de retrouver son timbre normal. Seul un dragon peut le prononcer de cette façon.

Il se força à rester immobile au lieu de se retourner.

— Eh bien, ça chatouille.

— Tu es trop délicat, lâcha-t-elle en exerçant une pression de ses doigts sur son ventre.

Il se contracta.

— Je n'ai absolument rien de délicat !

Les yeux de Cassandra s'illuminèrent avec humour.

— Ah bon ? Je vais devoir vérifier ça.

Elle traça un carré autour de chacun de ses abdominaux, puis elle fit le tour de son nombril dans une lente torture. Ses yeux, cependant, ne cessaient de dériver vers son membre. Quand elle s'humecta les lèvres en atteignant le bas, ses yeux roulèrent dans leurs orbites. À la seconde où ses doigts délicats touchèrent son sexe, il prit une vive inspiration.

— Tu vois ? Rien de délicat, dit-il entre ses dents serrées.

Elle passa un index léger comme une plume le long de sa verge rigide. La peau de tout son corps se mit à picoter, comme si elle le touchait partout à la fois. Cette femme était magique.

Eh bien, elle est en partie sorcière, murmura son dragon, aux anges lui aussi.

Voilà qui en disait long sur le charme auquel avait succombé son dragon. Les sorcières étaient censées être l'ennemi, à éviter dans le meilleur des cas.

Son dragon souffla.

Tu vois ce que les dragons ont raté pendant des siècles ?

Elle effleura son gland bombé, le caressant du bout du doigt.

— Ah, ah, tu vois, c'est tout doux et délicat, je le savais.

— Ça ne compte pas.

Elle arqua un sourcil, visiblement amusée par son indignation.

— Délicat, c'est délicat, monsieur.

Il était sur le point de protester, mais elle passa la langue sur ses lèvres en regardant son sexe. Aussitôt, son cerveau cessa de fonctionner. Enfin, presque.

S'il te plaît, oui. S'il te plaît. S'il te plaît..., chuchota intérieurement son dragon.

Cassandra releva ses cheveux d'une main et les entortilla sur sa nuque. Ce mouvement aurait suffi à le faire bander, mais ce furent ses yeux qui finirent de l'achever. Déterminés, concentrés, scrutateurs.

— Comme du velours, chuchota-t-elle en baissant la tête.

De sa main libre, elle fit le tour de sa verge dans une pression presque imperceptible, comme si tout cela n'était qu'un rêve. Puis elle l'inclina légèrement et souffla sur le bout.

Silas ravala un gémissement, tant bien que mal.

— Non, c'est dur, marmonna-t-il, continuant leur jeu. Résolument dur.

— C'est à moi d'en juger, lui lança Cassandra avec un regard coquin.

Elle frotta ses lèvres l'une contre l'autre jusqu'à ce qu'elles soient aussi brillantes que ses cheveux à la lueur des bougies. Ses yeux reflétaient la lumière et il se surprit à fantasmer qu'elle soit une dragonne et qu'elle lui appartienne.

L'instant d'après, il n'imaginait plus rien, car elle avait ouvert la bouche et l'y attirait.

Sa tête se renversa sur l'oreiller et il ferma les yeux, cédant tout entier au plaisir. Un plaisir pur et délicieux comme il n'en avait jamais ressenti. Elle commença à aspirer, augmentant la succion, et il gémit à haute voix.

— Tu vois ? dit-il une seconde plus tard. Je suis dur.

Elle le relâcha assez longtemps pour embrasser son gland luisant.

— Non, velouté. Et maintenant, chut.

Heureusement qu'elle ne pouvait pas entendre son dragon gémir à l'intérieur. Il rugissait comme le roi du monde, maître des sept mers. Silas passa les doigts dans ses cheveux et se calqua sur ses prochains mouvements. Vers le bas, puis vers le haut, un déhanchement d'un côté et de l'autre pendant que sa langue opérait ses miracles. Elle reprit son souffle un instant et il jeta un coup d'œil vers elle juste à temps pour voir ses yeux vitreux. Les siens devaient être tout aussi voilés, car il voyait flou, comme sur ces vieilles photos où seul le centre était net. Elle inspira et entreprit de se déplacer sur lui plus audacieusement. Tout son corps se raidit.

S'il te plaît, ne t'arrête pas, murmurait intérieurement son dragon. *Ne t'arrête jamais. Je t'en prie.*

— C'est bon ? chuchota-t-elle entre deux coups de langue.

Il ne répondit pas, incapable du moindre son. Il n'avait jamais rien ressenti d'aussi incroyable de toute sa vie.

Cassandra gloussa avant de redoubler de vigueur sur son membre. Ses hanches se soulevèrent en même temps et ses talons s'enfoncèrent dans le matelas. Sa bouche bougeait pour émettre un enchaînement de mots incohérents qui ne franchirent même pas ses lèvres, pincées violemment entre ses dents. Il allait complètement perdre la tête.

Enfin, l'interrompit son dragon. *Tu vois comme c'est bon de se laisser aller de temps en temps ?*

Oui, il commençait à comprendre maintenant. Mais putain, il n'allait pas jouir tout de suite, pas avant de lui procurer à son tour du plaisir.

Juste au moment où il allait lui tirer les cheveux pour écarter sa tête, elle se redressa de sa propre initiative et le regarda, les yeux brûlants. Elle l'avait parfaitement compris, et une seconde plus tard, sa bouche était sur la sienne, sauvage et affamée.

— Juste une seconde de plus, gémit-elle comme si elle aussi rêvait de rouler sur le dos pour le laisser s'enfoncer en elle avec toute la puissance de son dragon. Encore une seconde...

Elle se retourna, à cheval sur son corps, se glissant sur toute sa longueur.

Il lui saisit les hanches, la guidant en position. Elle s'empala alors sur lui et poussa un cri lorsqu'il la hissa de nouveau pour mieux la pénétrer.

— Oui...

Elle se pencha en arrière, l'accueillant encore plus profondément, et se mit à danser sur lui. Ses cheveux aussi ondulaient. Une mèche resta collée au bord de ses lèvres alors que, la bouche grande ouverte, elle murmurait dans l'extase.

— C'est si bon...

Il lui agrippa les hanches, la maintenant en place pendant qu'il revenait en force. Il la regardait, les yeux mi-clos. Ses tétons tressautaient à peine, mais la chair souple qui les entourait se balançait doucement. Il en était fou. Elle rejeta la tête en arrière, lui révélant la peau lisse de son cou. Son dragon commença immédiatement à calculer où il placerait sa morsure d'union.

Il tendit le pouce entre ses cuisses, se détournant de cette idée.

Pas de morsure d'union, ordonna-t-il à son dragon.

Pour une fois, il allait s'amuser sans trop réfléchir.

— Oh ! cria Cassandra, frémissant à ce contact.

Son pouce décrivit un cercle autour de son renflement nerveux avant d'appliquer une nouvelle pression.

— J'y suis presque, gémit-elle en se frottant contre lui.

Il enregistra cet instant pour le conserver dans un recoin spécial de sa mémoire, celui qui contenait les meilleurs moments de sa vie, tous bien pâles en comparaison avec celui-ci. Cassandra au clair de lune, dans les ombres dansantes des palmiers. L'océan balayant le rivage dans un rythme régulier, comme pour les inciter à continuer. L'odeur de son désir, emplissant la pièce telle un bouquet.

— C'est bon, fit-il d'une voix éraillée pour lui faire savoir l'effet qu'elle lui faisait.

Avait-elle seulement conscience de sa beauté ?

Elle se cambra dans un dernier mouvement sensuel, puis se pencha et l'embrassa à nouveau.

— Tourne-toi. S'il te plaît, tourne-toi.

Sa voix était éperdue, ses yeux hagards. Ils se tournèrent dans un mouvement parfaitement synchronisé qui amena Silas sur son corps. Elle referma les cuisses autour de sa taille, et une fraction de seconde plus tard, il était enfoui au plus profond.

Cassandra rejeta la tête en arrière et poussa un cri, tandis que ses ongles lui entamaient la peau.

— Plus fort.

Il se retira en essayant de contrôler sa respiration pour mieux revenir à la charge.

— Plus fort ! s'époumona-t-elle, les talons enfoncés contre ses fesses.

Il rua plus fougueusement que jamais. Sauvagement, béatement hors de contrôle. Un coin du drap s'emmêla entre eux, mais il l'arracha. Le déchirement se fit entendre, entre deux halètements de Cassandra et le craquement du lit, dans une mélodie qui faillit le rendre fou. Serrant les dents, il poussa de plus en plus fort, à la recherche d'une extase invisible. Son sang bouillonnait dans ses veines et ses bourses se contractèrent dans l'un de ces moments torrides entre douleur et plaisir. La voix de Cassandra se changea en mélopée interminable alors qu'ils se rapprochaient tous les deux de la limite entre le plaisir pur et...

Le bonheur. Un bonheur authentique.

Le regard ébloui, il se déversa en elle sous l'impulsion de chacun de ses muscles endoloris, la remplissant tout entière, laissant sa semence l'inonder. Il avait vaguement conscience que ce n'était peut-être pas la meilleure idée, mais en cet instant, il s'en fichait éperdument.

Cassandra gémit et se raccrocha à lui, lui soutirant jusqu'à la dernière goutte. Soit elle ne se souciait pas des conséquences, soit elle était tout aussi désorientée que lui.

— Oui...

Elle frissonna au moment de l'orgasme, se pressant de toutes ses forces contre lui. Ses mains étaient crispées sur ses fesses et ses jambes écartées, le maintenant ancré en elle.

Silas se laissa tomber sur un coude, caressant sa clavicule tandis que le contrecoup de la jouissance la faisait encore frémir. Il vit ses yeux retrouver leur précision avant de se voiler à nouveau, entendit son souffle rester suspendu alors que chaque vague successive de plaisir déferlait sur son corps. Il en avait mal au sexe, néanmoins il tint bon, toujours en elle pour lui donner ce dont elle avait besoin jusqu'à ce qu'enfin, ils se détendent tous les deux.

Les draps étaient un méli-mélo inextricable. Il respira à pleins poumons, la peau en nage. Putain, il ne s'était jamais senti aussi bien de toute sa vie.

Cassandra passa la main sur son épaule et il recula pour la regarder. Ses narines se dilatèrent. Sa poitrine se soulevait et s'abaissait à chaque respiration rapide.

— Putain de merde, souffla-t-elle.

Il éclata de rire. Voilà qui résumait parfaitement son ressenti.

— Tu dis ça dans le bon sens du terme, n'est-ce pas ?

Elle essaya sans grand succès de lui adresser un regard sévère.

— Non, je suis extrêmement déçue. Tu ne vois pas ?

Une seconde plus tard, elle lui donnait une petite tape dans le dos.

— C'était follement bon, si tu veux tout savoir.

Refermant les bras autour de ses épaules, elle l'attira pour l'embrasser. C'était un baiser désordonné, mais délicieux, qui contenait toute une farandole de saveurs. Il se sentait lui-même avec ses différents fluides, ainsi que le parfum de la femme sensuelle, l'amante passionnée, la cérébrale qui repassait lentement en revue ce qui venait de se produire.

— Oups. Pas de préservatif, murmura-t-elle.

Il hocha lentement la tête.

— Désolé.

Après un moment de réflexion, elle l'attira à elle.

— Je ne vais pas m'inquiéter pour ça ce soir.

Sur ce, elle roula sur le côté et se pelotonna contre lui, sa main sur sa poitrine.

Il lissa ses cheveux sur le côté et déposa un baiser sur son épaule. Méritait-il vraiment une femme comme elle ?

— Silas ? murmura-t-elle une seconde plus tard.

— Hmm ?

— Arrête de penser. Détends-toi.

Elle pressa ses doigts sur les siens et les guida vers son mamelon. Il était doux, maintenant, se fondant presque avec le reste de son sein. Il en fit lentement le tour, explorant les moindres reliefs.

Elle se blottit contre lui avec un soupir et il s'étonna qu'elle semble toujours savoir exactement ce dont il avait besoin et à quel moment.

Bien sûr. C'est notre compagne, commenta son dragon, pragmatique comme toujours.

En cet instant, cela semblait si clair, si facile. Et malgré les alarmes sourdes qui se manifestaient au fond de son esprit, il s'autorisa à y croire pendant un moment... Croire que le monde était aussi petit que la maison d'invités et aussi simple qu'un homme et une femme blottis l'un contre l'autre. Il ferma les yeux et compta les battements de son cœur.

— Merci, chuchota-t-elle en lui embrassant la main.

Son esprit tournait en cercles paresseux, comme un oiseau dans la brise.

— Pour quoi ?

— Pour tout. Pour ce soir. Pour m'avoir fait confiance.

Il sourit très légèrement.

— Je te cache peut-être mon côté maléfique. Je pourrais avoir un plan sournois.

Elle s'esclaffa.

— C'est peut-être moi qui ai un plan sournois.

— Et qu'est-ce que ça impliquerait ?

Elle leva la jambe et la passa sur la sienne puis lentement, elle guida sa main plus bas.

— Oh, toutes sortes de choses ignobles et maléfiques.

Sa voix était basse et rauque, mi-amusée, mi-sérieuse. Il pouvait sentir le désir remonter en elle, tout comme en lui.

L'instinct d'accouplement, disait son dragon. *L'envie de s'unir, encore et encore.*

Il ramena ses hanches contre les siennes, laissant son membre durcir contre son dos.

— Parfait, murmura-t-il en passant sa main à l'intérieur de sa cuisse alors qu'un second souffle ravivait son corps fatigué.

Troisième souffle, plaisanta son dragon, plus content de lui que jamais.

— Il se trouve que j'ai aussi quelques idées ignobles en tête, ajouta-t-il en se rapprochant de son entrejambe.

Une seconde plus tard, il décrivait un cercle autour de sa chaleur moite avant de l'attirer à lui. Cassandra esquissa un sourire malicieux.

— Ça me plaît. Mais moi d'abord.

Il haussa un sourcil en entrant dans son jeu.

— Et que désire Madame exactement ?

Elle sourit, déposant un baiser sur ses lèvres et se tourna sous lui, plaquant son dos contre son torse. Elle se mit à quatre pattes et commença à tortiller ses fesses parfaites contre son bassin.

— Ça. Tu penses pouvoir le faire ?

Le feu dans ses yeux augmenta, sa lueur se reflétant sur sa peau mordorée. Elle le voulait en levrette, à la façon des dragons ?

— Vas-y fort, Silas, murmura-t-elle comme si elle avait lu dans ses pensées. Fort et profond.

Je vais t'en montrer, de la force et de la profondeur ! hurla son dragon.

Une petite bouffée de vapeur s'échappa de ses narines. Heureusement que Cassandra aimait les rodéos sauvages.

Il se pencha sur elle par-derrière, entortillant ses cheveux sur le côté. Il y laissa sa main et tira légèrement, puis lâcha un souffle chaud dans son cou qui lui fit instinctivement penser à la marque d'union. Enfin, il embrassa sa peau laiteuse et banda ses muscles pour un puissant coup de reins.

— Oh, mais avec joie.

Chapitre 17

Cassandra se réveilla tôt, le lendemain matin, blottie contre Silas, lovée dans la chaleur de sa peau nue. Il l'enlaçait de ses bras. Le soleil se levait à peine et elle était encore fatiguée. Elle ferma les yeux, s'attendant à une heure ou deux supplémentaires de sommeil réparateur.

Au lieu de quoi, elle tourna et se retourna, rêvant de scènes de plus en plus dérangeantes. Cela commençait par un ciel ensanglanté, un coucher de soleil aux allures de mort et de destruction. La couleur rouge s'étendait vers le sol, où elle apercevait une ligne de feu grondant au ras du sol. Non, ce n'était pas exactement du feu... de la lave. Elle était assez proche pour sentir sa chaleur infernale, et ses pieds brûlaient. Pourtant, elle était incapable de reculer.

Des ombres passèrent au-dessus de sa tête. C'étaient deux dragons, qui se battaient en duel dans le ciel, rugissant et crachant de longs panaches de feu l'un sur l'autre. Elle criait pour essayer de les arrêter, mais le combat faisait rage. Une voix de femme gloussait derrière elle, encourageant les dragons. Était-ce Éloïse ? Moira ?

— Silas !

Elle se réveilla en sueur et tendit la main vers lui. Une nuit en sa compagnie et elle se sentait déjà comme la moitié d'un tout. Comme si elle ne devait plus jamais se réveiller seule pour affronter les défis d'une journée.

Mais Silas était parti.

Elle tâta sur le lit comme s'il pouvait se cacher sous les draps. Bien sûr, il n'y était pas, et la porte de la salle de bain ouverte indiquait qu'il ne s'y trouvait pas non plus. Elle se redressa et regarda autour d'elle en serrant les draps. Les vêtements de Silas avaient disparu et la robe qu'elle avait jetée la veille au soir était soigneusement repliée sur le dossier d'une chaise.

Elle regarda une rose qui était également posée dessus.

Elle ne savait pas si elle devait pleurer ou soupirer. Le départ silencieux de Silas la blessait plus que de raison. Elle avait tant de choses à lui dire, tant de choses à lui demander. En même temps, son cœur se réchauffait. La rose en disait bien plus que des mots ou qu'un message. Elle se leva et la porta délicatement à son nez. Son parfum était doux, sa tige lisse. Quand elle la regarda de plus près, un sourire triste se dessina sur ses lèvres. Son amant avait soigneusement retiré toutes les épines.

Cet adorable Silas, qui faisait en sorte que le monde soit un endroit sûr pour tous.

Elle jeta un coup d'œil par la porte, dans le vague espoir qu'il soit en train de se prélasser sous le porche, à regarder les vagues rouler sur le sable. C'était aussi improbable que de le surprendre en train de se balancer dans un hamac, mais on pouvait toujours rêver.

— Silas, chuchota-t-elle, regrettant son absence.

Si elle séjournait ici assez longtemps, elle pourrait peut-être lui apprendre quelques mauvaises habitudes, comme la grasse matinée, par exemple, ralentir et profiter de la vie.

Elle songea à l'un de leurs corps-à-corps de la nuit passée et ses joues s'empourprèrent. Elle n'avait jamais ressenti une telle urgence, un besoin aussi vif. Ils étaient comme un couple d'animaux, surpassés par un puissant instinct d'accouplement.

Elle se figea à ce mot. Accouplement.

Les dragons sont les amants les plus passionnés et les plus possessifs, précisait l'un des livres de la bibliothèque.

Elle déglutit et regarda le lit... ainsi que le sol, puis le porche...

Passionné. Possessif. Cela correspondait exactement à Silas. Son corps lui faisait encore mal, à l'intérieur comme à l'extérieur, mais dans le meilleur sens du terme.

Si certains mâles préfèrent la variété, la plupart se consacrent à une seule compagne, attendant souvent pendant des années que la femme idéale se présente.

Elle frissonna légèrement en réfléchissant au célibat obstiné de Silas. Serait-ce son cas ?

Enroulant un paréo autour de son buste, elle se prépara une tasse de café et s'installa dans la chaise longue, où elle écouta les bruits de l'océan tout en faisant tourner la fleur dans sa main.

Accouplement. Compagnon. Silas et elle pourraient-ils vraiment être destinés l'un à l'autre ?

D'un côté, elle avait envie d'y croire, mais de l'autre, elle se moquait d'elle-même. Et si ce n'était qu'une légende de dragons ? Pour l'instant, il était plus urgent de trouver un sens à ses rêves inquiétants et insistants.

Des volcans. Les dragons. Une bataille qui faisait rage. Elle en eut le frisson malgré la clarté et la douce chaleur de la matinée. Les résidus d'un autre rêve dérivèrent dans son esprit, lui rappelant les visages sournois et les attitudes conspiratrices de Drax et Moira.

Elle ferma les yeux. Était-ce un rêve ou un signe annonciateur de problèmes à venir ?

Tout est secret, avait commenté Silas. *Tout est caché. On doit résoudre ses problèmes tout seul.*

Une mouette cria et elle leva la tête en plissant les yeux. Malgré tout ce qu'elle avait appris sur lui, il y avait encore tant à découvrir dans son monde, tout comme dans celui des dragons au sens large.

Elle resta sous le porche pendant près d'une heure en se disant que Silas reviendrait. Elle l'imaginait s'approcher derrière elle, lui couvrir les yeux et murmurer : « Surprise ! », de sa voix de baryton qui l'excitait tant. Ou bien, il lui apporterait une autre rose et l'inviterait à un brunch. Ou encore, elle l'imaginait passant en trombe en s'écriant : « Cassandra, j'ai besoin de ton aide ! Tu veux bien venir avec moi ? »

Mais ce n'étaient que des fantasmes, car il n'apparut jamais.

— Tu parles d'un compagnon, souffla-t-elle, mettant fin à cette folle théorie.

Elle prit une douche, gagnée par la mauvaise humeur, et réfléchit à son choix de vêtements. La robe de soirée pendait sur la chaise, lui tapant sur les nerfs. La nuit passée n'avait-elle été qu'un moment éphémère à la Cendrillon ? Tout cela n'avait-il pas autant de sens pour Silas que pour elle ?

— Merde, grommela-t-elle à voix haute.

Elle décida de s'habiller comme si elle partait au travail par une chaude nuit d'été, c'est-à-dire avec un bermuda kaki et un débardeur confortable. Une tenue qui lui rappelait qu'elle pouvait très bien se débrouiller seule.

Elle rejoignit la salle commune tout en préparant quelque chose de détaché, calme et posé à lui dire. Mais avant même de traverser le gazon, elle constata que Silas n'était pas là et prit la direction de sa maison. Le ruisseau le long du chemin gargouillait joyeusement, l'invitant à l'exploration, cependant lorsqu'elle atteignit la terrasse inférieure, la demeure semblait presque menaçante en surplomb.

— Ohé ! lança-t-elle depuis l'entrée.

Un écho résonna dans le vide. Elle gravit lentement les escaliers et s'avança dans les couloirs déserts.

— Silas ?

Elle jeta un œil dans son bureau avec un sentiment croissant de malaise, puis vérifia la bibliothèque. Toujours pas de Silas. Sa colère se changea en inquiétude. Elle inspecta chaque niveau de sa maison biscornue avant de revenir au bureau pour regarder son fauteuil vide.

Si seulement il était là. Elle s'approcherait de lui, lui masserait les épaules et ferait disparaître la tension de son âme. Elle l'embrasserait sur la nuque et passerait les mains sur tous les muscles de ses bras. Il se laisserait convaincre d'interrompre son travail assez longtemps pour profiter de la vue et tout remettre en perspective.

Bien sûr, l'existence d'un dragon impitoyable comme Drax prévoyant de tout lui voler limitait le choix de « perspective ».

Elle retourna sans conviction dans la bibliothèque avant de s'aventurer sur le reste du domaine. Sa Roadster n'était pas dans le garage et elle n'en fut pas vraiment surprise. Il avait quitté la propriété. En un sens, elle pouvait sentir le vide.

Sans trop savoir quoi faire d'autre, elle se dirigea vers l'*akule hale*. Ses pas ralentirent à mesure qu'elle approchait et ses joues s'embrasèrent. Il était déjà onze heures. Bien trop tard pour se réveiller si ce n'était après un coucher extraordinairement tardif... ou une nuit très active. Même si la façon dont elle avait passé la nuit, et avec qui elle l'avait passée, ne regardait personne, elle se sentait quand même gênée. Les métamorphes étaient incroyablement sensibles à ce genre de choses. Les autres allaient-ils s'en rendre compte ?

— Salut ! lança Tessa d'une voix cristalline. Le timing est parfait. Je suis en train d'expérimenter une nouvelle recette de pain à la noix de coco. Tu veux goûter pour moi ?

Kai et Hunter étaient là, eux aussi, et ils semblaient plus intéressés par le pain chaud et fumant que Tessa sortait du four que par la nuit de Cassandra. Si quelqu'un l'avait remarqué, personne ne chercha à la mettre mal à l'aise par des mimiques suggestives ou des regards complices. Elle s'assit en choisissant un endroit à l'abri du vent.

— Oui, avec plaisir, dit-elle en prenant un morceau.

Kai enduisit son pain de confiture tandis que Hunter traçait des cercles de miel sur le sien.

Cassandra jeta un coup d'œil autour d'elle. Silas était-il déjà passé prendre son repas ? Sa tasse de café préférée se trouvait à côté de l'évier, sans la moindre trace sombre, ce qui laissait penser qu'il n'était pas venu. Alors, où était-il allé ?

— C'était comment, le gala ? demanda Tessa. Est-ce que cette Pénélope Van Machin était là ?

Cassandra ne savait pas trop quoi répondre.

Oui, et il y avait aussi Drax et Moira.

Évidemment, c'était une information capitale, néanmoins c'était à Silas de la partager, pas à elle. Avait-il aussi raté les autres ?

— C'était intéressant, murmura Cassandra en avalant une bouchée de pain.

Elle mourait d'envie de demander où il était parti, mais elle n'osait pas. Et puisque tout semblait si calme, si normal, il ne devait pas avoir parlé de Drax aux autres.

« Je ne veux pas les impliquer », avait-il dit la veille. « Si je peux trouver un moyen d'affronter Drax en combat singulier... »

Elle se tripota les doigts sous la table. Foutu dragon. Était-il parti traquer Drax ?

— Je dois y aller, dit Kai avant d'embrasser Tessa en passant. J'ai des vols touristiques aujourd'hui.

Hunter était à côté de lui.

— Je peux en prendre un morceau pour Dawn ?

L'ours métamorphe se rendait en ville presque tous les jours pour retrouver sa compagne pour le déjeuner.

— Bien sûr. À plus tard, les gars, lança Tessa.

— À plus tard, murmura Cassandra en se demandant ce qu'elle devait faire.

— Au fait. Quand Silas a-t-il dit qu'il revenait de la Grande île, déjà ? demanda Kai depuis la pelouse.

Cassandra leva la tête. Hawaï... la Grande île ? Elle se tourna vers l'océan. Pourquoi Silas se rendrait-il sur l'île voisine ?

— Il a dit qu'il ne serait peut-être pas de retour avant tard ce soir, répondit Tessa.

Cassandra avala une bouchée de pain. Drax était à Maui, pas sur la Grande île. Alors, pourquoi Silas irait-il là-bas ?

— Qu'y a-t-il sur la Grande île ? demanda-t-elle sur un ton décontracté.

Tessa haussa les épaules.

— Qui sait ? Il gère tellement d'intérêts commerciaux pour le propriétaire du domaine que je n'arrive même pas à suivre. C'est un coin intéressant, même si ce n'est pas aussi beau que Maui.

Avec un clin d'œil, elle désigna l'un des recueils de photos sur la table basse.

— Mais quand même agréable.

Le propriétaire du domaine.

Si seulement Tessa savait.

Cassandra prit le livre et commença à feuilleter les images en essayant de tout comprendre. Elle découvrit d'incroyables scènes de plages tout en sable noir et des palmiers oscillant dans le vent. Des surfeurs sur les vagues aigue-marine, des tortues de mer. Enfin, elle arriva à la page centrale et s'arrêta sur la photo de nuit d'un volcan crachant des éclats de lave en fusion rougeoyants.

Les volcans. La lave. Les flammes.

Elle resta sans voix. Ces volcans formaient la toile de fond de son rêve.

Tessa lui jeta un coup d'œil depuis la cuisine.

— Tu es déjà allée sur la Grande île ?

Cassandra secoua machinalement la tête, réprimant les mots qu'elle avait sur le bout de la langue.

Non, mais la Pierre de Vent s'y trouve. Je l'ai envoyée là-bas pour la protéger. Ironique, non ?

Sa mâchoire avait failli se décrocher lorsqu'elle avait découvert que le vol du jet privé allait de New York à Maui. Elle avait envoyé le diamant par la poste à une parente, sur la Grande île, parce que cela semblait être l'autre bout du monde à l'époque. Était-ce une folle coïncidence ou un acte du destin ?

— Les volcans sont un spectacle magnifique, continua Tessa. Ils ont été très actifs ces derniers temps. Kai et moi, on y est allés il n'y a pas très longtemps pour s'entraîner à cracher du feu.

Les yeux de Cassandra s'arrondirent.

— Vous quoi ?

Tessa sourit.

— Il y a un coin après Kapalana, tout au bout de la route... et je dis bien, tout au bout. Une maison isolée, avec pas grand-chose d'autre. Presque personne n'y va, maintenant qu'ils ont barré la route. Mais c'était parfait pour nous. Si tu voles à basse altitude la nuit, personne ne te repère et personne ne s'inquiète des explosions de flammes. C'est un endroit parfait pour s'exercer. Je commence enfin à m'y faire, moi aussi.

Un mois plus tôt, Cassandra n'aurait pas cru qu'elle prendrait part à une conversation à propos du feu des dragons, mais à présent, son esprit était trop occupé pour s'y attarder. Elle fit semblant de regarder le livre, ouvrant la page sur une cascade au cas où Tessa jetterait un coup d'œil dans sa direction.

Des volcans. Des cracheurs de feu. Des endroits reculés.

Si je peux trouver un moyen d'affronter Drax sans impliquer les autres, l'attirer dans un combat singulier.

Elle serra le livre. Silas avait-il déjà mis son plan à exécution ?

Cependant, rien de tout cela n'avait de sens si Drax se trouvait à Maui. Soudain, elle se figea. Drax avait-il retrouvé le diamant ?

« Attends et tu verras », lui avait dit Éloïse en gloussant, lors de la dernière visite de Cassandra, avant que tout ne dérape. « Un sort d'attirance. Le sort à la fois le plus simple et le plus difficile à tisser. Mais si tu y arrives, si tu mets tous les détails en place et que tu y saupoudres assez de magie, ce que tu as imaginé se réalisera. »

« Tu vas tuer un dragon rien qu'en rêvant de lui ? » avait demandé Cassandra, qui ne la prenait pas au sérieux.

Éloïse avait émis un petit rire sournois.

« Non, je vais rêver que mes ennemis s'entretuent. »

Cassandra imagina Drax et Silas, dressés l'un contre l'autre, d'abord dans la ruelle à New York, puis au dîner de gala à Maui. La seule chose qui avait empêché un combat franc et ouvert, c'était le risque d'attirer l'attention des humains. Mais loin de tout, dans un recoin de la Grande île...

« L'astuce d'un bon sort d'attirance, c'est le détail », avait expliqué Éloïse en se tapotant le menton pour faire mine de réfléchir. « Où et comment. Tout cela doit figurer dans le sort. »

Cassandra avait haussé les épaules à l'époque, répondant la première chose qui lui passait par la tête.

« Jette-les dans un volcan. Au coucher du soleil. Il faut que ça ait un peu d'allure. »

Elle plaisantait, naturellement, mais Éloïse l'avait prise au sérieux.

« Volcan. Coucher de soleil. Excellente idée. »

Oh, Seigneur ! Elle avait envie de pleurer.

Éloïse, qu'as-tu fait ?

Elle tremblait sur son siège. Qu'est-ce qu'elle-même avait fait ? Avait-elle inconsciemment contribué au sort, ou pire, y avait-elle ajouté des détails au fil du temps ?

Son menton descendit de plus en plus bas, toutefois elle se ressaisit et parvint à relever la tête avant que Tessa ne remarque sa détresse.

Mais cette dernière avait le dos tourné et vérifiait une casserole sur la cuisinière. Cassandra referma le livre tout en se mordillant la lèvre. Éloïse était-elle capable d'un sort aussi puissant ?

Oui, clairement. Cassandra imaginait la vieille femme rassemblant son énergie pour un dernier acte malveillant.

Il suffit d'attendre et de voir.

— Encore quelques minutes…, murmura Tessa en goûtant sa soupe.

Les yeux de Cassandra se tournèrent vers l'horloge. Elle ne pouvait pas se permettre d'attendre. Elle devait prévenir Silas et trouver un moyen d'arranger les choses. Mais comment ?

Elle regarda Tessa. Oserait-elle lui demander de l'aide ?

Un hélicoptère siffla au-dessus de leurs têtes et Tessa leva les yeux avec un sourire.

Merde. Kai et Hunter allaient tous deux quitter le domaine. Et elle était sûre que Silas serait furieux si jamais elle les impliquait.

Bien sûr, elle pouvait tenter de risquer sa colère. Après tout, la fin justifiait les moyens.

Son cœur se serra. Au fond, elle savait que Silas ne serait pas d'accord. Il ne le lui pardonnerait jamais.

Alors, que faire ?

Elle bafouilla une excuse et se dirigea vers la dépendance, où elle chercha tant bien que mal son téléphone. Elle fit ensuite les cent pas en regardant l'océan, tout en attendant que la ligne se connecte. Le panorama offrait une vue sur les deux îles, Lanai et Molokai. La Grande île était hors de vue, au sud-est.

— Allez. Réponds, Silas.

Le téléphone sonna à plusieurs reprises pendant qu'elle tournait en rond en pestant.

— Réponds, putain. S'il te plaît.

Chapitre 18

Silas sortit de son 4x4 de location et claqua la portière. Lorsqu'il tourna lentement les talons, ses rangers firent crisser des morceaux de lave séchée. Il fronça le nez à cause de l'odeur de soufre omniprésente. Des portions entières du littoral étaient fumantes ou même incandescentes par endroits, là où le magma émergeait des entrailles du sol et se déversait dans la mer. C'était une lutte entre le feu et l'eau.

Il n'y avait personne en vue, seulement un groupe de véhicules garés au bord de la route. C'étaient des voitures de location haut de gamme, toutes bien au-delà du panneau « route barrée » à moitié englouti dans la lave. Aucun touriste ne viendrait par ici, et les locaux non plus. Alors, que se passait-il ?

Il renifla, puis fronça les sourcils.

Drax.

Il balaya du regard la ligne de crête devant lui. Il n'apercevait nulle part son ennemi juré, mais il était là, c'était une évidence. Silas pouvait le sentir.

La brise tourna légèrement et il s'arrêta. Moira aussi était là.

Extérieurement, il était parfaitement immobile. Sa respiration mesurée, ses bras détendus le long du corps. Mais à l'intérieur...

Putain, il était dans un sale état.

Quitter Cassandra avait été la chose la plus difficile qu'il ait jamais faite. C'était ridicule, pourtant. Il avait affronté le feu de l'ennemi aux moments les plus inattendus lorsqu'il était dans l'armée ; le genre d'attaque d'artillerie capable de faucher non seulement les humains, mais aussi les métamorphes en dépit de leur guérison accélérée. Il avait combattu d'innombrables métamorphes mortels autrefois, et à un jeune âge, il avait dû creuser la tombe de son père sans cesser de lutter contre les larmes. Il avait même vu Moira, la femme qu'il pensait aimer, le quitter pour son ennemi juré.

Pourtant, rien de tout cela n'avait été aussi difficile que de se glisser hors du lit, de rassembler ses vêtements et de franchir la porte d'entrée. Il aurait tout aussi bien pu planter des poignards en divers points de son cœur.

Ma compagne, pleurnichait son dragon. *J'ai besoin de ma compagne.*

Oui, il avait besoin de Cassandra. Il l'aimait désespérément. Mais c'était exactement pour cela qu'il avait dû partir, pour la protéger. Pour en finir avec Drax, ou du moins tout tenter, quitte à en mourir.

Mais si nous mourons. . ., commença son dragon.

Il regarda au loin. La seule récompense dans la mort serait de savoir que Cassandra avait une chance de survivre. Il avait vu la menace dans les yeux de Drax, la veille. Son ennemi juré avait senti ce que Cassandra représentait pour lui, et son regard malveillant s'était éclairé d'une joie malsaine à la perspective de lui dérober un autre trésor. Le plus précieux de tous. Sa compagne.

Ma véritable compagne, souffla son dragon.

Il hocha la tête. *Ma véritable compagne.*

Des années auparavant, il avait cru que Moira était sa compagne, cependant avec le recul, tout était limpide. Il avait dû se convaincre de l'aimer, elle, la femme à laquelle ses parents l'avaient fiancé. Peu à peu, il en était venu à croire la fiction qu'il avait forgée. Que Moira l'aimait et qu'il l'aimait en retour, qu'ensemble, ils pourraient mener le monde des dragons vers une nouvelle ère de paix et de prospérité.

Il donna un coup de pied au sol, puis regarda les vagues qui s'écrasaient non loin de là.

Cassandra, c'était tout le contraire. Il avait dû se convaincre *de ne pas* l'aimer. Dès le premier jour, il avait dû se battre pour lui résister. Une bataille qu'il n'avait eu aucun espoir de gagner, car elle était sa compagne prédestinée. Et comme n'importe lequel de ses frères d'armes le dirait, maintenant qu'ils étaient tous heureux en ménage : « Ne foire pas, sur ce coup-là ».

Pendant une seconde, il fut transporté à Koa Point, le matin même. Les palmiers se balançaient tranquillement dans le ciel, les vagues murmuraient sur le sable et la poitrine de Cassandra se soulevait et s'abaissait dans son étreinte.

La paix. La bonté. La sérénité. Il avait tout connu le temps d'une nuit.

Soudain il rouvrit les yeux et l'image disparut, remplacée par ce paysage désolé. Une profonde inspiration lui apporta une odeur d'œufs pourris et il se rappela où il était. La Grande île d'Hawaï, où il affronterait Drax dans un combat final qui déciderait de tout.

Quelles étaient ses chances ? Moins de cinquante pour cent, au mieux.

Drax était plus vieux, plus expérimenté. Un peu plus lent, peut-être, mais plus chevronné, surtout en ce qui concernait l'art de la guerre. Il s'était hissé au pouvoir en rusant, en réfléchissant et en déjouant tous les dragons qui avaient osé se dresser entre lui et sa domination totale du monde des métamorphes. Plus important encore, il n'avait pas de code d'honneur. Voilà qui faisait basculer ses chances de cinquante pour cent à...

Silas ne trouvait pas le bon chiffre. Comment quantifier le courage ? La détermination ? La fureur et la frustration issues d'une vie passée à courir après l'avance de Drax ?

Si seulement il était né quelques décennies plus tôt. Drax n'avait pris le dessus que grâce à des manœuvres retorses, à l'époque où Silas était encore trop jeune pour le défier. Il avait capitalisé sur chaque victoire, se retranchant dans une position toujours plus avantageuse tout en privant Silas des privilèges qu'il aurait pu acquérir.

Si nous étions nés plus tôt, nous aurions peut-être manqué Cassandra, observa son dragon.

Cette remarque le fit sourire, du moins un peu. C'était un sourire doux-amer, car il avait toujours espéré avoir sa compagne pour plus qu'une simple nuit. Il voulait une vie entière de matins langoureux et d'après-midis lascifs. Toute une vie d'années joyeuses qu'ils ne verraient pas défiler tant ils nageraient dans le bonheur, des années d'amour et de rires. Peut-être même avec des enfants.

Il prit une profonde inspiration. Ce n'était peut-être pas son destin, mais au moins, il avait gagné une nuit avec sa compagne. Rien ni personne ne pourrait lui enlever cela.

Pas même la mort.

Il leva les yeux vers les hauteurs. S'il n'y avait que Drax, il avait une chance de réussir. Mais comment le savoir ? Ce dernier devait sentir la force inexorable qui avait attiré Silas ici, le guidant vers un endroit et un moment précis encore brumeux pour lui jusqu'au moment où il était arrivé. Drax devait se douter qu'il fallait s'en méfier. Même s'il n'avait pas pu résister lui-même à l'attirance mystérieuse, il pouvait être assez méfiant pour être venu accompagné.

Et dans ce cas, les chances de Silas étaient quasi nulles.

Il n'avait pas été assez fou pour quitter Koa Point sans plan de secours. C'était sa seule chance de vaincre Drax dans un combat singulier. Mais s'il échouait...

Il serra les poings en sentant les griffes de dragon pousser pour se déployer.

L'échec n'est pas une option, grogna son dragon.

Silas se garda de tout commentaire. Les petites phrases d'encouragement dans ce genre, c'était bien joli, mais en bout de course, ce n'était pas ce qui faisait l'issue d'une bataille. Le destin non plus, qui se contentait de disposer les pièces sur l'échiquier et de s'asseoir pour assister au déroulement de la partie. Tout était question de préparation, de décisions rapides et de puissance de feu.

Alors, oui, il pouvait échouer. Tout bon commandant envisageait cette possibilité. Voilà pourquoi il avait laissé des instructions détaillées à Kai sous la forme d'un message urgent qui parviendrait bientôt dans sa boîte de réception. Trop tard pour que son cousin puisse interférer avec le combat sur la Grande île, mais cela lui donnerait assez de temps pour préparer les métamorphes de Koa Point au pire des scénarios.

Drax était capable de tout. Par exemple, envoyer une partie de son armée privée dans une attaque-surprise sur Koa Point pour anéantir le seul autre bien précieux auquel tenait Silas.

Ses entrailles se nouèrent. Koa Point était tout pour lui. À la fois le lieu *et* les gens. C'était sa maison, sa famille. Une famille dont Cassandra pourrait facilement faire partie si elle l'acceptait. Drax était donc susceptible de frapper ce coin-là, ne serait-ce que pour railler Silas dans l'au-delà.

Aussitôt, il rectifia sa pensée. Drax allait forcément attaquer Koa Point, parce qu'il cherchait éperdument les Pierres d'Esprit.

Kai devait être prêt. Qu'il s'agisse de rallier tout le monde pour se battre ou d'emballer à la hâte leurs possessions pour s'enfuir, c'était à Kai que reviendrait cette décision en tant que nouveau chef de leur groupe. Il trouverait un moyen de bâtir à tout le monde une nouvelle vie.

Personne ne veut d'une nouvelle vie ni d'un nouvel endroit, se plaignit son dragon. *Tout le monde est très content de ce qu'il a.*

C'était vrai, maintenant qu'ils avaient trouvé leurs compagnes. Mais ils n'auraient pas le choix si Drax remportait ce combat.

Silas fit rouler ses épaules et se força à se concentrer. La vue d'ensemble était cruciale dans les phases de planification, néanmoins sur le champ de bataille, tout se résumait à l'instant présent.

Ses yeux parcoururent le paysage désolé. Il y avait un endroit, au-delà de cette crête. Il le sentait avec autant de conviction qu'il sentait la force mystérieuse, presque magnétique, qui l'avait guidé vers ce lieu isolé. C'était pour bientôt, très bientôt. Le soleil déclinait déjà vers l'horizon à l'ouest, prêt à plonger les îles dans la nuit.

Alors, allons-y, souffla son dragon. *C'est parti.*

Il secoua la tête. Bientôt, ce n'était pas *immédiatement.* Le compte à rebours dans sa tête ne faisait que commencer. Ce qui était étrange, c'était qu'il sentait deux décomptes à la fois. L'un provenait de la force qui l'avait attiré vers cette confrontation finale avec Drax. L'autre s'égrenait à un rythme légèrement plus lent, comme s'il essayait de ralentir la première horloge en murmurant : « Encore un peu plus longtemps. »

Un peu plus longtemps pour quoi ?! avait-il envie de crier.

Ce message provenait d'une section embrumée de son esprit qui refusait de révéler quoi que ce soit. C'était un simple tiraillement qui le ralentissait.

Tu dois gagner du temps, faire traîner chaque seconde.

Gagner du temps pour quoi ? Plus il attendait, plus Drax avait le temps de mobiliser son armée de mercenaires.

Pourtant, Silas ne pouvait ignorer cet appel, tout comme il n'avait pas réussi à ignorer l'attirance de sa véritable compagne. Il resta immobile comme une statue pendant encore cinq minutes, laissant le vent fouetter ses vêtements pendant qu'il procédait à sa routine habituelle d'avant chaque combat : faire le vide dans son esprit, soigneusement et intégralement, mettre tous ses sens en éveil, concentrer son pouvoir. Sa peau le démangeait alors que des écailles de dragon forçaient le passage pour émerger.

Encore un peu plus longtemps... Fais traîner chaque seconde...

Son dragon soufflait et fumait, de plus en plus furieux à chaque seconde. Tant mieux, car un dragon furieux était un dragon puissant. Tant que son esprit humain dirigeait la danse, son dragon pouvait faire office de bélier.

C'est l'heure, siffla la première horloge, celle à laquelle il ne faisait pas confiance. *Vas-y.*

Ce décompte était accompagné d'une force irrépressible qui poussa ses jambes à l'action. Il remonta le chemin jusqu'à la butte, à pas lents. Il coopérait en même temps qu'il résistait.

Bien. Encore un peu, lui disait l'horloge qui se trouvait plus près de son cœur.

Il se fraya un chemin sur l'étendue de lave irrégulière, de la lave lisse de type *pahoehoe,* semblable à des vagues figées dans le temps, à de longues ondulations noires qui s'enroulaient en tous sens, ses rouleaux se chevauchant. Autrefois, tout cela était de la lave en fusion rougeoyante.

Tout comme mes yeux, souffla son dragon, prêt à en découdre.

De la vapeur grésilla sur sa droite, lui rappelant que du magma en fusion se trouvait toujours sous terre. Le soleil descendait lentement, parant le ciel de rouge et d'orange. Il emprunta un chemin détourné, gagnant de précieuses fractions de seconde pour ce qui semblait si important.

Un corbeau croassa, son cri lugubre retentissant sur l'étendue déserte.

Allez, dépêche-toi, ordonna l'horloge autoritaire.

Il se dirigea vers un promontoire qui lui offrirait la vue la plus dégagée sur ce qui l'attendait. Il avait compris, maintenant. Il franchit la distance restante, puis s'arrêta et lança sur un ton détaché :

— Drax.

Ce dernier apparut en ricanant.

— Mon cher petit cousin.

Silas lui lança un regard noir. Drax n'avait pas son pareil pour souligner leurs inégalités. Ils étaient en face l'un de l'autre, les narines dilatées et les poings serrés, bougeant à peine pendant que leurs dragons se préparaient à l'intérieur.

Tue-le ! rugit le dragon de Silas, si fort qu'il avait du mal à entendre le murmure dans son esprit.

Gagne du temps. Tu as besoin de plus de temps.

— Enfin, tu es là, poursuivit Drax sans cesser de l'attirer.

Enfin, j'ai l'occasion de te combattre seul à seul, grogna le dragon de Silas.

Il regarda autour de lui à la recherche d'un signe annonçant ce que Drax lui avait réservé.

Ce dernier renifla avec mépris.

— Tu ne pensais pas que je viendrais seul, quand même.

Il l'avait espéré, sans compter vraiment dessus. La question était de savoir combien de gardes du corps Drax avait amenés avec lui.

— Pourquoi aurais-je cru que tu te battrais avec honneur ? cracha Silas.

Drax éclata de rire.

— Ton père a toujours été un homme d'honneur, de tradition et de principes. Dommage que ça ait fini par causer sa mort.

— C'est toi qui l'as tué, répliqua Silas sur un ton maîtrisé. Tout comme tu as tué Filimore.

Drax haussa les épaules.

— Il fallait qu'ils disparaissent.

Le visage de Silas s'embrasa, mais il ne dit pas un mot.

— Et maintenant, mon heure est arrivée, ajouta Drax. Ou devrais-je dire, *notre* heure ?

Il ouvrit le bras vers sa gauche.

Silas suivit son geste et prit une profonde inspiration.

— Moira.

Évidemment, elle était venue. Comme d'habitude, elle ménageait son effet, émergeant d'un affleurement de lave. Ses bras bougeaient légèrement, donnant l'impression que sa robe rouge flottait au vent. Silas fit la grimace en se rappelant qu'elle s'exerçait constamment devant un miroir. Putain, mais que lui avait-il trouvé ?

L'ironie ne lui échappait pas. Tout le monde l'avait toujours mis en garde contre les sorts des sorcières, cependant c'était une dragonne qui l'avait ensorcelé autrefois. Et puis, le charme s'était rompu, laissant son cœur en éclats. Dans ses pensées, il voyait un millier de Moira en kaléidoscope, toutes arborant le même sourire de crocodile.

— Silas. Chéri, roucoula-t-elle.

La première fois qu'il l'avait rencontrée, il y avait de cela très longtemps, il avait détesté cette voix semblable à un crissement d'ongles sur un tableau noir. Mais le devoir était ce qu'il était, et ses parents avaient été persuadés qu'elle était un bon parti. Alors, il s'était entraîné à supporter cette sonorité. Il avait même réussi à se convaincre qu'il l'appréciait. Mais maintenant ?

Il fit la grimace.

— Quel plaisir de te revoir, poursuivit-elle.

Il garda la bouche résolument fermée, la laissant faire son show. Chaque seconde qui passait était une seconde en sa faveur, même s'il n'en comprenait pas vraiment la raison.

Moira souriait, mais si la situation se détériorait, elle ne manquerait pas de dévoiler ses crocs. Elle n'était pas du genre à s'engager dans des duels aériens comme Tessa l'avait appris, mais elle se transformerait en dragon et lui assenerait des rafales bien ciblées pour soutenir Drax. Tant qu'elle restait du côté du gagnant.

Très bien, il serait prêt. Il combattrait Drax tout en gardant un œil sur Moira.

Un peu, que je le ferai, murmura son dragon, empruntant une tournure de phrase typique de Cassandra.

Soudain, quelque chose voleta derrière Moira et tous ses espoirs s'effondrèrent. Là, sur une crête escarpée, se tenaient six silhouettes courbées. Des dragons. À cinq cents mètres, observant attentivement la scène.

Drax sourit en regardant ses mercenaires. Des atouts, en quelque sorte. Ils ne se joindraient peut-être pas immédiatement au combat, mais si leur chef montrait des signes de faiblesse, ils s'interposeraient. Bien sûr, ils se retireraient avant la fin pour permettre à Drax de faire comme si la victoire finale lui revenait, à lui seul.

Cette perspective retourna l'estomac de Silas, mais que pouvait-il faire ? Il allait se battre jusqu'à la mort, et il le ferait avec honneur.

— Tu sais ce que c'est, fit Drax en souriant. On prévoit une petite escapade à deux, puis on finit par rameuter tout son entourage.

Non, Silas ne savait pas ce que c'était.

Il était aussi immobile que la statue qui ne serait probablement jamais coulée pour lui. L'honneur n'était pas toujours récompensé. Les principes étaient des compagnons ennuyeux. Les traditions avaient l'art de s'évanouir dans le néant.

Cela dit, il ne voulait pas de statue. Tout ce qu'il voulait, c'était sa compagne.

Un filet de vapeur projeta son panache d'air chaud sur sa droite. Silas s'apprêta à laisser sortir son dragon intérieur, mais des bruits de pas précipités derrière lui attirèrent son attention et il fit volte-face.

Ma compagne ! Ma compagne ! s'écria son dragon en voyant Cassandra qui s'avançait à grandes enjambées déterminées.

Silas aurait pu pleurer, lui aussi, de véritables pleurs. La seule raison pour laquelle il l'avait quittée ce matin, c'était pour la protéger. Au lieu de quoi, voilà qu'il venait de l'attirer directement dans la gueule du loup.

— Cassandra, chuchota-t-il.

Elle n'était pas armée, à l'exception de sa colère et des techniques d'autodéfense qu'une barmaid new-yorkaise était censée connaître... ce qui la laissait presque sans protection contre les dragons.

L'horloge interne qui l'incitait à ralentir son rythme sonna brusquement comme si la cavalerie venait d'arriver et que tout pouvait se dérouler normalement. Mais qu'est-ce que cela signifiait ? La situation avait empiré, au contraire, elle était loin de s'améliorer.

Cassandra s'approcha de lui et toisa leurs adversaires du regard. Ses cheveux bruns s'agitaient et ses yeux irradiaient.

Elle ferait une formidable dragonne, soupira sa bête intérieure.

Oui, acquiesça-t-il.

Elle s'avança jusqu'à ses côtés, exsudant des vibrations de colère typiquement new-yorkaises, comme si quelqu'un s'était engouffré dans le taxi qu'elle venait d'arrêter, lui avait fait rater son métro ou tout ce qui pouvait être considéré comme une offense grave à Manhattan.

Bon, la deuxième meilleure chose après une vraie dragonne, dit son dragon en souriant.

Silas esquissa un sourire à son tour, mais sans réel enthousiasme. La *deuxième*, ce n'était pas suffisant, pas quand l'ennemi n'était autre que Drax.

— Salut, murmura-t-elle, un peu essoufflée.

Ses yeux exprimaient une certaine lueur et Silas se demanda ce qu'elle pouvait bien avoir en réserve.

— Salut, parvint-il à répondre, regrettant de ne pas avoir le temps d'en dire plus.

Chapitre 19

Cassandra essaya d'empêcher ses genoux de flageoler en regardant la scène de désolation. De la lave cendreuse recouvrait tout le paysage. Des volutes de vapeur s'élevaient çà et là. L'air était étouffant, la chaleur écrasante. C'était une scène tout droit sortie de l'enfer. Son cœur se gonfla à la seconde où elle repéra Silas, mais quelques instants plus tard, il se serra. Elle arrivait trop tard. Drax se tenait derrière lui et un escadron entier de dragons se profilait sur la crête.

Un sort d'attirance. Merde, alors, c'était vraiment arrivé.

« Attends de voir... »

Elle entendait presque Éloïse glousser en arrière-plan.

Non ! avait-elle envie de crier. *Je ne veux pas voir. Ce n'est pas possible. S'il te plaît, Éloïse. Remets tout ça dans l'ordre.*

Bien sûr, elle n'entendit rien d'autre que le silence et elle se sentit abattue. C'était à elle de jouer maintenant.

— Qu'est-ce que tu fais ici ? demanda Silas en la regardant dans les yeux.

Sa tenue correspondait à son expression sinistre. Pour la première fois depuis qu'elle le connaissait, Silas ne portait pas de vêtements guindés. À la place, on aurait dit qu'il avait pillé le placard de Boone pour dégotter un pantalon camouflage et un simple t-shirt noir. Le commandant militaire qu'elle avait toujours senti en lui se retrouvait soudain au premier plan, un homme qui dirigeait depuis le front et se sacrifiait pour ses hommes.

Un homme dont elle pourrait tomber amoureuse, une fois de plus.

— Euh... Je passais dans le quartier ?

Ce n'était qu'un semi-mensonge. Son esprit revenait sans cesse à ces dernières heures. Elle s'était précipitée à l'aéroport de Maui sans rien dire à personne, avait réservé la seule place disponible sur le vol suivant pour la Grande île et avait conduit sa voiture de location jusqu'à l'adresse de Bernadette. C'était la demi-sœur de son père, l'unique membre de cette branche de la famille avec qui Cassandra était restée en contact.

« S'il le faut, l'avait prévenue Éloïse, laisse la Pierre d'Esprit à une personne de confiance à laquelle personne ne s'attendrait. »

Elle avait même plaisanté en ajoutant : « Comme ton bon à rien de père, par exemple. »

Bien sûr, Cassandra n'avait tout de même pas expédié le diamant à son père. Elle n'aurait pas su où le trouver, de toute façon. Mais sa demi-sœur, oui. Bernadette était la personne la plus gentille et la moins sorcière qu'elle ait jamais rencontrée, et son adresse était la seule dont elle s'était souvenue, le soir de la vente aux enchères, alors qu'elle était pétrifiée devant la boîte aux lettres. Elle avait griffonné ces lignes à la hâte et jeté le paquet dans la fente en fuyant la salle des ventes.

Bernadette Bernow
17 Sunset Drive
Pahala, Hawaï, 96777.

Adresse facile, code postal facile. Elle s'en était toujours souvenue et Bernadette n'était pas du genre à ouvrir une boîte sur laquelle il était inscrit : « Merci de patienter avant d'ouvrir ».

— Mais tu viens juste d'arriver ! s'était écriée sa tante, stupéfaite, moins d'une heure plus tôt.

Cassandra s'était à peine arrêtée pour un rapide câlin avant de saisir le paquet et de repartir au pas de course en lui promettant de s'expliquer plus tard.

Elle déglutit en regardant les dragons. Y aurait-il un « plus tard » ou allait-elle mourir ici ?

Elle était venue en espérant le meilleur scénario possible ; que le sort d'attirance n'avait pas fonctionné, par exemple, et que toutes ses craintes étaient infondées. Drax ne serait nulle part et Silas et elle pourraient rapporter le diamant à Koa Point et en discuter à tête reposée.

Elle savait qu'elle risquait plutôt de découvrir Silas et Drax. Mais la Pierre de Vent était censée avoir des pouvoirs incroyables, alors dans l'idéal, elle serait capable de l'utiliser, d'une manière ou d'une autre, pour aider Silas. Si seulement le joyau avait été livré avec un mode d'emploi...

Dans le pire des cas ? Elle était venue jeter la Pierre d'Esprit directement dans les mains du plus cruel des dragons.

Ce dernier lui adressa un sourire qui révéla la pointe de ses crocs.

— Cassandra, chuchota Silas. Qu'est-ce que tu fais ici ?

Qu'est-ce que tu fais vraiment ici ? demandait-il en réalité.

En le regardant, elle retrouva un peu de courage. Elle aurait pu dire un tas de choses. « J'avais tort en disant que tous les dragons étaient mauvais. » Ou « Je t'aime. » Peut-être même « J'ai besoin de toi. »

Mais elle se contenta de :

— Je suis ici pour aider un dragon obstiné.

Un coin de ses lèvres remonta vers le haut tandis que l'autre demeurait fermement pincé.

— Obstiné ? Alors, dans ce cas, nous sommes deux.

— Oui, il faut croire.

L'air entre leurs corps sembla frémir, les incitant à se rapprocher et à se toucher.

Compagnon, se dit-elle. *C'est vraiment mon compagnon.*

Silas prit une profonde inspiration et sa bouche bougea de sa propre initiative :

— Pour information, sache que je t'aime.

Elle plaqua aussitôt les mains sur ses hanches.

— Pour information ? Silas, sérieusement ?

Un rictus lui monta aux lèvres.

— Oui, sérieusement. J'aimerais pouvoir te suivre jusqu'à la fin de mes jours.

Les joues de Cassandra se réchauffèrent. Comme tout le reste de son corps, d'ailleurs.

— Pour information, je t'aime aussi.

— Ne sont-ils pas adorables ? souffla Moira.

Cassandra l'ignora et se rapprocha, feignant le courage.

— Au fait, à propos de cette histoire sur la fin de tes jours...
personne ne dit qu'ils sont comptés.

— Si, moi, déclara Drax.

Oh, toi, ferme-la, avait-elle envie de rétorquer. Mais il
n'était pas un client avec une grande gueule dans son bar.
C'était un dragon, rien que ça.

Elle regarda autour d'elle et inspira. Silas n'avait pas
protesté quand elle avait évoqué l'aide qu'elle était venue lui
apporter. Clairement, il avait besoin de soutien. Vraiment.
Mais enfin, merde, que pouvait-elle bien faire contre six dragons ?

Elle caressa le joyau dans sa poche et s'apaisa aussitôt.

*Bon, le diamant. Tu ferais mieux d'avoir le pouvoir que
tout le monde te prête.*

Elle étouffa un cri lorsque le joyau se mit à chauffer sous sa
main.

Silas inclina la tête vers elle, mais avant qu'il ne puisse
l'interroger, la voix stridente de Moira attira l'attention
générale :

— Comme c'est mignon ! Elle croit pouvoir nous arrêter.

En fait, avait-elle envie de rétorquer, *je doute que je le
puisse. Mais je suis ici parce que j'aime mon homme. Mon
homme, c'est compris ?*

Le regard avide que Moira portait sur Silas laissait entendre
que ce qui s'était passé entre eux n'était pas entièrement éteint,
du moins dans son cœur à elle... si toutefois elle en avait un.

— Boucle-la, Moira, aboya Cassandra.

Les yeux de Silas flamboyèrent. En noble guerrier, il fit un
pas en avant, la protégeant de son corps. Mais elle n'était pas
du genre à reculer et elle avança résolument à ses côtés. S'ils
devaient survivre à cela, ce serait ensemble.

Drax laissa échapper un grand éclat de rire.

— Tu ne regrettes pas de ne pas m'avoir cédé ce diamant
à la vente aux enchères ?

— C'est toi qui dois le regretter, répliqua-t-elle.

En vérité, sa première réaction aurait été de répondre que si, elle aurait préféré. Elle aurait été plus riche de trois millions de dollars et elle n'aurait jamais rien connu du monde archaïque des dragons métamorphes. Pourtant, non, elle ne remonterait pas le temps même si elle le pouvait. Elle ne se serait jamais rapprochée de Silas si elle avait laissé partir le diamant, et elle aurait échoué dans la mission qui lui avait été confiée.

Tu dois garder la Pierre de Vent hors de portée des dragons. Tue-les s'il le faut.

Éloïse s'était trompée sur de nombreux points, toutefois Cassandra était d'accord avec le message principal. Garder la Pierre de Vent loin de Drax et tuer les dragons maléfiques si nécessaire. Maintenant, il s'agissait de savoir comment !

Sa cuisse chauffait et elle glissa la main sur sa poche, dans un geste subtil et imperceptible. Si les dragons réalisaient qu'elle avait le diamant...

— Tu ne l'auras jamais, déclara Silas.

— Oh, mais si. Il est ici, sur la Grande île, n'est-ce pas ? lança Drax. Ce n'est qu'une question de temps avant que je le retrouve et que je prenne possession de ce qui me revient de droit.

Ses yeux irradiaient d'un étrange rose orangé.

À moi.

Les lèvres de Moira formèrent ces mots, néanmoins elle ne les prononça pas à haute voix.

Le regard de Cassandra alternait entre Drax et elle. Quelque chose lui disait que ce n'était qu'une question de temps avant que cette femme ne réclame le diamant. Et peut-être plus que cela. En voulait-elle à l'empire de Drax ?

Une cheminée de vapeur souffla bruyamment non loin d'eux, lui rappelant qu'elle avait des problèmes plus urgents que cela.

— Tu ne retrouveras rien du tout, Drax. Tout s'arrête ici, lança Silas avec la prestance d'un guerrier.

Il gardait les bras le long du corps, prêt à passer à l'action, ses pieds fermement ancrés dans le sol dans une posture intransigeante, déterminée.

— Non, tout commence ici, répliqua Drax. Une nouvelle phase dans mon illustre carrière. De nouvelles propriétés. De nouveaux pouvoirs. De nouveaux horizons.

Cassandra eut le frisson en imaginant ce que cela signifiait, non seulement pour les métamorphes de Koa Point, mais également partout ailleurs.

— Oui, je pense que je serai à mon aise dans cette propriété que tu m'as préparée, continua-t-il.

Il regarda alors Cassandra et s'humecta les lèvres.

— Le butin reviendra au vainqueur.

Son estomac se retourna. Que voulait-il dire par là ?

Silas grogna, les poings serrés. Il poussa doucement Cassandra. Était-ce un signe annonçant qu'il se préparait à se transformer en dragon ?

— Le butin reviendra au vainqueur, répéta Silas.

Drax courba les épaules et montra les dents. Moira le regardait en se frottant pratiquement les mains.

— Le vainqueur ? Ce sera moi, grogna-t-il d'une voix de plus en plus grave à chaque mot.

Ses yeux commencèrent à irradier d'un vert avide.

Cassandra les regarda bêtement, titubant lorsque Silas la poussa en arrière.

Va-t'en, semblait-il vouloir lui dire. *Cours tant que tu le peux encore. Cache-toi.*

C'était hors de question. Elle glissa la main dans sa poche et la referma autour du diamant.

Une brise marine s'était levée, faisant voleter des mèches de cheveux sur son visage. À la seconde où elle toucha le diamant, toutefois, la direction du vent s'inversa. Elle leva le visage et une bourrasque ramena ses cheveux derrière ses oreilles.

Ainsi, la Pierre de Vent avait un certain pouvoir. Elle devait trouver un moyen de l'exploiter.

« Une sorcière puissante peut contrôler presque tout », avait déclaré un jour Éloïse.

Génial. Cassandra n'était pas fichue d'invoquer un seul sort. Elle jouait totalement dans une autre catégorie ce soir.

« Fais semblant », lui avait toujours recommandé Louanne, qui lui avait appris le métier de barmaid. « Quoi que tu fasses, ne montre jamais de faiblesses. »

Bien sûr, Louanne évoquait les clients d'un bar, pas des diamants dotés de pouvoirs magiques.

Elle passa les doigts sur les arêtes du joyau et fit appel à son esprit.

Es-tu vraiment aussi puissant qu'on le prétend ?

Le vent tourna à nouveau, et même Drax regarda autour de lui en fronçant les sourcils.

Elle retourna le bijou dans sa poche.

Bon, alors. Voilà le plan. Tu m'aides, je t'aide.

Le vent se mit à frémir, faisant voleter ses cheveux. Était-ce un oui ou un non ?

« Tu dois garder ta bête intérieure en laisse », avait dit Kai lorsqu'il coachait Tessa. « Elle doit toujours savoir que tu es le chef. »

Cassandra déglutit. Cela s'appliquait-il aussi aux Pierres d'Esprit, ou jouait-elle avec le feu ?

Elle prit sa décision en une fraction de seconde et serra la Pierre de Vent encore plus fort, les yeux rivés sur la cheminée de vapeur la plus proche.

Si tu me la fais à l'envers...

Le joyau brûlait dans sa paume, malgré tout elle ferma les doigts plus vivement.

C'est moi qui commande ici, tu comprends ?

Elle faillit crier sous l'effet de la chaleur, mais elle se ressaisit en faisant un pas de côté vers une fissure dans la terre, où la lave bouillonnante luisait d'un rouge menaçant.

Les sorcières t'ont donné le pouvoir. Elles peuvent aussi te détruire, grogna-t-elle par la pensée. *Alors, joue le jeu, d'accord ?*

Le vent murmurait à son oreille, portant l'écho d'une voix ancestrale.

Oh, je vais jouer, oui.

Cassandra n'était pas sûre de savoir comment interpréter cela, néanmoins elle n'avait pas le temps. Silas s'avançait déjà vers Drax, un peu plus grand à chaque seconde. Il rugissait plus qu'il ne criait.

— Ça s'arrête ici, décréta-t-il en levant les bras au ciel.

Cassandra les regarda et se baissa à terre au moment où l'enfer se déchaînait.

Chapitre 20

Si Cassandra était restée immobile en retenant sa respiration, l'instant d'après, elle tomba à la renverse, propulsée par une force puissante. Un rugissement éclata devant elle et elle découvrit une longue ligne de terre calcinée.

— Attention ! cria Silas.

Elle roula sur le côté, évitant de justesse le second panache de feu craché par Drax. La lave entama ses paumes et ses genoux alors qu'un autre souffle se faisait entendre. Elle leva les yeux juste à temps pour voir la chemise de Silas se déchirer dans son dos. L'air autour de lui scintilla, puis...

Elle en resta bouche bée.

— Silas ?

C'était une chose de savoir qu'il était un dragon ; le voir se transformer en était une autre. À New York, elle n'avait eu qu'un aperçu de son corps animal. Mais maintenant qu'elle avait appris à le connaître, à passer du temps avec lui, et même à lui faire l'amour, elle n'en croyait pas ses yeux en découvrant cette créature. Un énorme dragon noir avec une subtile touche de rouge déploya ses ailes en rugissant.

Elle s'écarta alors que Silas et Drax s'élevaient en battant de leurs ailes massives. La force était telle qu'elle faillit tomber à nouveau. Plus loin, des cris enthousiastes retentirent. Les autres dragons encourageaient Drax.

— Waouh, Silas, souffla-t-elle, émerveillée par son volume et sa puissance.

Sa peau visiblement épaisse luisait et les dernières lueurs du couchant se reflétaient sur ses écailles ventrales.

Elle cligna des paupières. Des écailles. Putain de merde. Les abdominaux sur lesquels elle avait passé un doigt la nuit dernière étaient à présent couverts d'écailles de dragon.

Silas poursuivait Drax toujours plus haut. Les gerbes de feu qu'ils crachaient pendant leur ascension rapide étaient déjà terrifiantes, cependant elles prirent de l'ampleur lorsqu'ils arrivèrent à la bonne altitude et se mesurèrent l'un à l'autre.

Cassandra s'accroupit en se couvrant la tête. Les flammes de Drax étaient longues de dix mètres, comme animées par une vie bien à elles, poursuivant Silas dans le ciel avec des éclats furibonds orange, jaune et rouge. Ce dernier évita de justesse la première attaque en s'écartant vers la droite d'un coup de sa longue queue.

Elle assistait à la scène, émerveillée par sa puissance.

— Chope-le, Drax ! cria Moira quelque part sur la droite.

Cassandra grimaça en se rappelant qu'il n'y avait pas que deux dragons dans ce combat. Elle devait aussi affronter Moira, sans compter les six bêtes alignées sur la crête. L'une après l'autre, elles s'envolèrent, se précipitant dans les airs vers les deux dragons qui se battaient en duel. Comment Silas allait-il surmonter ces nouveaux obstacles ?

Sa cuisse chauffait et elle plongea la main dans sa poche. Elle en sortit la Pierre d'Esprit, laissant ses yeux passer des dragons au joyau. Les flammes au-dessus de sa tête se reflétaient dans chacune des facettes du diamant, témoins des forces redoutables aux prises dans le ciel.

— Bon…, murmura-t-elle en essayant de se ressaisir.

Elle prit lentement quelques inspirations. C'était le plan depuis le début, non ? En tout cas, le plan qu'elle avait établi ces dernières heures.

Récupérer la Pierre de Vent. L'utiliser pour arrêter le combat des dragons. Vaincre Drax.

Elle grimaça. Plus facile à dire qu'à faire. Elle aurait aussi espéré avoir le temps d'apprendre suffisamment de magie pour le mettre en pratique. Tant pis, elle s'en passerait.

Elle plongea le regard au cœur du joyau, où de petites flammes dansaient, puis se pencha sur le diamant, attirée par ce qu'elle y voyait. Ces flammes n'étaient pas que des reflets.

Le bijou chauffait dans sa main, alimenté par sa propre force intérieure.

J'ai le pouvoir, chuchota la pierre. Faiblement, d'abord, puis plus fort. *J'ai un pouvoir incroyable et tu désigneras le vainqueur de ton choix.*

Elle brandirait le diamant vers le ciel, attendant qu'il lui explique quoi faire. C'était bien ce qu'il allait faire, non ? Les rares informations sur les Pierres d'Esprit qu'elle avait récupérées suggéraient que ces joyaux trouvaient un moyen de communiquer avec leurs porteurs.

Elle se mordit la lèvre. Ces porteurs semblaient toujours être des femmes formidables, courageuses, élues par le destin. Elle... elle n'était qu'elle.

Pendant une fraction de seconde, ses genoux vacillèrent et elle se sentit mal. Mais ensuite, elle redressa le menton avec une détermination nouvelle. D'accord, la sorcellerie n'allait pas l'aider. Alors, que lui restait-il à part un joyau puissant qu'elle avait peur de libérer ?

Elle fit un point rapide sur la situation. Elle était têtue, possédait une voix capable de se faire entendre dans un bar bruyant, un regard de tueuse qui pouvait calmer les clients les plus indisciplinés un vendredi soir. Alors, elle allait y arriver.

Tu dois seulement y croire.

Éloïse parlait de magie, mais après tout... Cela devait aussi s'appliquer à la confiance en soi.

— Aide-moi, souffla-t-elle à la pierre. Putain, allez, aide-moi.

Dans le ciel, Drax dirigeait un autre jet de flammes sur Silas, qui tourbillonna dans les airs avant de lui renvoyer un tir de sa composition.

Cassandra sentait l'énergie parcourir son corps alors que la brise marine se transformait en vent fort et régulier qui lui emmêlait les cheveux. Le diamant blanc brillait de mille feux et elle se sentait animée par son pouvoir. Elle en était presque étourdie. Ouvrant la bouche, elle laissa échapper un rire sinistre, comme Éloïse avait l'habitude de le faire.

Drax ne comprendrait jamais ce qui allait le frapper. Moira non plus.

Oui, chuchota la Pierre de Vent en irradiant encore plus fort. *Libère mon pouvoir.*

Cassandra plia le coude, prête à tendre le bras pour libérer le pouvoir. Mais un écho de son propre rire résonna dans son esprit et elle s'arrêta net.

Houla. Qui jouait les garces assoiffées de vengeance maintenant ?

Elle réfléchit encore un moment. Libérer le pouvoir de la Pierre d'Esprit était une chose. Le ramener sous son contrôle risquait d'en être une autre. N'allait-elle pas ouvrir la boîte de Pandore ?

Ses espoirs retombèrent. Utiliser la Pierre de Vent représenterait aussi un défi contre tout ce que Silas représentait. C'était un atout dans sa manche, un coup sous la ceinture. Un avantage injuste.

Elle baissa le bras, toute tremblante. Si elle se servait de la Pierre de Vent, elle ne serait pas meilleure que Drax. Mais dans le cas contraire, Silas n'avait aucune chance de survivre à ce combat de dragons enragés.

— Silas, murmura-t-elle alors qu'une larme roulait sur sa joue.

Que devait-elle faire ?

Les troupes de renfort de Drax formèrent un grand arc de cercle autour du duel. Cassandra tourna lentement sur elle-même pour assister au déroulement du combat. Elle aurait tout aussi bien pu suivre une lutte entre deux gladiateurs dans une arène, sauf que cette arène se trouvait dans le ciel et que les spectateurs étaient une bande de dragons qui acclamaient chaque flamme.

Silas ouvrit grand ses ailes et tonna, libérant une gerbe gigantesque. Drax se tordit avant de riposter. Immédiatement, Silas vira sur l'aile et plongea sur six mètres, puis s'élança à nouveau vers le haut en crachant une ligne de feu nourri en direction du ventre de son adversaire. Lorsque ce dernier battit précipitamment en retraite avec un grognement de douleur, Silas revint à la charge pour continuer à le repousser.

Les autres dragons regardaient toujours sans rien faire et Cassandra reprit espoir. Peut-être n'interviendraient-ils pas.

Peut-être que, comme Silas, savaient-ils que l'honneur résidait dans un combat loyal.

Malheureusement, au moment où celui-ci était au maximum de son avantage et Drax en fâcheuse posture, deux des dragons foncèrent sur Silas, un de chaque côté. Tous crachèrent du feu et les flammes se superposèrent pour former une croix enflammée, forçant Silas à plonger. Il tournoya en direction du sol comme un avion biplan au moteur éteint.

Le cœur de Cassandra monta dans sa gorge.

— Silas !

À la dernière seconde, il déploya ses ailes et remonta en flèche, plus furieux que jamais.

Cassandra était prise entre l'envie de lui faire un câlin et celle de lui crier dessus pour lui avoir fait la peur de sa vie. Elle était fascinée, aussi. Sa colère formait une rivière déchaînée qui avait fait sauter tous les barrages, et son amant attentionné s'était changé en machine de guerre.

Silas s'élança après l'un des deux dragons avec un rugissement de haine. Des flammes orange engloutirent la bête en fuite et un cri fendit l'air. Le dragon battit des ailes, en proie à la panique, avant de dégringoler vers le sol. Quand il s'écrasa, la terre trembla et Cassandra aussi.

— Cassandra !

Le cri de Silas était juste assez humain pour qu'elle le comprenne, et elle releva la tête... avant de se baisser à temps pour éviter les griffes d'un dragon en rase-mottes. D'énormes serres lacérèrent l'air, la manquant de peu. Ses oreilles se débouchèrent à cause du brusque changement de pression. Elle se remettait à peine sur ses pieds qu'un autre dragon passa. Une fois de plus, elle tomba à la renverse.

— Silas, murmura-t-elle avec soulagement.

C'était lui, cette fois, qui chassait son agresseur.

Elle se leva d'un bond et détala, enjambant une crevasse rougeoyante.

Ne regarde pas en bas. Ne regarde pas en bas, s'intima-t-elle.

Naturellement, elle regarda et son cœur faillit s'arrêter. La fissure ne mesurait qu'un mètre de large, mais en dessous, il y avait du magma qui coulait librement. Quand elle atterrit, la terre trembla et elle glapit. Oh, bordel ! Elle ne se tenait pas sur la terre ferme. Elle avait atterri... non, elle rebondissait encore, sur une croûte fine. En dessous, de la lave flamboyante émergeait entre des plaques de roches refroidies.

Elle se mit à courir en essayant de ne pas faire trembler la surface. Dans la vie à laquelle elle était habituée, un danger comme celui-ci aurait été bouclé et signalé par une dizaine de panneaux annonçant : « *Danger ! Ne pas approcher !* »

Mais elle se trouvait depuis longtemps dans le royaume des métamorphes, qui fonctionnait selon des règles bien différentes. Des règles reflétant les dures lois de la nature : Les loups se dévorent entre eux. Manger ou être mangé. La survie du plus fort.

— Attaque-le ! s'époumonait Moira à la droite de Cassandra.

Elle s'alarma de la découvrir plus proche qu'avant. Sa robe rouge ondulait dans le vent et son visage rayonnait d'excitation. *D'excitation.* Comme si la scène était un jeu et non une bataille mortelle.

Silas remonta à haute altitude, replongeant dans son combat contre Drax. Les autres dragons reculèrent pour que l'affrontement se poursuive à son rythme. Leurs yeux brillaient et chacun arborait un sourire en coin tout en les observant. Chaque fois que Drax faiblissait, deux de ses sbires attaquaient Silas jusqu'à ce qu'il n'ait d'autre choix que de se détacher et de les affronter. Les joues de Cassandra étaient brûlantes de colère. Elle devait utiliser le joyau. Si Drax pouvait se battre à la déloyale, elle en était capable, elle aussi. De toute façon, elle n'avait pas d'autre solution.

Silas va me détester, lui hurlait une partie de son esprit. *Je vais trahir sa confiance.*

Il n'y a pas d'autre moyen, répondait alors une autre partie de son être.

Elle hésitait, regardant le combat qui faisait rage au-dessus de sa tête. Lentement, elle souleva le diamant et leva les yeux, découvrant la scène à travers ses facettes.

Libère mon pouvoir, demanda la Pierre de Vent. *Libère-le maintenant.*

— Silas… ! cria-t-elle en s'attardant sur le dernier S, prononçant son nom comme une supplication.

Que faire ?

L'air tout autour d'elle ondula comme si elle avait soufflé de toutes ses forces et une image se forma dans son esprit. C'était la bougie à côté de son lit, la veille au soir, vacillant puis s'éteignant lorsqu'elle soufflait dessus. De fines volutes de fumée avaient tourbillonné dans la brise pendant un moment, révélant le mouvement de l'air.

Même chose avec la fumée de cigare que Drax lui avait crachée au gala. Elle l'avait renvoyée à Moira, satisfaite de voir la fumée leur revenir en pleine face.

Elle cligna des yeux. Si une petite bouffée pouvait faire frémir l'air alentour, alors une grande…

Elle leva les yeux au ciel en se demandant si elle n'était pas folle d'envisager une telle chose.

Oui, insista la Pierre de Vent. *Libère-moi.*

Cassandra prit une longue inspiration, comme pour une plongée dans les abysses. Soudain elle expira, rejetant tout l'air de ses poumons. Un souffle de vent fusa de nulle part, envoyant un nuage de poussière à travers le paysage aride.

Les pointes de ses cheveux furent rabattues vers l'avant et le diamant scintilla dans sa main.

Elle le regarda fixement, puis réessaya. Un souffle, puis un autre, de plus en plus hardi chaque fois. Chacune de ses expirations libérait une rafale qui prenait vie, impatiente d'attaquer tout ce qui se trouvait sur son chemin.

— Par là. Je veux que tu ailles par là, dit-elle alors que les buissons étaient agités et que les cendres se dispersaient.

J'irai où je veux, grogna une voix de contralto dans sa tête.

Elle secoua furieusement la tête.

— Tu iras où je veux, moi, sinon je ne te prête pas mon souffle. Compris ?

Un bourdonnement désagréable retentit dans sa tête et elle se demanda ce que cela signifiait. Était-elle folle de défier ce pouvoir mystérieux ou était-elle vraiment capable de l'exploiter ? Apparemment, la Pierre d'Esprit dépendait d'elle pour chacune de ses bourrasques, alors si elle la jouait stratégiquement...

Un dragon d'un brun jaunâtre traversa la périphérie de sa vision, et sans réfléchir, Cassandra porta le diamant à ses lèvres et souffla. Vivement.

Le vent hurla, et une fraction de seconde plus tard, le dragon marron fit une embardée comme s'il avait été touché par une flèche invisible. Il tomba à la renverse avant de basculer sur le côté, puis il s'éloigna en zigzags comme un ivrogne.

Tue-les. Tue-les tous, grogna la voix dans sa tête.

À présent, le diamant étincelait d'un blanc terrifiant dans sa main. Le joyau semblait aussi avide que Drax, prêt à faire exploser tout ce qui se trouvait sur son chemin, et elle luttait pour le maîtriser.

— Bordel ! Juste les méchants.

La pierre irradiait.

Je choisis qui et ce que je détruis.

Elle serra la main comme pour l'étouffer.

— Non, *je* choisis qui et ce que tu détruis. Et si tu ne coopères pas...

Elle désigna un conduit de vapeur.

C'était à la fois terrifiant et exaltant, se battre contre une force bien plus puissante que soi, une force qui la poussait comme un vent intérieur, menaçant d'engloutir jusqu'à son âme.

Cassandra serra les dents et secoua la tête, puisant dans toute sa détermination.

— Tu n'interféreras pas avec ces deux-là, compris ? Juste les autres dragons.

Le diamant exprima son mécontentement, mais elle refusait de céder. Silas avait le droit de se battre seul contre son ennemi, dans un duel juste et équitable. Tout ce qu'elle voulait, c'était assurer un combat à la loyale.

Elle se concentra sur les cinq dragons restants, qui entouraient les deux adversaires. L'un d'entre eux étendit son long cou et descendit en piqué.

— Voilà. Lui, c'est l'ennemi. Compris ? cria-t-elle à la pierre.

Le joyau se réchauffa dans sa main et elle hurla :

— Maintenant !

Elle le retint jusqu'à ce que le dragon soit tout proche. Encore plus près...

Libère mon pouvoir avant que nous soyons toutes les deux détruites ! hurla la Pierre d'Esprit.

— C'est moi qui décide. Toi, tu attends.

La lumière émanant du diamant s'atténua brusquement, comme par surprise.

Elle serra les dents et attendit que le dragon ouvre sa gueule.

— Attention, connard, murmura-t-elle en lâchant une nouvelle bouffée d'air.

Maintenant, hurla-t-elle par la pensée.

Le diamant s'enflamma tandis qu'une autre bourrasque jaillissait de sa main, faisant tomber le dragon sur le côté. La bête se releva, cherchant à s'échapper, toutefois elle la suivit avec le joyau, exerçant une pression continue jusqu'à ce que l'ennemi s'effondre, battant furieusement des ailes.

Boum ! La créature s'écrasa.

Cassandra revint précipitamment en arrière tandis que le dragon dérapait sur le sol, s'écartant à peine de sa trajectoire. Lorsqu'il s'arrêta enfin, les yeux de la bête étincelèrent avant de s'éteindre. Elle respira un bon coup. Eh bien, elle allait devoir faire plus attention la prochaine fois.

Plus, cria la Pierre d'Esprit. *Donne-m'en plus.*

C'était terrifiant de sentir cette soif de pouvoir, ce désir de destruction. Et encore plus terrifiant de l'imaginer entre les mains de Drax.

Alors, fais ce que je dis, stupide humaine, railla la voix.

Cassandra montra les dents et répondit furieusement :

— Non, tu feras ce que je dis. Maintenant, tais-toi et laisse-moi réfléchir.

Un silence pesant emplit ses oreilles et elle hocha la tête, satisfaite, quoique toujours méfiante.

— Deux à terre, il n'en reste plus que quatre.

Elle tourna sur elle-même alors que les dragons de Drax voletaient dans le ciel, au-dessus de sa tête. Deux d'entre eux s'étaient rapprochés et la regardaient avec hargne. Allaient-ils attaquer ? Elle fronça les sourcils. Les cueillir avec des vents de la force d'un ouragan quand ils s'y attendaient le moins, cela pourrait fonctionner. Mais si le prochain l'esquivait, elle serait grillée, au sens propre du terme.

La terre craqua sous ses pieds alors qu'elle tournait en rond, cherchant désespérément une nouvelle tactique.

Tourne. Continue à tourner, chuchota la Pierre de Vent.

C'était exactement ce qu'elle faisait, le joyau brandi, accentuant son mouvement à chaque tour. Chaque fois qu'elle soufflait, le vent hurlait. Elle décrivit un arc dans les airs, élaborant une forme circulaire tout en poussant de brèves expirations successives.

Oui. Comme ça, l'encouragea la Pierre de Vent.

Elle écarquilla les yeux lorsque sa tactique commença à se dessiner. Elle mettait en place un mur de vent, un périmètre que les dragons ne pourraient pas franchir. Cela dit, petit problème : aurait-elle la force de maintenir cette barrière ?

Continue à souffler, insistait la Pierre de Vent.

Elle avait entendu dire que les dauphins employaient une stratégie similaire pour piéger les bancs de poissons. Ils tournaient en rond en dessous, créant un mur de bulles que les poissons ne pouvaient plus traverser.

Avec une différence notable, bien sûr. Au lieu d'enfermer les dragons à l'intérieur de son cercle de vent, elle les piégerait à l'extérieur, accordant à Silas un espace libre pour combattre Drax.

Elle continua donc à tourner tout en conservant le vent auprès d'elle, le laissant prendre de l'ampleur et se développer comme une entité à part. L'air commença à s'agiter alors qu'un nuage orageux tourbillonnant se formait au-dessus de sa tête.

Parfait, chantonna la Pierre de Vent avec joie.

Silas s'élança vers Drax, projetant une nouvelle attaque, et l'un des dragons en renfort vola à la défense de son maître. Au moment où il se heurtait au mur de vent cependant, il fut secoué d'un côté à l'autre comme un avion en pleines turbulences. Avec un rugissement frustré, le dragon se détourna et lança une flamme rageuse dans le ciel nocturne.

Les autres essayèrent chacun leur tour de se faufiler à travers le mur de vent, mais c'était une frontière infranchissable. Malgré son épuisement, Cassandra rassembla ses forces afin de continuer aussi longtemps que nécessaire. Silas se battait tout aussi farouchement et c'était à elle de couvrir ses arrières.

Chaque fois qu'elle se retournait, elle jetait un coup d'œil vers l'affleurement où Moira était toujours perchée, hurlant à pleins poumons. Mais ses cris étaient noyés dans les détonations du combat et le crépitement des flammes de dix mètres de long.

Cassandra continuait à tourner. L'un des sbires de Drax apparut dans sa ligne de mire et elle s'arc-bouta brusquement en expulsant un souffle soudain qui se traduisit par une violente rafale. Le dragon fut projeté juste devant son camarade, lui barrant la route. Leurs ailes se percutèrent et ils se séparèrent. L'un d'eux battit furieusement des ailes pour se libérer du vent, néanmoins l'autre tourbillonna dans la tempête avant de s'écraser en catastrophe.

Boum ! Un autre impact mortel se répercuta à travers le sol. Encore un ennemi à terre. Oh, merde ! Une autre fissure venait de s'ouvrir dans la roche séchée, exposant le magma juste en dessous.

Cassandra décrivit de grands moulinets de bras lorsque la lave fragile céda. Elle n'avait pas d'autre choix que de bondir en arrière dans l'espoir de se dégager. Elle atterrit, d'abord sur ses pieds, puis sur les fesses, clignant des paupières devant la rivière rouge qui était apparue à l'endroit où elle se tenait encore un instant auparavant. Elle recula, entaillant ses paumes dans la pente. Enfin, elle atteignit un terrain qui lui parut plus ferme et regarda autour d'elle avec hésitation.

Petite maladroite, fit la Pierre d'Esprit en reniflant avec dédain.

— Je vais te montrer ce qui est maladroit, marmonna-t-elle en approchant sa main de la lave incandescente.

Pour le coup, ce fut efficace et elle cloua le bec au joyau. Cassandra se renfrogna. Si elle survivait à cette expérience, elle rédigerait son propre manuel de manipulation des Pierres d'Esprit, ou du moins, de cette pierre capricieuse.

Règle numéro un, dicta-t-elle mentalement. *Lui montrer qui est le patron.*

Mais c'était difficile de se sentir comme un boss quand le sol s'effritait sous ses pieds et que ses genoux tremblaient.

— Par là-bas ! cria soudain une voix profonde, celle d'un dragon.

Mais... l'avait-elle réellement entendue ou la voix était-elle dans son esprit ?

Elle fit volte-face et expulsa un souffle bref pour contrer un petit dragon vert qui se précipitait vers elle, la gueule grande ouverte, prêt à souffler. Oh, merde. Ces enfoirés crachaient du feu, pas du vent.

Elle parvint à expirer juste à temps, alimentant la Pierre de Vent. Le dragon fut projeté en arrière et mordit la poussière. Un sifflement se fit entendre et une section entière du sol céda sous son poids.

— Oh ! s'écria-t-elle en levant les deux mains pour garder l'équilibre avant de reculer.

Le dragon agita désespérément ses ailes, mais il était trop tard. Il tomba dans la lave, et après un dernier cri de douleur, il se figea.

Cassandra détourna le regard, la gorge nouée. Quatre de moins, plus que deux.

— Cassandra !

C'était un rugissement confus, pourtant elle le comprenait parfaitement. Silas la prévenait.

Elle se leva rapidement, reconstruisant le mur de vent qui s'était effondré. Les autres dragons protestèrent en se retrouvant une fois de plus exclus du combat.

Pendant un moment, ce fut efficace. Elle continua à maintenir sa barrière invisible, jetant des coups d'œil réguliers à sa base avant de lever les yeux, guidant le vent tout autour. Mais ce n'était qu'une question de temps avant que cet effort ne l'épuise, et ensuite ?

— Attention ! tonna Silas.

Elle se retourna juste à temps pour voir Moira se précipiter sur elle par-derrière.

Elle leva les mains afin de se défendre, mais il était trop tard pour réagir autrement que par un cri.

— Non !

Chapitre 21

Moira n'était pas très grande, mais elle la percuta de plein fouet. Cassandra bascula sur le côté et son épaule heurta le sol.

— Il est à moi ! cria Moira en tendant une main.

Cassandra aussi tendit la sienne, car le diamant venait de lui échapper. Au même instant, le vent cessa. Elle regarda avec horreur la pierre précieuse fendre l'air, sa lumière blanche irradiant dans le ciel obscur, se dirigeant tout droit vers une fissure dans la terre qui s'élargissait chaque seconde.

— Espèce d'idiote ! beugla Moira.

Cassandra s'écarta d'elle alors que la terre grondait et tremblait. La roche sous ses pieds s'effrita et elle plongea vers une rivière de lave fraîchement révélée. La chaleur l'envahit alors qu'une autre section de la roche cédait et elle s'écorcha la peau contre le bord irrégulier.

— Non ! cria Cassandra en tentant de s'agripper.

La lave séchée continuait à se désagréger et elle poussa un cri lorsque la croûte extérieure s'effondra comme une couche de glace trop fine. Enfin, elle se retrouva suspendue par le bout des doigts, ses pieds impuissants battant l'air au-dessus d'une rivière de feu.

Oh, Seigneur. C'était le moment. Elle allait mourir.

Alors qu'elle se débattait et luttait pour sa vie, un éclair de lumière blanche attira ses yeux vers le diamant. Il avait rebondi sur un rocher et se trouvait en équilibre instable sur une couche de lave lisse, dangereusement incliné vers le torrent.

— Il est à moi ! s'écria Moira.

Cassandra se cramponnait au bord, priant pour qu'il ne cède pas. Moira, quant à elle, était de l'autre côté du gouffre brûlant qui s'était ouvert. D'une minute à l'autre, elle s'attendait à ce que la dragonne se transforme, prenne son envol et emporte le diamant.

Mais à l'évidence, Moira préférait laisser Drax effectuer le sale boulot, car elle se contenta de hurler :

— Attrape-le ! Attrape-le !

Cassandra leva les yeux en se demandant si elle pouvait se hisser. Un sifflement lui parvint d'en haut et elle lâcha un cri.

— Accroche-toi ! hurlait Silas en fusant vers elle avec de grands yeux alarmés.

Si elle avait pu se suspendre par une main et faire de grands gestes de l'autre, elle aurait tenté le coup.

— Attrape le diamant, pas moi !

Elle se demandait bien pourquoi elle avait une telle réaction, parce qu'elle avait très envie de survivre. Mais Drax se dirigeait vers le joyau et s'il l'atteignait en premier...

Son doigt glissa et elle étouffa un cri, projetant sa main gauche en avant dans une tentative désespérée pour s'accrocher encore un peu. Un cri strident emplit ses oreilles.

— Cassandra !

Un dragon noir aux yeux rouges arrivait sur elle, toutes griffes tendues. Des griffes en forme de dagues capables de lui lacérer l'épaule d'un seul coup, sans le moindre effort. Elle ferma les yeux.

Pourtant, les griffes ne percèrent pas sa peau. L'une d'elles se referma sur son bras droit sans la blesser. Elle rouvrit les yeux, et pendant une seconde, elle fut soulagée. C'était Silas qui la tenait.

Elle fut alors entraînée dans les airs et cria. Elle avait l'impression que son bras lui avait été arraché. Pendant une minute, elle ne distingua plus le haut du bas. Elle savait seulement qu'elle volait, toujours plus haut...

Accroche-toi, fit la voix de Silas dans son esprit. *Je te tiens.*

Son cœur battait la chamade. Silas la tenait. C'était une bonne nouvelle autant qu'une mauvaise, parce que... merde, elle était suspendue au-dessus du sol, dans le vide !

Soudain, elle s'attarda sur une pensée. Attendez une seconde. Avait-elle vraiment entendu la voix de Silas dans sa tête ?

Une ombre noire plana en contrebas, celle d'un dragon qui fonçait vers le sol.

— Silas ! Regarde ! cria-t-elle.

C'était Drax, qui étendait ses griffes pour saisir le diamant comme un aigle arrachant un poisson d'un ruisseau.

Mais à l'évidence, Silas ne se souciait pas du joyau. Il se pencha, baissant la tête pour la regarder. Aussi terrifiant que c'était, son cœur se réchauffa. Si elle avait des doutes sur les priorités de Silas, ils étaient tous dissipés maintenant.

— Prépare-toi, murmura-t-il d'une voix douce.

Une image se forma dans son esprit et ses pieds se déplacèrent dans l'air, juste à temps pour qu'il la dépose. Elle courut sur quelques pas et trébucha, tombant à quatre pattes. Enfin, ouf ! Elle était en sécurité, de retour sur la terre ferme.

Silas atterrit à côté d'elle, ses griffes lacérant le sol rugueux. Il lui jeta un œil anxieux pour s'assurer qu'elle allait bien. Elle lui renvoya son regard.

— Attends. Tu m'as choisie au lieu de la Pierre d'Esprit ?

Des tourbillons faisaient briller ses yeux. *Bien sûr que oui.*

— Tu es fou ?

Son énorme sourire de dragon aurait dû être terrifiant. Au lieu de ça, il fit fondre son cœur.

Elle resta immobile pendant une seconde, puis fit un geste vers le ciel.

— Allez, vas-y !

Les yeux de Silas retrouvèrent aussitôt leur teinte meurtrière et il s'élança d'un bond puissant.

Cassandra se baissa, se couvrant la tête contre la bourrasque. Silas battit des ailes, reprenant la poursuite. Quand elle se redressa, ce fut pour voir les sbires de Drax voler au-dessus d'elle. La colère l'envahit et elle leva les bras, au comble de la frustration.

Waouh ! Aussitôt, ils reculèrent et s'éloignèrent.

Une fois remise de sa stupeur, Cassandra fit un nouveau geste. À nouveau, les dragons filèrent.

Elle s'empressa de dissimuler son sourire. Les dragons pensaient qu'elle avait toujours la Pierre de Vent. Et tant qu'ils le croyaient. . .

Elle garda le poing fermé, cachant sa paume vide. Le vent ne formait plus de barrage contre eux, néanmoins leurs regards méfiants lui indiquaient qu'ils s'attendaient au pire.

Elle les foudroya du regard, dans un bluff impressionnant.

Pendant ce temps, Drax reprenait de la hauteur, se dirigeant vers le centre de l'île. Silas le suivit en expulsant un long panache de feu jusqu'à ce que Drax n'ait pas d'autre choix que de faire demi-tour. Silas ramena ses serres vers le haut, infligeant à Drax une salve incessante.

Cassandra se retourna. Mais où était passée Moira ? Elle ne voyait nulle part la robe en soie dans le paysage désolé.

Soudain, une explosion tonitruante retentit au-dessus de sa tête et elle leva les yeux. Silas projeta un nouveau jet de feu déterminé qui percuta Drax. Ce dernier hurla en laissant tomber le joyau.

— Non ! cria-t-elle en le regardant dégringoler.

Les deux dragons plongèrent vers la terre : Silas après le diamant et Drax avec ses ailes en feu. Ce dernier approchait dangereusement de la rivière de lave en hurlant. Silas se releva à la dernière seconde, alors que l'autre. . .

Un sifflement déchira l'air, et en même temps une odeur nauséabonde de brûlure se dégagea. Le cri d'agonie de Drax résonna sur le paysage lunaire alors que la lave l'avalait tout entier. Le diamant tomba contre la roche, produisant un son aussi clair que celui d'une cuillère contre un verre à champagne, avant de s'arrêter sur une couche plus lisse.

Cassandra se rua vers le joyau, car au même moment, Moira s'était élancée. Pas aussi vite, peut-être, à cause de sa robe rouge alambiquée, toutefois elle avait moins de distance à parcourir. Les yeux de Moira brillaient tandis qu'elle redoublait de vitesse en hurlant comme une furie.

— Il est à moi !

Cassandra, de son côté, fondait vers le diamant comme un *linebacker* de football américain avant un plaquage ; une action qu'elle avait vue souvent au *Tony's Bar*, diffusée en boucle des dizaines de fois au ralenti.

Elle dérapa, raclant chaque centimètre de peau exposée. Heureusement, c'était de la lave de type *pahoehoe* et non *aa*, tranchante comme des rasoirs. De toutes ses forces, elle tendit les bras vers le joyau. Ses doigts se refermèrent sur ses arêtes dures et elle se réjouit, victorieuse. Elle l'avait récupéré !

Une fraction de seconde plus tard, le pied de Moira s'écrasa sur sa main et elle hurla. Un souffle d'air avala son cri. À travers ses larmes de douleur, Cassandra vit Silas atterrir à quelques mètres d'elle. Sa bouche s'ouvrit en grand et elle cligna des paupières.

— Moira, dit-il d'une voix grave et menaçante. Lâche-la. Tout de suite.

Cassandra resta allongée, le visage encore crispé par le pied de Moira sur sa main. Cette dernière n'avait qu'à se transformer en dragonne et le pied qui la retenait se changerait en griffe, réduisant sa chair en lambeaux.

— Silas, susurra Moira comme s'ils étaient sur le tapis rouge d'un gala et non au bord d'un volcan, en pleine nuit. Ça y est. Nous avons réussi. Il est à nous !

Cassandra était abasourdie. Mais que se passait-il ?

Silas était tout aussi décontenancé. Il avança d'un pas, repliant lentement ses ailes et retrouvant une apparence moins féroce. L'air autour de lui fut agité lorsqu'il se baissa. Les écailles de son torse se mirent à irradier, puis se brouillèrent alors qu'il reprenait forme humaine.

— Moira..., murmura-t-il comme on s'adresserait à quelqu'un qui s'apprêtait à sauter du haut d'un immeuble.

— Dis donc, tu n'as pas changé d'un poil, lança-t-elle, admirative, en reluquant son corps entièrement nu.

Cette fois, Cassandra fulmina.

— La Pierre de Vent, dit Silas.

— Oui, elle est à nous ! répondit Moira avec un grand geste du bras. Tu ne comprends pas ?

Comprendre quoi ? voulait hurler Cassandra.

— Toi et moi, reprit-elle comme si Cassandra n'était pas douloureusement coincée sous son pied. Tout ce qui était à Drax peut te revenir. Tout peut être à nous. Et ensemble...

— Ensemble ? tonna Silas. Mais de quoi tu parles ?

— Toi et moi, nous sommes faits l'un pour l'autre, continua-t-elle en souriant. Ensemble, nous allons bâtir un grand avenir. Toi et moi, comme roi et reine, les dragons les plus puissants de tous les temps.

Cassandra se crispa. Et si Silas n'avait jamais surmonté Moira ? Et s'il la rejetait, elle, une vulgaire et médiocre sorcière, à la perspective de retrouver son ancien amour ?

« Il m'aime toujours », l'avait narguée Moira à New York. « Tu vas voir. »

L'estomac de Cassandra se retourna. Était-ce possible ?

— Tu m'as quitté, répondit Silas avec mépris.

— Je ne savais plus où j'en étais, renifla Moira en enfonçant un peu plus son talon.

Cassandra se mordit la lèvre, résolue à ne pas crier de douleur.

— Tu le savais très bien, gronda Silas. Tu as été parfaitement claire quand tu m'as quitté pour Drax. Tu as dit : « Je n'ai pas besoin de toi, Drax est l'avenir ».

— Mais Silas..., plaida-t-elle. On était jeunes. Je ne mesurais pas ma chance. Mais je le sais, maintenant. Il n'y a jamais eu que toi et moi.

Silas secoua la tête.

— Il n'y a jamais eu que toi et ta soif de pouvoir. Tu as toujours été comme ça, Moira. Et tu le seras toujours.

Elle bascula légèrement en arrière, donnant à Cassandra juste assez d'espace pour qu'elle puisse replier ses doigts blessés. Elle étendit son index, faisant rouler le diamant un peu plus près. Si seulement elle pouvait mettre la main autour de...

— Bien sûr, c'est une question de pouvoir, répondit Moira en riant. Qu'est-ce que tu croyais ? Qu'il s'agissait d'amour ? L'amour, c'est le pouvoir. Le pouvoir, c'est l'amour. Et je le détiens.

C'était terrifiant d'écouter les paroles de cette folle. Terrifiant, aussi, parce que même si Cassandra avait confiance en Silas, rien n'était sûr à cent pour cent. Moira l'avait envoûté une fois, il y avait longtemps de cela. Sa beauté et son charme étaient indéniables. Et si Silas tombait à nouveau amoureux d'elle ?

— Moira...

Il tendit le bras, paume vers le haut, et parla d'une voix douce. Si douce qu'une autre larme perla au coin des yeux de Cassandra. Oh, non, pitié ! Il était en train de tomber dans ses filets.

Cette dernière tendit le bras en souriant.

— J'ai toujours su que nous étions faits l'un pour l'autre.

Cassandra était au plus mal, cependant elle eut juste assez de présence d'esprit pour remarquer le déplacement du poids de Moira. Dès l'instant où elle fit un pas vers Silas, Cassandra s'empressa de faire un roulé-boulé pour se dégager, serrant le diamant dans sa main.

— Toi et moi. Nous aurons tout, dit Moira en prenant la main de Silas.

Cassandra avait envie de vomir. Elle avait la Pierre de Vent, et alors ? Elle ne voulait pas de ce diamant. C'était l'amour qu'elle voulait, la vie, un nouveau départ.

Les yeux de Silas étaient rivés sur ceux de Moira, étincelants. Pendant un bref instant, ils croisèrent ceux de Cassandra. Leur lumière et leur couleur prirent un rouge soudain plus intense et elle reprit espoir. Mais lorsqu'il se tourna de nouveau vers Moira, tout retomba comme un soufflé.

Le cœur de Cassandra remonta dans sa gorge. Une seconde... Silas était-il toujours de son côté ?

Elle fit un pas en arrière, prenant prudemment ses distances avec Moira. Lorsque les yeux de Silas revinrent à nouveau vers elle, il lui adressa un petit signe de tête satisfait. La main qu'il avait tendue vers l'autre femme retomba le long de son corps et sa voix si chaude devint amère.

— Il n'y a pas de « nous », Moira. Il n'y en aura jamais.

Sur ce, il la frôla et rejoignit Cassandra, les bras grands ouverts.

La bataille était gagnée. La bataille de Silas. La sienne, aussi. Son cœur battait à tout rompre alors qu'il approchait.

Les yeux de Moira irradiaient d'une lueur mauvaise dans son dos. Elle leva la main et...

— Attention ! cria Silas en se précipitant sur Cassandra.

Moira se transforma en dragon. Ce fut rapide ; son cou s'étira et ses bras se changèrent en ailes. Sa robe se déchira et les lambeaux s'envolèrent dans les airs comme des giclées de sang sur le paysage noir. Un instant plus tard, Moira tonna d'une voix de contralto gutturale et enfumée :

— Je te l'ai dit, il est à moi ! Tu es à moi !

Silas leva la main, mais Cassandra comprit qu'il réagissait trop tard. Moira préparait déjà une gigantesque explosion de feu.

Cassandra fut plus rapide. Elle tendit le bras et souffla de toutes ses forces, laissant l'air de ses poumons effleurer la Pierre de Vent.

Oui ! Tuer ! cria la pierre, réjouie.

Des bourrasques de la force d'une tempête se levèrent sans crier gare. Leur puissance propulsa Cassandra en avant, manquant la déstabiliser. Le vent s'engouffra dans les ailes déployées de Moira et la poussa vers la rivière de lave.

— Non, murmura Cassandra malgré elle.

La haine qui animait la Pierre de Vent provenait des tréfonds de son âme et elle luttait pour la contrôler. Elle avait beau mépriser Moira, elle n'était pas prête à ôter une autre vie. Silas non plus, apparemment.

— Moira ! cria-t-il en se précipitant après elle.

Cependant, il n'avait pas le pouvoir d'arrêter le vent maintenant. Même Cassandra avait du mal à le contrôler. La dragonne tomba en arrière vers la lave en s'égosillant.

— Arrête ! s'écria Cassandra, essayant de commander le joyau dans sa main.

Le vent hurlait toujours, s'accrochant à la dernière parcelle de sa rage comme si la pierre avait interprété ses pensées au pied de la lettre et conclu que Moira devait être mise définitivement hors d'état de nuire, peu importait le prix. La force du souffle projeta Moira dangereusement près du gouffre béant, où elle vacilla.

— J'ai dit : arrête ! reprit Cassandra en refermant les doigts sur le diamant.

Le vent frémit avant de porter un dernier coup à la dragonne. Mais cette brève oscillation fut suffisante ; Moira suivit le courant et s'éloigna du gouffre. Elle tournoya dans les airs en direction du nord, poursuivie par le pouvoir de la Pierre de Vent. Pendant un instant, la falaise aride fut animée par le rugissement d'un vent violent et le fracas des vagues déchaînées. Les autres dragons vinrent se placer en formation aux côtés de Moira et s'envolèrent avec elle, disparaissant de l'autre côté du cratère. Cassandra retint son souffle.

Une seconde s'écoula. Une minute. Enfin, lentement, elle expira. Le vent retomba en un murmure et la lumière du diamant décrut.

— Assez, chuchota-t-elle.

Assez de colère. Assez de douleur. Assez de vengeance.

Les bras de Silas se refermèrent autour d'elle et elle s'y affaissa, sa main blessée contre son cœur. Son corps souffrait d'une dizaine d'entailles et d'ecchymoses, et sa peau était couverte de poussière. Un silence sinistre s'était abattu sur les champs de lave désertiques, néanmoins la brise marine qui soufflait du Pacifique apportait des relents purs chargés d'iode.

Enfin, un autre rugissement de dragon fendit l'air et elle s'effondra.

— Kai et Tessa, murmura Silas avec soulagement.

Deux ombres surgirent, fondant sur Moira. Toutes deux crachaient de longs panaches de feu, montrant clairement que les métamorphes de Koa Point régnaient sur ce territoire. Ils disparurent aussi vite qu'ils étaient arrivés, à la poursuite de l'ennemi encore en lice, et le paysage retrouva son silence lugubre.

— Tu vas bien ? murmura-t-elle.

Silas hocha la tête, la serrant contre sa poitrine.

— Ça va. Et toi ?

Elle ferma les yeux, ravalant sa douleur.

— Oui, ça va.

Le soleil s'était couché, à présent, et le ciel était zébré de lueurs roses. Cassandra ouvrit lentement la main, soulagée d'y retrouver le diamant faible, mais encore lumineux. Deux sujets la tracassaient encore.

— Tu sais que je ne t'ensorcellerais jamais, n'est-ce pas ?

Elle s'empressa d'ajouter :

— Enfin, je veux dire, même si je le pouvais, ce qui n'est pas le cas. Je ne ferais jamais, jamais...

Il la fit taire, un doigt sur ses lèvres.

— Je sais.

Elle referma les doigts autour des siens.

— Éloïse vous a jeté un sort. Elle vous a attirés ici, Drax et toi, pour que vous vous entretuiez. Et ça me terrifie de penser que j'aurais pu, par inadvertance...

Silas arqua un sourcil.

— De quoi tu parles ? Tu es arrivée au bon moment pour faire disparaître ces dragons !

Bien sûr, présenté comme ça...

Elle se détendit un peu avant de se crisper à nouveau en regardant la Pierre de Vent. Puis ses yeux dérivèrent vers le gouffre dans lequel Drax était tombé et elle serra les dents. Elle finit par se lever lentement. Chaque articulation la faisait souffrir alors qu'elle s'avançait vers l'abîme.

Les paroles d'Éloïse retentirent dans son esprit.

« Cache-le. Dissimule-le. Si tu n'as pas d'autre choix, détruis-le. Il y a des générations, nous autres, les sorcières, avons créé les Pierres d'Esprit. Nous pouvons aussi les détruire. »

Silas la rejoignit et Cassandra prit une profonde inspiration, s'attendant à ce qu'il proteste. Il avait presque donné sa vie pour la Pierre d'Esprit. N'avait-il pas envie de la garder ?

— Fais-le, dit-il, la surprenant par sa conviction. Détruis-la.

Cassandra entendait presque la voix d'Éloïse lui dire la même chose.

— Tu en es sûr ? demanda-t-elle dans un murmure rauque.

Le pouvoir de la Pierre d'Esprit l'avait terrifiée. Mais sans cela, Silas et elle n'auraient pas survécu au combat.

Il prit ses deux mains dans les siennes.

— Honnêtement ? Je ne sais pas trop. Tu es la seule à pouvoir la contrôler.

— J'ai *à peine* réussi à en tirer quelque chose, nuança-t-elle.

— Tu as bien mieux fait que je ne l'aurais pu. Les Pierres d'Esprit ont été créées par des sorcières et la Pierre de Vent est la plus puissante de toutes. Il faut être un sorcier pour la contrôler.

Cassandra fit la grimace.

— Je ne suis qu'un huitième de sorcière. Un malheureux petit huitième.

— Suffisamment pour faire ressortir le pouvoir de la pierre et le diriger. Quoi qu'il en soit, elle est à toi. Alors, le choix te revient.

Cet homme était un prince. Un prince nu et musclé, certes, mais totalement à l'aise dans sa propre peau.

— À moi, c'est ça ?

Elle regarda le joyau d'un œil dubitatif.

— Tu es sûr que tu n'en veux pas ?

Un sourire se dessina sur ses lèvres.

— Il n'y a qu'une seule chose que je veux. Enfin, deux.

Sa voix était pleine d'espoir, à la fois espiègle et incertaine.

— Quoi donc ?

Les yeux de Silas s'embrasèrent alors qu'il serrait ses deux mains.

— Toi. Je te veux, toi. Comme compagne.

Il la dévisagea longuement avant d'ajouter :

— Mon amie. Ma partenaire. Mon amante.

Jusqu'à présent, son corps était perclus de douleurs, mais dès l'instant où Silas avait parlé, une chaleur douce et réconfortante s'était répandue dans ses veines et un sourire lui avait creusé les joues.

— Et la deuxième chose ?

D'accord, c'était un peu injuste de cuisiner Silas alors qu'elle savait déjà que sa réponse serait un « oui » enthousiaste. Mais c'était plutôt amusant, et juste au cas où, elle ferait mieux de vérifier quel était son deuxième souhait. Si c'était la domination du monde des métamorphes, elle préférait renoncer.

— La paix, ajouta-t-il sans hésiter.

Et Éloïse qui avait osé prétendre que tous les dragons étaient mauvais. Tu parles !

Cassandra haussa les épaules.

— Je ne suis pas sûre de pouvoir assurer la paix. Mais ça devrait faire l'affaire, dit-elle en regardant le joyau. Il y avait une histoire avec l'union de toutes les Pierres d'Esprit, non ?

Silas semblait aussi hésitant qu'elle.

— C'est ce que disent les légendes. Mais tu sais ce que c'est...

Elle hocha la tête.

— Oui, il ne faut pas croire tout ce qu'on lit.

Elle reporta alors son attention sur le diamant et s'adressa à lui d'un ton sec :

— Écoute, et écoute-moi bien. Sauf si tu veux que je te jette dans le volcan...

La pierre clignota faiblement.

— Tu feras ce qu'on te dit. Plus d'ouragans. Plus de tourbillons.

— Plus de vengeance, ajouta catégoriquement Silas.

Cassandra approuva.

— Plus rien, sauf si on te le demande. C'est compris ?

Le diamant brilla plus fort que jamais avant de retrouver sa nuance plus sobre.

Cassandra fit la grimace.

— Mmh, je n'ai toujours pas confiance. Mais ça peut valoir le coup de le garder. Tu connais un endroit sûr ?

Silas acquiesça.

— Dans ma caverne.

— Ta *quoi* ? lâcha-t-elle en imaginant une grotte humide remplie d'ossements.

— Une petite, s'empressa-t-il d'expliquer. En fait, c'est une ancienne cheminée de lave, derrière ma maison. Je te montrerai.

Lentement, sa pression sanguine redescendit.

— Mais une destruction serait peut-être plus raisonnable, ajouta-t-il.

Cassandra ouvrit les mains, toujours indécise. Puis elle songea à Koa Point, toute la gentillesse, l'esprit de camaraderie et l'espoir qui y régnaient. La Pierre de Vent avait assuré tout cela, et avec Moira en liberté, qui savait ce qui arriverait ? Les jumeaux de Nina et Boone allaient bientôt naître et les autres avaient tous plus ou moins fait allusion à des projets de famille.

— La paix, ce serait bien, conclut-elle en secouant le diamant une dernière fois en guise d'avertissement.

Puis elle le glissa dans sa poche et sourit à Silas.

— Maintenant, revenons à la première chose.

— La première chose ? fit-il pour la titiller.

— Oui, monsieur Llewellyn. La partie où tu me disais que tu me désirais...

Son sourire était tellement immense qu'elle en fut éblouie.

— Tu veux que je le répète ?

Elle essaya de hausser les épaules avec nonchalance, mais le sourire de Silas lui fit comprendre que c'était un échec total.

— Disons que ça ne me dérangerait pas.

— Très bien, alors, mademoiselle Nichols. Je te veux comme compagne. Comme amie, partenaire et amante. Pour toujours.

— Je vois que ce dragon est gourmand, n'est-ce pas ?

Il hocha résolument la tête.

— Oui, avec toi, toujours.

— Eh bien, heureusement que moi aussi, c'est ce que je veux. Tout me va.

Ils se regardèrent encore en souriant pendant quelques secondes avant de tomber dans les bras l'un de l'autre pour un baiser passionné... un baiser qui dura jusqu'à ce que Cassandra titube.

— Houla. Je ne sais pas si c'est le baiser ou l'épuisement qui m'a assommée comme ça.

Silas sourit en lui prenant la main.

— Disons que c'était le baiser. Et l'épuisement.

Il effleura ses lèvres craquelées sous les jointures de ses doigts et, lentement, ils reprirent le chemin des voitures.

— Prête à partir ?

Elle hocha la tête. Oh oui, elle était plus que prête.

Soudain, il s'arrêta et la dévisagea avec sérieux.

— Prête pour un nouveau départ ? À Koa Point, je veux dire.

Elle sourit et l'attira pour une autre étreinte.

— Tu es sûr de pouvoir me supporter toujours auprès de toi ?

— Je sais que je ne pourrais pas supporter de *ne pas* t'avoir auprès de moi.

Avec une claque sur ses fesses nues, elle sourit.

— Tant mieux. Alors, je suis prête. Prête à tout, du moment que c'est avec toi.

Chapitre 22

Silas ouvrit lentement les paupières, pas encore tout à fait prêt à affronter la réalité. Le triomphe sur Drax n'était-il qu'un rêve ou était-ce bien réel ?

Lorsque ses yeux se furent accoutumés, il laissa échapper un soupir de soulagement. Il était vraiment dans sa chambre, à Koa Point, le matin d'après le combat, et Cassandra était à ses côtés. La peau nue de son épaule était écorchée, mais elle allait bien.

En sécurité. Elle est en sécurité, murmurait son dragon en boucle.

Son regard s'aventura lentement sur les murs en bambou et le plafond voûté au-dessus. Était-ce vraiment fini ?

Ça ne fait que commencer, susurra son dragon tandis que Cassandra se blottissait contre lui.

Il resserra les bras autour d'elle alors qu'elle dormait, revenant mentalement sur ces dernières heures. Le combat était un vague souvenir flou, et franchement, il s'en réjouissait. Il n'y avait que la fin qu'il aimait repasser dans son esprit. Quand il avait enlacé Cassandra sur le champ de lave alors qu'ils se rassuraient mutuellement, contents que Drax ait disparu pour toujours, même si Moira s'était enfuie avec les derniers dragons.

Ils ne reviendront pas de sitôt. Son dragon rayonnait de fierté. *Pas avec ma compagne et sa maîtrise de la Pierre de Vent.*

Il lui caressa doucement le bras, tout comme elle lui avait caressé le dos dans les heures qui avaient suivi le combat. Ils étaient rentrés en boitillant jusqu'au parking et s'étaient effondrés sur la banquette arrière de sa Jeep de location, en attendant que Kai rallie Maui et revienne avec l'hélicoptère. Silas était trop épuisé pour voler jusqu'à Maui sous forme de dragon, et il n'était pas question qu'il quitte Cassandra. Ils avaient donc dormi d'un sommeil agité dans la Jeep ; pas vraiment le paradis, mais vraiment l'enfer non plus, une partie de son subconscient toujours sur le qui-vive. Tessa était restée dans le coin pour surveiller la voiture, mais Silas ne s'était autorisé à éprouver du soulagement que lorsque les pales de rotor avaient retenti dans le ciel.

Il se rappelait à peine être monté dans l'hélicoptère et Kai qui avait demandé à un ami de ramener les voitures de location, cependant il n'oublierait jamais la vue de l'océan en demi-teinte pendant le trajet de retour. Et il oublierait encore moins l'étreinte de Cassandra. Une étreinte pleine de promesses d'éternité, accompagnée par son murmure :

— C'est fini. On l'a fait.

De retour chez eux, pour de bon, cette fois, dans la chambre principale de sa maison sur les hauteurs de Koa Point, ils avaient sombré dans un sommeil profond et paisible, dans lequel il aurait pu continuer à se prélasser pendant des heures.

À présent, le soleil brillait et les oiseaux chantaient. Une matinée comme les autres à Koa Point, peut-être, mais pour lui, c'était comme une nouvelle ère. Drax avait été éliminé. La Pierre d'Esprit était en sécurité. Et cerise sur le gâteau, il avait trouvé sa compagne.

— Je t'aime, murmura-t-elle, encore ensommeillée.

— Je t'aime, ma compagne, répondit-il à mi-voix.

Il jeta un regard dans la lumière claire de l'aube, sans trop savoir quoi faire.

Alors, ne fais rien, lui dit son dragon.

Quel plaisir, pour une fois, de ne pas être contraint de bondir hors du lit pour reprendre son interminable bataille contre les problèmes qui l'avaient accablé en tant qu'alpha de Koa Point. Maintenant, tout cela lui semblait très lointain.

Non seulement c'est loin, lui assura son dragon. *Mais c'est bien fini.*

Il referma les yeux. Bon, peut-être que *tous* ses problèmes n'avaient pas entièrement disparu, mais ils étaient loin d'être aussi graves qu'avant. Avec Drax sur la touche...

Nous pouvons nous détendre. Enfin, nous détendre, soupira son dragon.

Sa joue tressaillit. Moira était toujours dans la nature, et qui savait ce dont elle était capable ? Il avait appris à ne pas la sous-estimer, mais pour l'heure, il pouvait se détendre. Elle reviendrait peut-être un jour, et cette fois, tous les métamorphes de Koa Point seraient prêts.

Il embrassa l'épaule de Cassandra et lui caressa les cheveux, heureux de sentir une douce chaleur dans son âme.

— Mmh, murmura-t-elle en se retournant dans ses bras.

Lentement, elle ouvrit les yeux et les braqua sur les siens. Leur brun chaud s'éclaircit et ses lèvres ébauchèrent un sourire.

Il aurait vraiment dû trouver une formule de politesse. « Bonjour » ou « Comment ça va ? » Mais au lieu de parler, ses lèvres recouvrirent les siennes. Il n'avait plus jamais l'intention de les libérer.

Elle se déplaça sur le matelas, roucoulant de plaisir.

Lorsqu'ils s'écartèrent pour reprendre leur souffle, elle se mordit la lèvre.

— Silas, il y a tant de choses que je voudrais te dire...

Il acquiesça.

— Moi aussi. Mais nous aurons tout le temps pour ça. Pour l'instant...

Son sourire s'agrandit et ils reprirent leurs baisers. Il passa les doigts dans ses cheveux, s'émerveillant de leur texture si soyeuse. Son corps se mit à onduler sous le sien et son sang s'échauffa.

Ma compagne, grogna son dragon. *J'ai besoin de ma compagne.*

Cassandra glissa son talon le long de son mollet, l'invitant à se rapprocher. Sa tête bascula en arrière et elle lui donna accès à son cou. Ses sens s'embrumèrent alors qu'il l'embrassait sans relâche, succombant au besoin brûlant de prendre possession de sa compagne, de mettre fin à la sombre période à laquelle il venait de survivre.

Lorsque Cassandra se cambra sous lui, il passa un bras au bas de son dos, pressant ses hanches contre les siennes. Tous deux étaient nus sous les draps et son membre était de plus en plus rigide.

Son dragon ronronnait contre sa gorge alors que son instinct lui indiquait l'endroit parfait pour la morsure d'union.

Juste là.

Silas se força à continuer jusqu'à sa clavicule, au-delà de ce point fatidique. Il était encore trop tôt pour envisager de la revendiquer. De plus, ils n'avaient pas eu l'occasion d'en discuter. Mais Cassandra le rapprocha à nouveau de son cou comme si elle en ressentait le besoin.

— C'est ce que je veux, dit-elle en lui empoignant les fesses. J'en ai besoin.

Ses genoux s'ouvrirent, l'invitant à se nicher encore plus près.

Au prix d'un effort suprême, il se détacha et effleura son cou.

— C'est ce que je veux, moi aussi.

Putain, il en avait tellement envie !

— Mais il y a tant de choses que tu ne sais pas sur les métamorphes...

Elle partit d'un rire enroué.

— Tu crois vraiment que je me renseignais uniquement sur l'histoire dans tes livres ?

Il se redressa sur ses coudes et inclina la tête.

Elle passa la main le long de ses côtes, attisant le feu qui grondait déjà en lui.

— Je suis peut-être tombée sur quelques passages concernant les morsures d'union, les compagnons prédestinés, tous les détails croustillants.

Silas en resta bouche bée.

— Vraiment ?

Elle lui mordilla le bord du menton.

— Pour l'instant, je suis épuisée et j'ai besoin d'une douche. Tout mon corps me fait mal. Mais c'est ce que je veux plus que tout, Silas. J'ai besoin de toi. Je ne veux pas attendre.

Elle secoua la tête.

— Je pense à tous les points sur lesquels Éloïse avait tort. Tout ce que j'aurais pu rater si tu ne m'avais pas amenée ici. Alors, oui. Je suis prête à mettre tout ça derrière moi. Je veux une vie avec toi.

Il passa une main sur sa pommette bien dessinée.

— Mais une morsure d'union signifie...

— Que je vais devenir une métamorphe, compléta-t-elle en hochant la tête.

Il la dévisagea.

— Et tu es d'accord avec ça ?

Elle éclata de rire avant de retrouver son sérieux.

— Si je peux être ton genre de dragonne, alors je suis plus que d'accord.

— Mon genre de dragonne ?

Elle hocha résolument la tête.

— Le genre loyal et généreux. Le genre qui protège les autres.

Je te protégerai toujours, jura son dragon dans un aparté silencieux.

— Et tu sais quoi ? fit-elle en lui caressant la joue.

— Quoi ?

— Je pense que Filimore n'était pas le dernier des grands dragons. Je pense qu'il y en a au moins un de plus, répondit-elle avec conviction en passant le doigt sur son torse.

Son cœur battait la chamade. Son sang lui semblait presque trop épais pour ses veines. En tant que commandant de son unité des forces spéciales et en tant qu'alpha de Koa Point, il était plus habitué à faire des compliments qu'à en recevoir. Il s'était toujours amusé de voir ses hommes essayer de cacher leur fierté devant ses éloges, mais maintenant, c'était son tour de pincer les lèvres en se demandant comment il pouvait avoir autant de chance.

Cassandra leva la tête et monta à l'assaut de sa bouche dans un baiser fervent.

— C'est ce que je veux, Silas. J'en suis sûre.

Il n'y avait rien à redire, parce que ses lèvres étaient soudain trop occupées à la dévorer, à goûter sa peau incroyable, à respirer son parfum de fraîcheur et de fleurs exotiques.

Elle se cambra à nouveau et il glissa jusqu'à sa poitrine, prenant un mamelon entre ses lèvres. Cassandra ondulait sous son corps, l'enlaçant de ses jambes. Des étincelles se propagèrent dans ses veines, et pour une fois, il décida d'agir par instinct plutôt que de réfléchir.

Bonne idée, fredonna son dragon. *Pas besoin de trop réfléchir.*

Il avança son corps toujours sur le côté, de sorte qu'ils soient parfaitement alignés. Il fit rouler ses hanches ensuite, gémissant en sentant la douce brûlure d'envie dans son membre lorsqu'il effleura ses replis moites.

— Oui... Vas-y...

Elle leva une jambe, puis l'autre, jusqu'à ce que ses talons soient fermement calés contre ses fesses.

Silas tourna la tête et frotta sa barbe sur sa poitrine. Il suçota l'autre téton, se délectant de son parfum. Il avait du mal à ne pas se hâter cependant, car Cassandra haletait et en redemandait déjà.

Il bascula en avant, plongeant profondément en elle. Cassandra cria, rejetant la tête en arrière. Ses muscles internes se contractèrent autour de son sexe.

C'est trop bon, gémit son dragon sous l'effet du glissement moite et chaud du corps de sa compagne.

Cassandra leva les bras au-dessus de sa tête, lui présentant sa poitrine. Il lui coinça les poignets pour mieux l'ancrer sur place. Décollant les hanches, elle se pressa contre lui, le souffle court.

— Oui...

Ses narines palpitèrent et ses yeux se voilèrent. Elle oscilla du bassin, et même s'il avait encore les épaules endolories à cause du combat, son corps était sur un nuage. Il se sentait en feu, vivant comme jamais auparavant.

Il pénétra sa chaleur à répétition, perdant tout contrôle. Il exprimait son plaisir à voix basse et lui mordillait le cou entre deux respirations saccadées.

Là, rugit son dragon. *Juste là.*

Ses dents frôlèrent la longueur de sa gorge, concentrées pile au bon endroit.

Maintenant ! tonna-t-il.

Silas se retint encore. L'emplacement de la morsure d'union était une chose, toutefois le moment était tout aussi important. Ses canines étaient sorties et tout son corps frémissait d'une envie impatiente. D'une seconde à l'autre, il allait exploser en elle. Il donnait de violents coups de reins, attentif aux cris de plaisir de Cassandra.

Bientôt. Bientôt...

Le corps de sa compagne répondait à chaque claquement et elle tournait la tête comme pour le tenter.

Maintenant ! exigea son dragon. *Maintenant !*

Tous les muscles de son corps se contractèrent et il s'enfonça plus profondément que jamais.

Maintenant !

Enfin, il planta les dents dans sa chair, s'assurant d'adoucir la morsure par ses lèvres. Son gémissement était étouffé, son corps raide. Il approfondit la morsure.

— Oui...

Cassandra pressait sa gorge contre sa bouche, prolongeant le contact.

Son pouls battait tout près de ses dents ; le danger était proche.

Je ne ferai jamais de mal à ma compagne, murmura son dragon. *Maintenant, termine. Qu'elle soit mienne !*

Terminer revenait à achever la marque d'union, une phase unique du rite amoureux des dragons. Silas retint son souffle pendant un moment en espérant ne pas commettre d'erreur.

Mais non, on va y arriver. C'est notre compagne prédestinée !

Il la pilonna à nouveau, déversant tout son désir en elle. Au même moment, il expira, diffusant une salve de feu dans ses veines.

Cassandra laissa échapper un gémissement grave et guttural, ses ongles se refermant dans les draps. Son corps tout entier frissonna. Cela aurait été terrifiant si Silas n'avait pas senti le plaisir parcourir ses nerfs, reflétant sa propre extase. Il perçut sa joie, son soulagement. Et par-dessus tout, il sentit sa confiance absolue.

Ma compagne, gronda son dragon en la mordant encore plus fort.

Il ne voulait plus jamais la lâcher. Pourtant, ses canines finirent par reculer, ne laissant que ses lèvres sur sa peau. Il garda longuement sa langue sur la blessure pour l'aider à guérir. Les marques se changeraient en légères cicatrices en souvenir de cette nuit incroyable.

Les jambes de Cassandra se détendirent autour de sa taille et il entrevit ses pensées : une profonde satisfaction et un gloussement amusé alors qu'elle songeait à lui rendre la pareille un jour. Dans un véritable accouplement, chaque partenaire mordait l'autre et leurs âmes se liaient pour l'éternité.

Silas resta allongé, haletant dans son cou, respirant leurs effluves mêlés.

— C'est si bon, murmura Cassandra, encore secouée par le contrecoup du plaisir.

Il l'étreignait toujours, rayonnant de l'intérieur. C'était *lui* qui la mettait dans cet état. Grâce à lui, elle se sentait bien.

Tout comme nous grâce à elle, renchérit son dragon.

Cassandra baissa les mains le long de son dos dans une caresse lente et sensuelle jusqu'à les poser sur ses fesses. Là, elle lui donna une petite claque taquine.

— Waouh.

Il se retira lentement, s'appuyant sur un coude pour contempler sa compagne. Tout doucement, il écarta une mèche de cheveux de son visage. Putain, qu'elle était belle.

Belle et mienne, fredonna son dragon.

Cassandra s'esclaffa.

— Je ne pense pas m'être jamais sentie aussi fatiguée, aussi déboussolée et aussi sûre de moi, tout ça en même temps.

Elle l'enveloppa de tout son corps, de ses bras et de ses jambes.

— Mais j'adorerais recommencer.

— Encore et encore, chuchota-t-il, déposant un nouveau baiser sur ses lèvres.

Celui-ci fut plus calme, plus doux, indiquant le nouveau départ qu'il pouvait sentir au fond de son cœur.

— On peut recommencer, tu sais.

— Attention, je pourrais te prendre au mot.

Elle sourit en effleurant son cou.

— Tu n'as pas peur d'être liée à un dragon pour toujours ? demanda-t-il, plaisantant à moitié.

Elle secoua la tête de gauche à droite, ébouriffant ses cheveux. Elle n'en restait pas moins la femme la plus éblouissante de la planète.

— Si toi, ça ne te fait pas peur d'être lié à une sorcière de bas étage.

Elle leva alors les yeux au plafond et gloussa en ajoutant :

— J'imagine que maintenant, je vais être mi-sorcière, mi-dragonne.

Entièrement dragonne, déclara sa bête intérieure, l'imaginant voler à ses côtés.

Finis les vols solitaires au milieu de la nuit. Finies les heures solitaires à la maison. Il ne se tournerait plus vers une pièce vide en regrettant de n'avoir personne à qui demander conseil. Son dragon souriait jusqu'aux oreilles tandis que Cassandra le tenait dans ses bras.

Un instant plus tard, il enfouit son visage dans son cou, submergé par les émotions et pas assez confiant dans sa virilité pour le lui montrer.

Aux caresses de Cassandra dans son dos, il comprit qu'il était trop tard. Elle l'avait vu. Elle avait vu absolument tout de lui, tous ses secrets et ses défauts. Et malgré cela, elle le désirait encore.

— Je t'aime, chuchota-t-elle. Tu le sais, n'est-ce pas ?

Il entremêla ses doigts aux siens et hocha la tête en silence. Oui, il le savait. Mais il était toujours incapable de parler.

∞∞∞∞∞

Silas était en train de sombrer dans le sommeil quand une pensée toqua dans un coin de son esprit. Il ouvrit les yeux avec un gémissement désagréable. Quoi, encore ?

Qu'y a-t-il ? grogna-t-il à Kai par la pensée.

Je suis désolé de t'embêter..., commença ce dernier.

251

Pas autant qu'il serait lui-même désolé de tuer son cousin pour l'avoir dérangé maintenant.

— Qu'est-ce que c'est ? demanda Cassandra en posant une main sur lui, visiblement alarmée.

Il la rassura par un baiser et soupira avant de revenir à son cousin.

Alors, quoi ?

Le notaire est au téléphone. Il veut régler la succession de Filimore. Je lui ai dit que ça pouvait attendre, mais il tient à te parler tout de suite.

Silas posa son front contre l'épaule de Cassandra pour se retenir de coller son poing dans le mur. Enfin, tant qu'il avait sa compagne...

Mienne pour toujours, chantonnait son dragon.

Il roula lentement sur le côté, déposant un baiser sur ses lèvres.

— Je reviens tout de suite.

Sur ce, il réorienta ses pensées vers Kai.

Transfère l'appel dans mon bureau.

Il s'avança au bord du lit et se leva péniblement, réticent à l'idée de quitter sa compagne. Mais il aimait aussi voir Cassandra étalée dans son lit. Elle avait l'air à la fois ravie et ravissante.

Son dragon ronronnait de fierté.

Grâce à moi, ma compagne se sent bien.

Elle se trémoussa un peu en se cambrant. Avait-elle entendu ?

— Ne sois pas long, lui dit-elle avec une étincelle coquine dans le regard.

Il s'éloigna dans le couloir jusqu'à son bureau. Ses articulations craquaient un peu plus bruyamment à chaque pas. Il avait l'impression que plus il s'éloignait d'elle, plus il ressentait les effets du combat. Pourtant, il y avait aussi une sorte de lassitude satisfaisante, le genre que l'on ressent après un travail bien fait. Il prit une serviette en chemin et la jeta sur son fauteuil en cuir avant de s'asseoir, appuyant sur le haut-parleur du téléphone.

— Qu'y a-t-il ?

Il grimaça un peu en entendant l'agressivité dans sa propre voix. Mais putain, on venait de l'arracher à sa compagne.

— *Monsieur Llewellyn, j'ai quelques détails importants à régler concernant le testament de votre grand-oncle,* dit le notaire.

Silas était sur le point de protester, cependant Cassandra arriva derrière lui et passa les bras sur ses épaules, calant sa joue contre la sienne.

Il ferma les yeux en lui prenant les mains.

— Je n'irai nulle part, chuchota-t-elle.

Il se retourna. Peut-être pouvait-elle vraiment lire dans ses pensées. Peut-être que la morsure d'union fonctionnait rapidement.

Le sourire de Cassandra était discret. Lorsqu'il se retourna pour noter les informations transmises par le notaire, son regard se posa sur la fenêtre et sur le paysage au-delà. Toute cette eau, qui scintillait sous la lumière du soleil, cette verdure luxuriante encadrant la vue, tous les parfums et les sons exotiques de cette magnifique matinée à Maui lui emplirent les sens. Pourquoi n'avait-il jamais remarqué ces détails auparavant ?

Le notaire s'attarda sur les subtilités de la succession de son oncle, mais l'appel ne dura pas aussi longtemps qu'il le craignait, se concluant comme il l'avait espéré : l'héritage et tous les biens de Filimore lui revenaient, à lui et à lui seul.

— J'attends les documents.

Il raccrocha enfin dans un clic. Il ferma les yeux en pensant à toutes les gentillesses que son oncle lui avait témoignées. Tout ce qui l'avait conduit à ce moment de son existence. Puis il fit pivoter son fauteuil vers Cassandra.

Elle était plus belle que jamais, et plus radieuse aussi. Elle passa les bras par-dessus ses épaules et l'enfourcha sur son fauteuil.

— Nous allons devoir fixer des limites à ta quantité de travail, décréta-t-elle en le caressant.

Oh, il en était conscient. Et il était tout à fait d'accord avec ce plan.

Mais maintenant qu'elle était à nouveau contre lui, il ne pensait plus qu'à s'unir de nouveau à elle.

Et encore, et encore, se réjouit son dragon.

Chapitre 23

Cassandra remua lentement en caressant Silas. Le sexe dans le bureau avait mené au sexe dans la chambre, où elle aurait pu rester éternellement, ou sur le sol, ou encore sous la douche, où son esprit mal placé attendait déjà la suite. Elle était en feu pour Silas depuis des jours, mais la morsure d'union avait intensifié son besoin primaire et désespéré d'en avoir plus.

Plus. J'aime cette idée, fit soudain une voix faible, quelque part dans son esprit.

Elle ouvrit les yeux. Hein ? Est-ce qu'elle sentait déjà sa dragonne intérieure ? Cela ressemblait beaucoup aux instincts qu'elle avait toujours ressentis, lui disant où aller, quoi faire et quand son corps avait besoin de se détendre... sauf qu'à présent, tout cela était accompagné d'une voix. Une voix rattachée à un dragon qui remodèlerait son corps un jour. Elle déglutit.

Je veux mon compagnon. Maintenant.

Elle prit une profonde inspiration en se disant qu'elle pourrait gérer sa dragonne comme elle l'avait fait avec la Pierre d'Esprit.

Patience, dit-elle. *Mon compagnon a des responsabilités, ce qui signifie que nous aussi.*

Cela sembla calmer la bête, du moins pour l'instant. Mais, putain ! Elle avait beaucoup de lecture à faire dans la bibliothèque.

Ou mieux, des leçons particulières avec mon compagnon, ronronna la voix basse et suave.

Sans réfléchir, elle enroula son bras autour du corps de Silas et s'aventura vers son entrejambe. Une seconde plus tard, ses joues s'embrasèrent et elle détourna la main vers son torse. Ils ne pouvaient pas rester au lit toute la journée, même si elle en avait envie. Les autres devaient les attendre, incapables de se détendre tant qu'ils n'auraient pas la confirmation que le danger était passé.

Elle se redressa dans le lit et regarda Silas. Il était allongé sur le dos et la contemplait comme si elle était une sorte de déesse.

Elle gloussa.

— Qu'est-ce que tu regardes ?

Ses yeux brillaient d'une chaude couleur de brique, cette nuance qu'elle associait à l'amour.

— Ma compagne. Je regarde ma compagne.

Il secoua la tête comme s'il n'arrivait toujours pas à y croire.

Elle non plus n'en revenait pas. Mais dans un sens, c'était comme si elle avait toujours su que son compagnon prédestiné l'attendait quelque part. Et maintenant qu'ils étaient ensemble, rien ne pouvait les séparer.

— Eh bien, mon compagnon, ce lit ne partira pas d'ici et nous pourrions aller prendre un bon petit déjeuner.

Tournant les yeux vers le réveil, elle ajouta :

— Houlà, ce sera plutôt un brunch.

Ses vêtements étaient encore à la dépendance. Aucun souci, elle allait enfiler l'une des chemises de Silas et un caleçon. Elle porta d'abord les vêtements à son nez et ses narines frémirent. Chaque odeur lui semblait un peu plus intense, plus fraîche, plus nouvelle. Étaient-ce ses sens de dragonne qui s'éveillaient déjà ?

— Comment se fait-il que tu les rendes bien plus beaux que quand c'est moi qui les porte ? demanda Silas en observant chacun de ses mouvements.

Elle éclata de rire.

— Je ne suis pas de cet avis, mais si tu veux continuer à rêver, libre à toi.

Il secoua lentement la tête et l'embrassa.

— Je ne rêve pas. Plus maintenant.

Ce qui faillit la faire dévier vers le lit, mais elle interrompit leur baiser en se rappelant les autres.

— Allez, viens. Comme je te l'ai dit, je n'irai nulle part.

Silas enfila son pantalon habituel et sa chemise guindée. Décidément, elle devrait lui acheter un jean, quelque chose de plus décontracté pour l'aider à se détendre.

Mon compagnon est détendu, fredonna sa voix intérieure.

Elle lui jeta un regard en biais et sourit. La version détendue de Silas ne correspondait peut-être pas au style pieds nus dans l'herbe de Boone, mais il avait l'air différent. Ses épaules n'étaient pas aussi raides, sa mâchoire pas aussi contractée.

Elle allait devoir continuer ses efforts avec lui. Chaque jour...

Et chaque nuit, ajouta la voix intérieure dans un chuchotement lascif.

Elle agita le bras comme pour chasser un moustique, retrouvant le fil de ses pensées. Il enroula sa main autour de la sienne et la serra tandis qu'ils descendaient vers l'*akule hale.* Le ruisseau qui coulait le long du chemin n'avait jamais paru aussi joyeux et le ciel semblait plus bleu que jamais. La peau de Silas avait un teint radieux en dépit de ce qu'ils avaient traversé, et ses propres joues devaient être tout aussi rayonnantes.

Évidemment, il serait flagrant aux yeux de tous qu'ils s'étaient envoyés en l'air pendant la majeure partie de la nuit, cependant ils n'avaient pas à rougir de honte. Silas était son compagnon. Les autres métamorphes de Koa Point comprendraient ce sentiment de fierté, d'accomplissement. Elle entra donc dans la salle, plus consciente de l'homme à ses côtés que des regards des autres.

— Salut, dit Tessa, toujours aussi décontractée.

— Salut, répondit Cassandra en souriant.

— Cassandra, voici Jody et Cruz, présenta-t-elle alors que deux personnes se levaient.

Jody était une blonde aux joues parsemées de taches de rousseur, à mi-chemin entre le garçon manqué et le mannequin de couverture de magazines. Cruz avait les yeux sombres et une intensité qui ne s'atténuait que lorsque sa compagne glissait sa main sur son bras.

— Ravie de te rencontrer, lança Jody, s'adressant à elle au nom des deux. Je suis désolée que nous n'ayons pas pu rentrer plus tôt.

— Allez, venez, lança Kai. Asseyez-vous, mangez un morceau et dites-nous ce qui s'est passé.

Cassandra regarda autour de la table. L'arôme riche du café lui chatouillait le nez, tout comme le parfum du thé à l'hibiscus. Elle eut l'eau à la bouche en voyant des muffins fraîchement sortis du four, qui refroidissaient sur une grille. Miam.

Mais il y avait un problème. Silas s'asseyait toujours en bout de table, et jusqu'à présent, elle avait pris un siège à quelques places de lui, à côté de Dawn. Aujourd'hui, cela lui semblait trop loin de son compagnon.

L'ours Hunter fut le premier à réagir. Il se leva rapidement et s'installa à la gauche de sa compagne, laissant libre la chaise voisine de celle de Silas. Cassandra ferma les yeux, en proie à de vives émotions. Ce n'était pas seulement Silas qu'elle avait gagné. C'était toute cette famille. Cette communauté qui l'avait accueillie à bras ouverts depuis le début. Une larme s'échappa de son œil, une larme de joie, qu'elle ne prit pas la peine d'essuyer.

Elle s'assit avec un remerciement reconnaissant. Pas seulement pour Hunter, mais pour tout le monde.

Nina sourit, l'air de dire qu'elle la comprenait, tout comme les autres femmes présentes. Les hommes se rapprochèrent tous de leurs compagnes comme s'ils revivaient leurs premiers jours ensemble, et un silence pensif retomba sur la pièce... jusqu'à ce que Keiki saute sur la table avec un ronronnement assourdissant.

Cruz ricana.

— Salut, Keiki. Tu veux du lait ?

La chatte ronronna sous sa main avant de se dresser sur la pointe des pattes vers Hunter, les yeux levés dans l'expectative. D'après ce que Cassandra avait compris, c'étaient Cruz et lui qui avaient adopté le chaton, et ça se voyait.

Quand il caressa Keiki, elle disparut sous son énorme main. Cruz versa du lait dans une soucoupe et fit claquer ses lèvres, mais Keiki le contourna pour rejoindre directement Silas, le regardant droit dans les yeux.

— Salut, ma petite, murmura-t-il en caressant doucement sa fourrure.

Les yeux du dragon irradiaient d'amour et de gratitude.

Cassandra dissimula un sourire. Keiki avait-elle pris soin de Silas quand il en avait eu le plus besoin ?

La petite chatte remua la queue, visiblement satisfaite de ce qu'elle voyait, puis retourna sur la table pour laper son lait.

— Pourrie gâtée, dit Kai en riant.

— Elle ne connaît pas les bonnes manières, fit Hunter avec un soupir.

Cela dit, personne ne chercha à poser le chaton par terre.

Tessa poussa un muffin vers Cassandra, qui l'accepta avec gratitude. De toute façon, elle ne trouvait pas de mots pour exprimer ce qu'elle ressentait. Le goût sucré de la papaye avec un soupçon de vanille titilla ses papilles et elle ferma les yeux.

— Oh, mon Dieu. C'est tellement bon, souffla-t-elle entre deux bouchées.

— Tout ce que fait Tessa est toujours bon, commenta Kai.

Nina lui servit un café tandis que Boone, tout sourire, ouvrait un journal.

— Je crois que c'est plus fort que le coup de l'hélicoptère sur Molokini.

Cassandra écarquilla les yeux. De quoi s'agissait-il ?

Boone redressa le journal et le lut :

— *Des éruptions nocturnes spectaculaires ont été signalées sur la Grande île. Les gardes du parc national des volcans ne parviennent pas à localiser la source exacte des poussées de lave...*

Il leva les yeux au ciel en souriant.

— Je me demande bien pourquoi.

Silas remua son café sans un mot et Boone reprit sa lecture :

— *Les vents forts de la tempête empêchent les gardes forestiers d'enquêter.*

Il poussa le journal sur la table vers Cassandra avec un clin d'œil.

— C'est une bonne chose, murmura Silas en portant sa tasse à ses lèvres.

Cassandra hocha la tête. Plus que jamais, elle comprenait pourquoi les métamorphes protégeaient si farouchement leur vie privée. Franchement, mieux valait pour les habitants qu'ils ne sachent jamais ce qui s'était passé.

— Je doute qu'ils trouvent beaucoup de preuves ce matin, dit Tessa avec un sourire satisfait.

Cassandra grimaça en se rappelant comment elle avait pourchassé les sbires de Drax à tire-d'aile. La dragonne lui avait dit qu'elle s'était entraînée à cracher du feu, peut-être que ça avait été un moment décisif pour elle aussi.

Cassandra jeta un coup d'œil à l'article, avec la photo d'un habitant effrayé pointant la crête du doigt et une interview dans laquelle des mots comme « étonnant », « incroyable » et « inexplicable » revenaient sans cesse.

Elle replia le journal et l'écarta. Certes, cela avait été incroyable, cependant elle était bien contente que ce soit terminé.

— Tu as réussi, dit Kai à Silas. Tu as vaincu Drax.

— On l'a fait à deux, répondit Silas en regardant Cassandra dans les yeux.

Elle secoua la tête.

— Non, c'est toi.

Tout ce qu'elle avait fait, c'était de lui permettre de se battre à la loyale.

— Et la Pierre de Vent ? s'enquit Dawn en se penchant. Elle est en sécurité ?

Silas regarda Cassandra et lui serra la main. Elle prit une profonde inspiration, sortit le diamant de la poche de sa chemise et le posa sur sa paume ouverte tailladée de griffures. Au même moment, la brise marine qui dérivait dans l'*akule hale* se déplaça, faisant frémir les bords de la nappe. Tout le monde resta figé, et même la petite Keiki regarda autour d'elle.

Cassandra poussa le joyau vers le centre de la table, puis retira sa main. D'accord, elle avait réussi à en exploiter les pouvoirs, néanmoins elle n'avait aucune envie de manipuler la pierre plus que nécessaire.

— C'est sans danger, déclara Silas.

Pendant un moment, tout le monde garda le silence et elle se demanda pourquoi. Soudain, elle comprit qu'ils attendaient qu'elle leur explique ce qu'elle comptait en faire. Tous semblaient accepter que le diamant soit le sien et qu'elle ait le droit de décider de son sort.

Son cœur redoubla de vigueur. Comment avait-elle pu douter de la bonté de ces gens ?

— Nous allons le garder en sécurité ici, dit-elle avec conviction en regardant Silas.

Il hocha la tête et tout le monde s'autorisa à souffler.

— Il sera en sécurité avec les autres Pierres d'Esprit.

Cassandra s'attendait à ce que la conversation se termine là, mais une à une, les autres femmes sortirent un bijou et le déposèrent sur la table, à côté de la Pierre de Vent.

— La Pierre de Vie, dit Tessa en présentant une énorme émeraude de la couleur de ses yeux.

— La Pierre de Feu, chuchota Nina en positionnant délicatement un rubis à côté.

Dawn sortit une magnifique améthyste.

— La Pierre de Terre.

— La Pierre d'Eau, ajouta Jody d'une voix feutrée en dévoilant un saphir.

Chaque joyau était brillant et magnifique, mais leur éclat augmentait lorsqu'ils étaient ensemble. Tous pulsaient d'une lueur colorée qui se reflétait sur la nappe blanche. La collection semblait irradier de chaleur, agitant une énergie et une force qui leur étaient propres.

Dawn les désigna en murmurant :

— Vous sentez ?

Un par un, les autres hochèrent la tête et Silas se frotta le menton.

— On a réussi, souffla Boone, plus révérencieux qu'à son habitude. On a regroupé les Pierres d'Esprit.

Nina fixa les précieuses gemmes.

— Waouh.

Waouh, en effet, pensait Cassandra. Pourtant, cette énergie l'effrayait. Elle imaginait le pouvoir de la Pierre de Vent multiplié par cinq.

— Les cinq, s'émerveilla Tessa.

Quelque chose tracassait toujours Cassandra, un vague souvenir, le flou d'une image qu'elle avait vue quelque part. Elle fronça les sourcils, essayant de se rappeler ce dont il s'agissait.

Boone se pencha, regardant les joyaux qui étincelaient sur la table.

— Je suis d'accord. Waouh. Mais maintenant, qu'est-ce qu'on fait ?

— Si elles tombent dans de mauvaises mains..., prévint Dawn.

« Aucune force maléfique ne doit être autorisée à commander les pouvoirs contenus dans ce joyau », l'avait prévenue Éloïse.

Cassandra frissonna, mais la sensation s'estompa lorsque Silas lui toucha la main.

— Elles seront en sécurité ici, dit Kai avec assurance. Nous les garderons en sécurité. Nous tous.

Les autres se tournèrent vers leur chef avec espoir et Cassandra sentit le poids de la responsabilité retomber à nouveau sur les épaules de Silas. Peut-être pas aussi écrasant qu'avant, mais tout de même. Elle lui prit la main et la serra fermement. Il la regarda alors, reconnaissant pour son soutien, puis prit une profonde inspiration.

— Nous les enfermerons en sécurité et nous nous assurerons que personne n'abuse jamais de leur pouvoir.

Sa voix était résolue, tout comme l'expression sur tous les visages.

— Et Moira ? grogna Cruz, disant tout haut ce que tout le monde pensait tout bas.

Le tigre métamorphe devait être terrifiant quand il était de mauvaise humeur, mais sa compagne, Jody, glissa son bras sur ses épaules, et il perdit aussitôt son regard assassin.

Moira.

Cassandra se posait la même question.

Elle jeta un coup d'œil à Silas, dont les yeux témoignaient d'un espoir brisé, d'une trahison amère et d'une puissante colère. Cependant tout cela était enveloppé d'une douce brume, comme s'il avait poussé ces émotions dans un recoin éloigné de son esprit où il les avait enfermées à double tour.

Il la regarda en souriant et déposa un baiser sur les jointures de ses doigts. Il garda ses lèvres sur sa main pendant dix bonnes secondes, la tête penchée, et elle passa une main sur son épaule. Ce chapitre de sa vie était terminé et n'avait pas à revenir le hanter.

Lentement, il se redressa et regarda les autres.

— Moira s'est échappée. Et j'imagine que c'est grâce à elle que Drax avait plus de pouvoir, ces derniers temps.

Cassandra avait le même sentiment, à savoir que Moira avait utilisé Drax pour obtenir la pierre.

Kai fronça les sourcils.

— Que va-t-elle faire, d'après toi ?

Silas se concentra sur la surface de son café.

— Il n'y a rien à dire. Essaiera-t-elle de prendre le contrôle de ce qu'elle réussira à sauver de l'empire de Drax ? Je n'en sais rien.

Lorsqu'il marqua une pause, Cassandra retint son souffle. La mention de cet empire lui faisait penser au domaine de Filimore. Les autres n'étaient toujours pas au courant.

Il la regarda dans les yeux pendant quelques secondes puis sourit.

— En parlant de ça...

Tout le monde se rapprocha et même Keiki pencha la tête.

— Moira va sûrement essayer de reprendre l'héritage de Drax et elle devra se battre contre les lieutenants qui chercheront à se tailler une part pour eux-mêmes. Mais il y a une partie de ses possessions qu'elle n'aura jamais.

— Quoi donc ? demanda Boone.

Silas aplatit ses mains sur la table.

— Je suis sûr que Drax est responsable de l'empoisonnement de mon oncle Filimore, le membre le plus âgé de notre clan, pour accélérer l'inévitable.

— Comment ça, l'inévitable ? demanda Kai.

— Filimore n'a jamais révélé les détails de son testament de son vivant, mais Drax a parié, à juste titre, que Filimore suivrait la tradition et léguerait tous ses biens aux membres les plus âgés de chaque branche de la famille.

Kai plissa les yeux :

— Donc Drax et toi.

— Oh, s'exclama Boone. Est-ce que ça veut dire que tu hérites du penthouse de New York ?

Un petit sourire se dessina sur les lèvres de Silas.

— J'hérite de beaucoup plus que ça. Filimore possédait des propriétés et des entreprises dans le monde entier. Mais je n'irai nulle part.

— Je l'espère ! s'écria Nina. C'est génial d'avoir rencontré Cassandra et que nous soyons maintenant tous réunis.

Tout le monde hocha la tête et une autre vague de gratitude envahit Cassandra. Elle faisait partie de ce « nous ». C'était sa maison aussi.

— Je ne suis pas particulièrement intéressé par les propriétés, expliqua Silas. Mais il y a un domaine...

Il les taquinait, Cassandra le sentait, et un sourire se dessina sur ses lèvres alors que tout le monde se taisait.

— Tu veux dire... ? chuchota Nina.

Silas acquiesça.

— Une propriété de bord de mer très confortable avec une vue exceptionnelle.

Elle vit que Kai avait le souffle court. Hunter leva un sourcil touffu et Boone regarda Nina, perplexe.

Tessa agita la main avec impatience.

— Allez, Silas. Accouche.

Mais il prenait tout son temps, prolongeant le suspense.

— Je devrais partager les lieux avec d'autres, mais j'ai entendu dire que tous travaillaient très dur.

Tessa afficha un grand sourire :

— Oui, on ne ménage pas nos efforts.

— Je ne comprends pas, marmonna Boone, encore dans le flou.

Silas désigna les alentours.

— Le propriétaire de ce domaine, cet homme reclus et privé, c'était Filimore. Mon grand-oncle. Koa Point lui appartenait.

— Quoi ?!

Boone resta bouche bée.

— Pendant tout ce temps..., murmura Kai.

Silas hocha la tête.

— Pendant tout ce temps, j'ai respecté le souhait d'intimité de Filimore. Il m'a engagé comme gardien-en-chef, puis chacun de vous à son tour, exactement comme je l'ai toujours dit.

— Et maintenant que Filimore est mort ? Et Drax aussi ? fit Kai.

Les sourcils de Boone remontèrent sur son front.

— Putain de merde !

Silas sourit.

— C'est exactement ma réaction quand j'ai découvert le testament.

Tout le monde garda le silence pendant un moment avant qu'un brouhaha n'éclate, poussant Keiki à se hisser sur l'épaule de Hunter pour mieux regarder autour d'elle.

— Oh, mon Dieu.

— Je n'en reviens pas.

— Attends, alors ça veut dire que cet endroit est à toi ?

— À nous, corrigea Silas. Koa Point est à nous.

Silas ne montrait pas souvent ses émotions et Cassandra l'observait, savourant l'un des rares moments où il les laissait transparaître. De toutes les joies qu'elle avait partagées avec lui récemment, celle-ci était la cerise sur le gâteau. Ce sentiment d'accomplissement, du type : « Waouh, on l'a vraiment fait. »

Tessa leva sa tasse de café.

— Eh bien, alors. Je pense qu'il faut porter un toast.

Kai hocha la tête, regardant Silas dans les yeux.

— Tu sais ce que ça signifie, n'est-ce pas ? Tu pourrais être le plus grand seigneur dragon de tous.

Silas s'empressa de lever la main.

— Ce n'est pas ce que je veux. Je ne l'ai jamais voulu.

Tessa tendit sa tasse un peu plus haut.

— Ça ne te dirait pas d'être celui qui a apporté la paix et la stabilité au monde des dragons ?

Cassandra crut bien tomber amoureuse de Silas encore une fois en le voyant hésiter si modestement. Cet homme n'était pas intéressé par le pouvoir, seulement motivé par le devoir et l'honneur.

Il s'autorisa un petit sourire.

— Ça, ça ne me dérangerait pas.

Il laissa ensuite ses yeux dériver dans le vague.

— Cela dit, honnêtement ? J'ai du mal à me faire à cette idée et je suis trop fatigué pour réfléchir correctement.

Il leva les yeux vers Cassandra et sourit.

— Trop perdu dans l'amour.

— C'est exactement mon sentiment, murmura-t-elle en imitant sa voix.

Tessa fit tinter sa tasse contre celle de Nina et poussa un soupir exagéré.

— Enfin.

— Tu m'étonnes, fit Kai en souriant.

— Enfin, quoi ? demanda Silas.

— Oh, rien.

Tessa fit un clin d'œil et leva le pouce comme pour féliciter Cassandra, sans grande discrétion.

— Oh ! Parle à Cassandra de notre idée ! lança Nina à Tessa en applaudissant, rayonnante.

Les yeux de la rousse étincelèrent encore plus fort.

— Eh bien, je viens de terminer mon premier livre de recettes de grillades, et l'éditeur avec lequel j'espère signer m'a dit qu'il avait besoin de quelque chose de totalement nouveau pour être compétitif sur ce marché encombré.

Nina tapa dans les mains avec excitation.

— Alors, j'ai pensé que tu pourrais aider Tessa à associer chaque recette à un cocktail. Ce serait cool, non ?

Cassandra se fendit d'un large sourire.

— Ce serait fantastique, même si je suis trop fatiguée pour penser correctement en ce moment. Je pourrai te donner ma réponse mûrement réfléchie demain ?

Tessa hocha la tête avec enthousiasme. L'instant d'après, Kai passa une main dans son dos et prit la parole :

— Je pense que nous sommes tous épuisés, et franchement, un peu distraits par nos compagnes et compagnons respectifs. Ce ne serait peut-être pas une mauvaise idée de faire appel à quelqu'un pour nous aider à garder un œil sur tout ça au cours des prochains mois.

Boone accepta immédiatement.

— C'est difficile de faire une bonne patrouille de nuit quand on pense sans cesse à sa compagne.

Hunter se gratta la barbe.

— Et les frères Hoving ? Ils ne devaient pas bientôt prendre leur retraite des Marines ?

Cruz secoua la tête.

— Ils ont encore deux mois, au moins.

— Et McElroy et ses copains ? Ils ne cherchaient pas du travail ?

Kai fronça les sourcils.

— Ils se sont réengagés dans l'armée, d'après ce que je sais.

Boone frappa de la main sur la table.

— Attendez. Je connais l'homme qu'il nous faut. Ou plutôt, la femme.

Tout le monde le regarda.

— Qui donc ?

— Ella. La renarde du désert. Je pense qu'une escapade professionnelle à Hawaï, c'est exactement ce dont elle a besoin. Putain, elle pourrait peut-être amener l'un des loups du ranch de Twin Moon avec elle, ou l'un de ces ours qui tiennent le Blue Moon Saloon. Ces gars-là, c'est du sérieux.

Silas hocha la tête.

— Excellente idée. Je vais la contacter.

Kai sourit.

— Je m'en charge. Toi, tu dois avoir des choses à faire avec ta compagne.

Les marques de morsure dans le cou de Cassandra la démangèrent et son corps se réchauffa. Maintenant que Kai le mentionnait, oui, elle adorerait emmener Silas dans un endroit privé, et vite.

— Sa compagne, gloussa Tessa. Douce musique à mes oreilles.

Silas lui lança un regard appuyé et Tessa leva à nouveau sa tasse.

— Alors, voilà mon toast. Tout le monde est prêt ?

Tout le monde leva sa tasse sans se soucier qu'il ne s'agisse pas du cristal le plus fin ni du champagne le plus coûteux.

— À Silas, notre chef intrépide, commença Tessa.

— Bravo, bravo ! acclama tout le monde.

— À Cassandra, ajouta-t-elle avec un sourire sincère. Tu es peut-être folle de l'aimer...

À ces mots, tous éclatèrent de rire.

— Mais vous êtes parfaits l'un pour l'autre. Je vous souhaite de découvrir les joies du couple comme nous autres.

Tessa fit un clin d'œil et tout le monde éclata de rire.

Cassandra sentit le sang lui monter aux joues. Elle devait être rouge pivoine, maintenant. Silas lui embrassa de nouveau les doigts sans retenue.

— Et à Koa Point, conclut Tessa. Notre beau et confortable foyer à tous.

Une propriété aussi tentaculaire ne devrait pas être qualifiée de confortable, pourtant Cassandra reconnaissait que rien n'était plus pertinent.

— À Koa Point, répondit chacun en regardant son compagnon ou sa compagne. À notre foyer !

Chapitre 24

Les verres s'entrechoquèrent et tout le monde but. Ils se lancèrent ensuite dans une conversation en dents de scie.

— Qui aurait cru... ?

— Je n'en reviens toujours pas...

— Commencez par le début..., demanda Cruz à Kai.

Boone hocha la tête devant la collection de pierres.

— C'est drôle. Je pensais que, quand nous aurions les cinq, quelque chose de grandiose se produirait. Je veux dire, quelque chose de *vraiment* grandiose.

— Comme quoi ? pouffa Nina. Des feux d'artifice ?

Boone fit un geste vague.

— Je ne sais pas. Un éclat de lumière, peut-être ? Une vague de chaleur ? supposa-t-il en riant. Enfin, heureusement que ce n'est pas le cas.

— Exactement. Je suis ravi que les cinq soient en sécurité, commenta Silas.

Cassandra resta assise, parfaitement immobile, tandis que le faible souvenir au fond de son esprit s'éveillait.

Les cinq... en sécurité...

Elle inclina la tête vers la collection de joyaux. Pourquoi est-ce que cela sonnait faux ?

— Tout va bien ? murmura Silas en la voyant dériver dans ses pensées.

Elle lui adressa un rapide sourire. Tout allait formidablement bien, non ?

Silas se leva et lui prit sa main, soufflant aux autres :

— Si cela ne vous dérange pas...

269

Ses yeux brillèrent et elle sourit pour de bon, sachant exactement ce qu'il avait en tête.

— Amusez-vous, les enfants, lança Kai.

Boone émit un sifflement suggestif et Nina lui tapa sur le bras.

— Hé ! protesta-t-il.

— C'était nous, avant, le houspilla Nina.

— C'est toujours nous.

Boone rit en la tirant de sa chaise.

— Si vous voulez bien nous excuser, tout le monde...

Silas ricana, puis attira Cassandra contre lui et, ensemble, ils regagnèrent sa maison. Derrière eux, des bruits de pas, des rires et des soupirs lascifs indiquaient que les autres couples se dirigeaient eux aussi vers leurs propres recoins privés de Koa Point avec leurs joyaux.

Cassandra passa son bras autour de celui de Silas et inspira profondément tout en regardant autour d'elle.

— Des gens si formidables. Un endroit si paisible. Et c'est chez toi.

— C'est chez nous, rectifia-t-il alors qu'ils remontaient le chemin. Absolument tout est à toi aussi.

Elle gloussa.

— Tout ce qui m'intéresse en ce moment, c'est le lit. Et pas pour dormir.

Silas lui caressa le dos et elle eut soudain très envie de lui. Mais cette infime inquiétude ne cessait de lui trotter dans la tête et elle était incapable de s'en défaire.

— Ce qui est à moi est à toi. Le lit. La maison.

Silas dressait une liste sur ses doigts.

— La voiture. Le domaine. Oh, et la bibliothèque, bien sûr.

Elle regarda sa main. Cinq doigts. Cinq Pierres d'Esprit...

Une image floue traversa son esprit aussi furtivement que les pages d'un livre.

— La bibliothèque, murmura-t-elle en se dirigeant vers les escaliers.

Silas s'élança après elle.

— La bibliothèque ?

— Oui. Non. Je veux dire, désolée, marmonna-t-elle en essayant de mettre le doigt sur une pensée égarée qui refusait de se laisser attraper.

Elle était à bout de souffle lorsqu'elle atteignit le dernier étage de la maison. En faisant irruption dans la bibliothèque, elle s'accroupit près de la boîte, à côté de la porte, et en sortit un recueil après l'autre.

— Les livres de Filimore ? demanda Silas, lui laissant de l'espace.

Elle hocha la tête sans trop savoir lequel elle cherchait. Elle n'en avait parcouru que quelques-uns brièvement. Elle écarta un livre pour vérifier celui qui se trouvait en dessous, puis continua ainsi jusqu'à dénicher un volume vert, relié en cuir.

— Celui-là...

Un instant plus tard, elle l'avait ouvert sur la table, sous la lampe. Silas se pencha dessus et elle commença à en feuilleter les pages. La couverture en cuir usée portait l'odeur des siècles, et les illustrations détaillées sur chaque page dataient d'une époque où les tâches se mesuraient en années et non en heures.

— Qu'est-ce que tu cherches ? demanda Silas à voix basse.

— Il y avait quelque chose là-dedans sur les Pierres d'Esprit...

— Je pense avoir lu tout ce qui existe sur elles, répondit Silas d'un ton las.

À l'évidence, il pourrait passer le reste de sa vie sans ouvrir un seul livre, mais elle insista.

— Tu as déjà lu ceux-là ?

— Non. Je n'ai pas eu le temps.

Elle feuilleta les pages illustrées à la main, à la recherche de quelque chose qui puisse déclencher un souvenir. Enfin, elle s'arrêta sur une scène richement ornée, avec un bloc d'écriture dense sur le côté.

Elle la regarda plus attentivement en retenant sa respiration.

Qu'est-ce que c'est ? demanda Silas.

Elle avait trouvé. Pendant un moment, elle eut presque envie de cacher la page. Ne devrait-elle pas permettre à Silas de profiter de sa paix tant recherchée pendant quelques jours de plus ? Cette nouvelle complication pouvait sans doute attendre.

En même temps, elle ne pouvait rien cacher à son compagnon, surtout un secret aussi important que celui-ci.

Elle tapota la page en se disant que, quels que soient les problèmes que cette nouvelle découverte engendrerait, ils les affronteraient et les vaincraient ensemble.

— Là. Regarde.

Elle tendit le doigt. Au centre de l'image se trouvait une femme, les deux mains tendues, l'une plus haute que l'autre. À l'arrière-plan, un dragon bordeaux tournait autour d'un volcan qui projetait de la lave dans les airs.

— Tu as déjà vu ça ?

Silas se pencha plus près, étudiant les détails.

— Non. Filimore avait tellement de livres...

Il passa un doigt sous la légende.

— *La reine du clan des sorcières crée les Pierres d'Esprit...*

— Tu sais lire ça ?

Il hocha la tête.

— C'est une écriture ancienne, mais oui, je sais la déchiffrer. Mes parents étaient très stricts sur l'éducation classique, dit-il avec un soupir. Kai a de la chance, on lui passait tout, à lui.

— Regarde ses mains.

La femme au centre, la reine des sorcières, avait les deux mains en l'air, les doigts serrés révélant une série complète de bagues. Une à chaque doigt, les pierres précieuses en évidence.

— Un diamant... un rubis..., dit Cassandra en les désignant tour à tour. Un saphir...

— Une améthyste et une émeraude, compléta Silas. Les Pierres d'Esprit.

Il semblait attendre qu'elle s'explique et elle se mordit la lèvre en se demandant quoi dire.

Dis la vérité, insista la petite voix en elle.

Elle montra le livre.

— Il n'y a pas cinq pierres. Il y en a six. Regarde son autre main.

Lorsque Silas se pencha pour regarder de plus près, son corps se crispa contre le sien.

— Il y a une autre bague avec une autre pierre précieuse, dit-elle. Quelque chose de multicolore...

Les yeux de Silas alternaient entre l'image et le texte.

— Qu'y a-t-il d'écrit ? l'implora-t-elle.

Il passa un doigt sous le texte et lut à haute voix.

— *Cinq Pierres d'Esprit, nées du feu...*

Elle attendit avec impatience.

— *Commandées par le grand seigneur dragon...*

S'il y avait eu un bouton d'avance rapide sur Silas l'audioguide, elle aurait appuyé dessus.

Sa voix baissa lorsqu'il poursuivit :

— *Et la Pierre de Voûte unira toutes les autres...*

Il se tut et ils se regardèrent.

— La Pierre de Voûte ? fit-elle avant de déglutir. Tu en as déjà entendu parler ?

Immédiatement, il secoua la tête.

— Jamais. Mais il est dit ici : *D'abord, la reine créa la Pierre de Voûte, et avec elle, elle insuffla la vie au diamant, au rubis...*

Cassandra nageait dans le bonheur pas plus tard que ce matin. Maintenant, toute son anxiété revenait.

— Alors, ce n'est pas fini. Il y a encore une Pierre d'Esprit là dehors.

Silas hocha lentement la tête.

— On dirait bien.

Elle pencha la tête vers l'image.

— Quel genre de joyau ressemble à ça ?

— À un arc-en-ciel ? Je n'en ai aucune idée.

Cassandra regarda la boîte près de la porte.

— Tu as rapporté ça de New York, n'est-ce pas ?

Il acquiesça.

— Ce sont les livres les plus anciens de la collection de Filimore, ceux qu'il gardait dans une chambre forte à part. Je les ai pris au cas où Drax viendrait, mais je n'ai pas encore pu les lire.

Le sang de Cassandra se glaça.

— Tu crois que Moira est au courant ?

Son menton se baissa, et pendant un moment, il lui parut plus vieux, plus fatigué.

— Je doute qu'elle le sache. Je doute que quiconque le sache.

— Peut-être que ce livre se trompe, essaya-t-elle.

Aussitôt, il secoua la tête et lui montra la page de titre.

— Par Marius Baird. C'est une légende parmi les spécialistes des dragons. Ça m'étonnerait qu'il se trompe.

Elle s'entortilla les mains.

— Merde. Et moi qui pensais que nous avions tout compris...

Elle finit par soupirer.

— Au pire, je pense que je viens de me trouver une nouvelle mission.

Il pencha la tête d'un air interrogateur et elle expliqua :

— Apprendre à lire ça et parcourir tous ces livres. Il va bien falloir le faire si on veut en savoir plus sur cette sixième pierre.

Silas se frotta le menton.

— Ça veut dire un autre voyage à New York.

— Pour vider mon appartement ?

Elle avait déjà imaginé la scène, et franchement, elle avait hâte.

Il sourit.

— Oui, et passer par celui de Filimore.

— Le penthouse, bien sûr.

Elle agita une main comme si c'était une broutille.

De la tête, Silas désigna la boîte de livres.

— Il y en a beaucoup d'autres là-bas. Tu te sens prête à abandonner le métier de barmaid ?

Elle rit.

— Si c'est pour me plonger dans des livres, alors oui. J'apprendrai peut-être enfin un ou deux sorts. J'aime aussi l'idée d'aider Tessa.

Elle fronça les sourcils en ajoutant :

— Après avoir trouvé une solution pour la Pierre de Voûte, bien sûr.

Silas lui leva le menton avec un sourire doux-amer.

— Ça pourrait prendre des années. Mais tu sais quoi ?

— Quoi ?

Il l'étreignit farouchement.

— D'abord, nous avons tout notre temps. Ta durée de vie sera aussi longue que celle d'un dragon, grâce à la morsure d'union. Et ensuite, je mets les problèmes de côté pour ce soir. J'explore l'art de la procrastination, comme dirait Boone. En fait, je mets les problèmes de côté pour plusieurs nuits. Parce que j'ai ma compagne avec moi et que rien ne nous empêchera de profiter de notre temps ensemble.

Elle afficha un sourire radieux et referma lentement le livre alors qu'une bouffée de désir montait de nouveau en elle. Ils ne pouvaient pas paresser éternellement, mais en effet, une semaine ou deux, c'était attirant.

— Bon, alors dans ce cas…

Elle s'assit à même le bureau, puis attira Silas dans le V entre ses jambes, les enroulant autour de lui.

— J'ai toujours fantasmé au sujet de ce bureau, tu sais.

Elle passa les mains sur son torse avant de s'allonger lentement. Silas repoussa les livres et se pressa tout contre elle, lui faisant ressentir chaque relief de son corps.

— Et qu'avais-tu en tête exactement ? demanda-t-il en se penchant sur elle.

— Un baiser.

Il arqua un sourcil pointu comme un crayon.

— Juste un baiser ?

Elle essaya sans succès de dissimuler son sourire.

— Peut-être plus qu'un simple baiser. Mais tu ferais mieux d'agir vite.

— Ah oui ?

— Oui. Cette offre n'est valable qu'une fois…, dit-elle en se demandant si ses yeux irradiaient autant que les siens.

Posant les coudes de part et d'autre de sa tête, il se mit à l'aise tout contre elle.

— Peut-être deux…

Ses lèvres frémirent et son regard étincela.

— Ça marche, chuchota-t-il en l'embrassant sur les lèvres.

Aperçu: L'appel du renard

Le destin ne fait que provoquer les évènements. Le reste dépend de vous.

Ella Kitt, métamorphe renarde du désert, n'a pas peur de mettre sa vie en danger... mais jamais, *jamais* son cœur. Non pas qu'elle s'attend à risquer l'un ou l'autre quand elle prend l'avion pour Maui dans le but d'aider ses anciens camarades des Forces spéciales ; un petit boulot facile dans la sécurité. Ou peut-être pas si facile, parce qu'elle se retrouve forcée de travailler, et de vivre, à proximité d'un héros de guerre sexy en diable, Jake McBride. Jake n'est pas juste un coup d'un soir qui fait palpiter son cœur meurtri et agite sa queue de renarde. C'est aussi un humain, totalement interdit aux métamorphes de son espèce.

Fou amoureux ? Pas Jake McBride, non. C'est juste qu'il ne peut pas chasser Ella de son esprit, ou de ses rêves. Mais quand le destin le réunit avec son amante dure à cuire, il ne peut plus nier son attirance. Il y a quelque chose de puissant et de séduisant chez elle... en plus d'une facette sensuelle cachée qu'il brûle d'envie de libérer.

Au même moment, un mystère entoure les nouveaux employeurs d'Ella et Jake à Koa Point. Comment exactement un groupe de vétérans des Forces spéciales peut-il se permettre de vivre sur un domaine de luxe en bord de mer ? Quel ennemi mortel se rapproche de leur coin de paradis chaud et ensoleillé ? Cet ennemi vise-t-il quelqu'un sur le domaine... ou vise-t-il Jake lui-même ?

Par Anna Lowe

Aloha Shifters : Les Joyaux du cœur

L'appel du dragon (Tome 1)

L'appel du loup (Tome 2)

L'appel de l'ours (Tome 3)

L'appel du tigre (Tome 4)

L'amour du dragon (Tome 5)

L'appel du renard (Tome 6)

Aloha Shifters : Les Perles du désir

Dragon rebelle (Tome 1)

Ours rebelle (Tome 2)

Lion rebelle (Tome 3)

Loup rebelle (Tome 4)

Cœur rebelle (Tome 5)

Alpha rebelle (Tome 6)

Les Veilleuses du feu : Milliardaires et Gardiens

Les Veilleuses du feu : Paris (Tome 1)

Les Veilleuses du feu : Londres (Tome 2)

Les Veilleuses du feu : Rome (Tome 3)

Les Veilleuses du feu : Portugal (Tome 4)

Les Veilleuses du feu : Irlande (Tome 5)

Les Veilleuses du feu : Écosse (Tome 6)

Les Veilleuses du feu : Venise (Tome 7)

Les Veilleuses du feu : Grèce (Tome 8)

Les Veilleuses du feu : Suisse (Tome 9)

The Wolves of Twin Moon Ranch

Desert Hunt (Tome 1)

Desert Moon (Tome 2)

Desert Blood (Tome 3)

Desert Fate (Tome 4)

Desert Yule (Tome 5)

Desert Heart (Tome 6)

Desert Rose (Tome 7)

Desert Roots (Tome 8)

Sasquatch Surprise (Tome 9)

Blue Moon Saloon

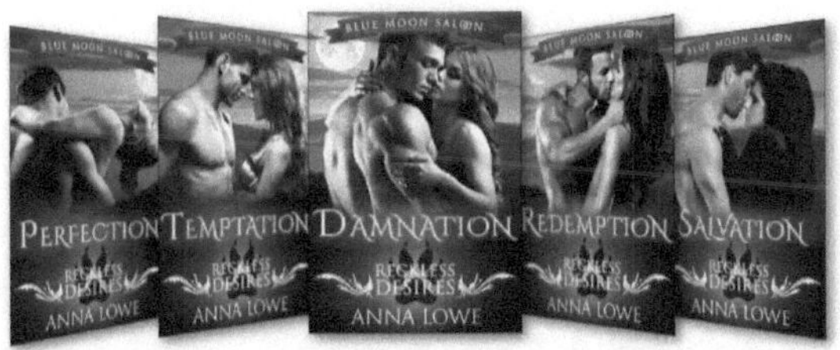

Perfection (Tome 0)

Damnation (Tome 1)

Temptation (Tome 2)

Redemption (Tome 3)

Salvation (Tome 4)

Deception (Tome 5)

Celebration (Tome 6)

Shifters in Vegas

Paranormal romance with a zany twist

Gambling on Trouble

Gambling on Her Dragon

Gambling on Her Bear

Gambling on Her Panther

Serendipity Adventure Romance

Off the Charts

Uncharted

Entangled

Windswept

Adrift

Travel Romance

Veiled Fantasies

Island Fantasies

www.annalowe.fr

À propos d'Anna Lowe

Anna Lowe, auteure de best-sellers aux classements USA Today et Amazon, adore rappeler que les héroïnes sont des héros au féminin et faire naître des histoires d'amour passionnées dans des décors enchanteurs. Elle aime les chiens, le sport et les voyages – où elle puise ses inspirations. Si elle n'est pas concentrée sur son ordinateur, à travailler sur sa toute dernière histoire, vous la trouverez en randonnée dans les montagnes ou à vélo sur les routes de campagne. Et sa journée se terminera toujours par un carré de chocolat noir et une bonne lecture.

Visitez **www.annalowe.fr**.